La reina de las dos lunas

La reina de las dos lunas

José Manuel García Marín

Rocaeditorial

© José Manuel García Marín, 2012

Primera edición: marzo de 2012

© de esta edición: Roca Editorial de Libros, S. L.
Av. Marquès de l'Argentera, 17, pral.
08003 Barcelona
info@rocaeditorial.com
www.rocaeditorial.com

Impreso por Egedsa
Roís de Corella 12-16, nave 1
Sabadell (Barcelona)

ISBN: 978-84-9918-432-6
Depósito legal: B. 3.842-2012

Todos los derechos reservados. Quedan rigurosamente prohibidas,
sin la autorización escrita de los titulares del copyright, bajo
las sanciones establecidas en las leyes, la reproducción total o parcial
de esta obra por cualquier medio o procedimiento, comprendidos
la reprografía y el tratamiento informático, y la distribución
de ejemplares de ella mediante alquiler o préstamos públicos.

A Merche y Alejandro

¡Ha salido sin defecto del molde de la Belleza!

¡Sus proporciones son admirables: ni muy alta ni muy baja; ni muy gruesa ni muy flaca; y redondeces por todas partes!

¡Así es que la misma Belleza se enamoró de su imagen, realzada por el ligero velo que sombreaba sus facciones modestas y altivas a la vez!

¡La luna es su rostro; la rama flexible que ondula, su cintura; y su aliento, el suave perfume del almizcle!

Las mil noches y una noche,
Noche 317

Índice

Capítulo I

1518. La playa de la Fongirola

*D*urante toda la noche, la fina lluvia no había concedido tregua a los pescadores. Ahora, al despuntar las primeras luces, la sustituía una espesa niebla, que avanzaba desde poniente cubriendo la playa por entero.

Estevan Peres aguardaba tumbado en la arena, sobre el capote encerado y junto al mulo, en cuyos serones de esparto cargaría el lote de pescado que correspondiera a su padre, a unos pocos metros de las rocas que se hundían en el mar, «las Piedras del Cura». A su izquierda, el pequeño castillo que tuvo funciones de ribat de vigilancia en época musulmana y desde el que, asimismo, los soldados del soberano inspeccionaban la costa, muy próximo a la desembocadura del río Suhayl o de la Fongirola, como se dio en llamar tras la definitiva victoria cristiana.

El largo camino de bajada desde la serrana población de Mixas estaba embarrado en casi todo el trayecto, pero los seguros cascos del mulo rara vez resbalaban y, yendo de vacío, había optado por viajar a lomos de la bestia.

Escuchó las exclamaciones de los marineros que, al desembarcar, enseguida arrastraron la jábega hacia tierra y se incorporó levemente apoyado sobre un codo. Los centinelas miraron también, pero reconocieron a la tripulación como jabegotes y se volvieron al interior. Desde su posición veía, si bien entre brumas, los esfuerzos de su padre y de sus camaradas girando el torno, donde se enrollaba la maroma, para remolcar la barca bien lejos de las olas.

Al otro lado del promontorio rocoso, Ashkura de Smyrna repartía consignas a sus hombres, seguro de que sería obedecido ciegamente, pues nadie ignoraba que no existía castigo para quienes incumplieran sus órdenes, sino la muerte.

De elevada estatura, el turco sobrepasaba en una cabeza al más alto de los suyos. No llevaba turbante, sino una cinta de piel tan negra como su grasiento cabello. La recia barba le coronaba los pómulos, y la dejaba crecer, sucia y salvaje, hasta el esternón. Vestía un jubón descolorido y calzón largo de cuero, embadurnado de aceite, de rancio hedor, y calzaba botas altas del mismo material, que ataba a la altura de las pantorrillas. Al cinto un par de filosas dagas, cargadas de muescas los gavilanes, resultado de cuantiosos quites, y en la mano la temible espada curva. Sólo mientras navegaba se colocaba un grueso manto de lana de oveja de sus montañas de Smyrna. Su fuerza, capaz de quebrar el espinazo de dos oponentes a la vez, solamente era comparable con la ferocidad de aquel rostro marcado de cicatrices.

—No hagáis ruido y matad al que se enfrente —recalcó, en tanto él y su cuadrilla surgían del peñascoso parapeto.

El aleteo y los graznidos espantados de las gaviotas advirtieron del peligro a los mijeños, que encararon a los asaltantes aun sin armas. Estevan saltó ágilmente y, dejando a un lado el terror que le causaban aquellos salvajes, propinó un vigoroso empujón al que forcejeaba con su progenitor, para liberarlo. El pirata cayó de bruces, escupió rabioso la arena de la boca y conforme se levantaba con extrema rapidez resolvió apresarlo a él. El muchacho se precipitó entre redes, aparejos, pescadores y enemigos que, uno tras otro, parecían tomarse el relevo de su persecución, burlando a los perseguidores a base de repentinos quiebros con los que escapaba airoso. Sin embargo, la agotadora carrera sobre el blando terreno en el que se hundían sus pies tornaba las piernas tardas y pesadas; las palpitaciones, trepidantes, acu-

14

saban la enérgica violencia de la huida, y el aire que espiraba esparcía en el paladar regustos de sangre. De súbito, se encontró de frente al gigantesco jefe corsario, que le cortaba el paso a menos de cuatro varas y todavía hubo de intentar contenerse. Desequilibrado el cuerpo, no tenía tiempo de rehacerse y enmendar la trayectoria que, por efecto de la inercia, le obligaría a colisionar con él de manera inevitable. El experimentado guerrero se giró de costado y lanzó el brazo, asiéndolo de un hombro con sus garras, pero un venturoso tropiezo, consecuencia de la flojedad de sus fatigadas extremidades, obró el milagro que le ayudó a zafarse de los garfios que le aferraban. Estevan continuó la desesperada fuga a trompicones, mas el coloso no le dejaría evadirse. Se agachó con calma, eligió un guijarro mediano y lo arrojó, con una maniobra del antebrazo, que más semejaba el movimiento de un látigo, y con tan grave acierto en la nuca, que el muchacho cayó a la arena descalabrado y perdido el conocimiento.

Entretanto, a zancadas, se acercaba al joven para recoger su cuerpo, Ashkura mostraba sus grandes dientes amarillos, en lo que debía de ser una sonrisa de satisfacción.

Estevan no pudo contemplar, aplicado a su atormentado galope, cómo el único turco que había permanecido con una rodilla en tierra, junto a las piedras, apretaba la llave de la ballesta, el virote salía disparado por el canalillo del endiablado artefacto y atravesaba mortalmente el pecho de su padre.

Tuvieron que transcurrir cerca de dos horas para que recuperara la conciencia. Lo primero que percibió, antes de abrir los ojos, fue el intenso olor dulzón de la brea, seguido del golpeteo constante de las drizas contra jarcias y mástiles. La galera se conservaba al pairo.

Cuando a pesar del dolor de cabeza pudo apreciar la realidad de su situación, comprobó que estaba engrilletado a la malla de cadena del sollado de proa.

El más cercano a él era Francisco Arroyo. Próximos, porque los hacinaban en torno a la malla, descubrió a Martín el del molino y a Antón Fernández. Buscó con la mirada, mas no localizó a su padre. Tampoco a Fernando Castillo, a Bartolomé Gil, ni al patrón, Sebastián Alvares. El viejo pescador comprendió.

—Murieron en la playa, Estevan. A tu padre lo mataron a ballesta. Fue el que menos sufrió. Yo lo vi... ¡un disparo certero! Al patrón, a Fernando y a Bartolomé los desangraron a puñaladas estos bárbaros. Martín —dijo, señalándolo— tiene una fea herida en un brazo, que se gangrenará si no la cauterizan pronto; pero está vivo, que no sé qué es peor.

Al muchacho se le agolparon las imágenes de su padre, y a continuación las de su madre y hermanos, quienes, posiblemente, aún serían ajenos a la tragedia. Se le escapó un sollozo.

—¿Qué va a ser de nosotros? —preguntó, y a renglón seguido—: ¿por qué no zarpa la galera?

—Hemos sido capturados por los turcos para ser convertidos en esclavos —respondió Francisco bajando la cabeza—. Nos trajeron a bordo de un caique. Parece que esperan la llegada de otro con nuevos prisioneros. Cuando venga, zarparemos. Ahora estaremos a una milla o milla y media de la costa —aventuró.

Francisco Arroyo calló unos segundos. Se aseguró de que no eran vigilados y le advirtió:

—Procura que no te vean hablar y obedece cualquier orden sin rechistar; estos diablos no conocen piedad con el látigo. Y, sobre todo, recuerda que a partir de este momento tu vida no vale más que la de un esclavo.

—¿Adónde nos llevarán? —dijo Estevan, abatido.

—No lo sé —contestó el pescador, encogiéndose de hombros—. A tierras turcas, puede que a cualquier lugar de la costa de África o, quizá, nuestro destino sea el remo. Raro será, por como tengo entendido que tratan a los esclavos, que transpongamos vivos dos años. Sólo espero de mi pobre fortuna que me prefieran de galeote. Al menos moriré en la mar.

Indiferentes al drama humano, las aves marinas planeaban alrededor de la nave en su insistente búsqueda de despojos.

El vocerío corsario y, al poco, un leve golpe sordo contra el casco, indicaron que otro caique se abarloaba a la embarcación mayor, como Francisco había predicho. Con inusitada diligencia, el segundo esquife fue amarrado a popa, para ser remolcado con el primero, levaban anclas y zarpaban gobernados por el restallido del látigo, mientras tres nuevos cautivos eran conducidos al sollado.

El bochorno producido por el hacinamiento de los hombres y la falta de ventilación, avivaban la pestilencia de añejos vómitos mezclados con excrementos, incrustados en el maderamen, sangre de los heridos y restos putrefactos de alimentos. A ello se sumaba la fetidez del sudor, que brillaba en los cuerpos de los que se mantenían desnudos hasta la cintura, y el calor de aquel día de junio de 1518. Una atmósfera malsana e irrespirable, en la que los parásitos campaban a su conveniencia.

Pasado un buen rato, dos rufianes bajaron al hediondo cubículo portando negruzcas escudillas de metal, que contenían un revoltijo de sémola con verduras, algo de pescado y un mendrugo. En una lengua incomprensible, pero con expresivos ademanes, les prohibieron tocarlas, y repitieron la operación de subida y bajada, hasta que los siete prisioneros dispusieron cada uno de la suya y de un recipiente para compartir el agua de beber. Después los desengancharon de la malla y los obligaron a trepar, encadenados, por la escalerilla que les llevaba a cubierta. Allí, a empellones, fueron colocados en fila, hombro con hombro, para dar cara al jefe, que los revisaría a fin de tasarlos como si de cabezas de ganado se tratara. En esas circunstancias, ellos sabían que sólo podrían obtener consuelo de la brisa marina, que acudió a refrescarles.

—¡Perros cristianos, estáis en la galera de Ashkura de Smyrna! —dijo el coloso en un español perfecto, salvo por un ligero acento menos característico de turcos que de francos—. ¡No saldréis de ella más que vendidos o muertos y arrojados por la borda!

En tanto profería las amenazas, observaba con regocijo el efecto que éstas tenían en los rostros de los atemorizados pescadores. Luego se volvió y apartó de un brasero un cu-

17

chillo cuya hoja estaba al rojo vivo, lo mostró ante todos y agarró el brazo de Martín, a quien, de pie, aplicó el metal ardiente para cauterizarle la herida. De su piel, que por el abrasamiento chascaba crepitante, ascendió una fumarada y el penetrante olor a carne quemada se extendió en el aire. El marinero no gritó, pero en su cara, más roja que el cuchillo, se advertía la aguda tortura a la que estaba expuesto que, finalmente, le causó el desvanecimiento.

—No valéis la escudilla que se os da —les espetó con desprecio, mientras examinaba las bocas y dentaduras de cada uno.

—Si estuviéramos libres y armados no te atreverías a hablar así —respondió Estevan inesperadamente.

Los cautivos supusieron que Ashkura hundiría el cuchillo en el cuerpo del muchacho, pero parecía demasiado divertido para hacerlo.

—¡Vaya!, la tierna gacelilla trotona se ha vuelto fiera —dijo sarcástico, y añadió—: escúchame bien, porque en mis palabras podrás leer tu futuro. Te cambiaré por unas cuantas monedas en el mercado de esclavos; pero, si no encontrara comprador para ti, te reservo un puesto en el extremo de un remo, día tras día, a media ración, hasta que te consumas y te fallen las fuerzas. Entonces te arrojaré a mar abierto. Nada quedará de ti.

La amenaza en forma de promesa era muy grave. Ni siquiera la víctima desconocía el alcance de ésta, pues, de los tres galeotes que empuñaban cada remo, el del extremo contrario a la pala era sobre el que recaía el mayor esfuerzo y, por ello, al condenado más fuerte se le designaba para ocupar ese lugar del banco. Pero Estevan no se amilanó.

—Escúchame bien tú —se atrevió a decir, con las mandíbulas apretadas—: has matado a mi padre y te lo haré pagar. Cuídate de esta gacelilla porque, al menor descuido, juro que te mataré. Si me compran, conseguiré huir como pueda y te buscaré. No me bastará acabar contigo, querré ver cómo la muerte apaga tus ojos.

El sanguinario guerrero estalló en una sonora carcajada.

Era inconcebible que tomara en serio al muchacho. Dijo unas palabras en su lengua, que provocaron las risas de los piratas, y mandó que bajaran de nuevo a los encadenados mientras les daba la espalda con gesto orgulloso, seguro de su omnipotencia.

Abajo, Estevan dio una patada a la rata que comenzaba a devorar su escudilla y se resolvió a comer, determinado a no rendirse ante nada ni nadie. Tenía que conservar su energía y alimentarse por encima del asco. Sus compañeros dudaban si el enfrentamiento con el turco era el resultado de haber enloquecido, por la muerte de su padre, o ya lo estaba de antes; pero en sus miradas asomaba el respeto.

Entre tanto, la galera navegaba de través, hacia el sur, cabeceante por el peso de los cinco cañones montados a proa.

La indignación y la ira no lograban desviar del hogar el pensamiento del mijeño. Su madre y hermanos ya tendrían noticia de la desdicha ocurrida. Con el padre muerto y él desaparecido, los imaginaba sumidos en el abatimiento, desesperados por el dolor y la indefensión. ¿Cómo subsistirían ahora sin el trabajo del cabeza de familia en la jábega, y el suyo propio cuidando del campo y de las cabras? La madre, Joaquina, debería hacerse cargo de tierra, animales, casa e hijos. Imposible, no resistiría tal batalla. Si bien contarían con dos bocas menos, el mayor de los cuatro hermanos restantes, Felipe, tan sólo tenía catorce años; el siguiente, Andrés, doce; Joaquina, once, y Ana, la menor, aún no había cumplido nueve. Si también, la pobre mujer, moría de agotamiento, ¿qué sería de ellos?

Exasperado por estas amargas reflexiones, el chico cedió a la rabia que le abrumaba y dio un violento tirón de la cadena. Francisco intervino para calmarlo:

—Estevan, aguanta. No tientes la suerte. Por ese rumbo te diriges al fondo del mar. Así no vengarás a tu padre.

—¡Y nos condenarás a nosotros! —terció uno de los tres nuevos cautivos.

—¿Acaso no lo estamos ya? —contestó Antón—. ¿Crees que nos van a soltar por las buenas? De aquí nadie sale bien parado. O al remo o esclavos en tierra, pero muertos de hambre, de enfermedad y de fatiga. Todo lo más, bajo el fuego de bombarda de un galeón de los nuestros, confundidos con estos saqueadores. ¡Desengáñate!, saben que nadie paga rescate por los pobres.

—No, Antón —dijo el muchacho—, está en lo cierto. Tenemos las cosas muy mal. No quiero acarrearos más padecimientos —se quitó el sudor de la cara y trató de ver los rasgos de su interlocutor, pero la oscuridad del anochecer se había sumado a la penumbra del sollado—. ¿En dónde os han apresado?

—Regresábamos de faenar. Estábamos a menos de una milla de la costa, frente a la Torre de los Ladrones, cuando los vimos aparecer de entre la niebla. Intentamos llegar a la playa, pero los caiques son veloces. Mataron a tres hombres con las ballestas, y no hubiera quedado ninguno con vida si no nos detenemos. Enseguida fuimos engrilletados y forzados a embarcar en el caique, abandonando la jábega a la deriva, con pesca y cadáveres a bordo —hizo una pausa, quizás agobiado por los sentimientos, y preguntó—: ¿Y a vosotros?

—Pues nos ha pasado tres cuartos de lo mismo —explicó Francisco—, aunque ya estábamos en tierra, junto al castillo de la Fongirola. Se hallaban apostados detrás de unas rocas. Apuñalaron a tres, uno de ellos el patrón; hirieron a Martín, y al padre de Estevan le acertaron en el pecho, de un tiro de ballesta. Allí los dejaron, como si fueran bestias, tendidos en la arena.

—¡Pero ese demonio lo pagará!, ¡lo juro! —explotó el joven.

—Ni lo sueñes, ¿qué pescador sabe manejar armas? No te empeñes, no te darían tiempo ni para sacar un cuchillo. Te aconsejo que luches por salvar el pellejo. En caso de conseguirlo, date por afortunado —el marinero decidió cambiar de conversación, por no mortificar al muchacho—. Me llamo Juan y tengo una casilla por debajo del Cerro de los Vientos. ¿Tú vives por la costa?

—No soy pescador —respondió—, pastoreo las cabras y

ayudo con el cultivo de la tierra. Mi familia y yo somos de Mixas.

Estevan no desistía fácilmente de los asuntos que le preocupaban, como quedaría patente para los cautivos, y aún menos de los que, como éste, se habían convertido en una obsesión.

—Se aprende de la necesidad, Juan, que es buena maestra. Dominaré las armas, como terminé por arar haciendo surcos derechos —agregó con aplomo—. Pasen los años que pasen, sólo estaré en paz cuando consume mi venganza.

—¡Es duro de pelar! —comentó el aludido.

—Eso parece —reconoció Francisco.

En el litoral africano, la luna llena de junio iluminaba el fondeadero de Al-Yebha, al que habían arribado tras catorce horas de travesía; pero el hijo del pescador no recibiría luz alguna sobre su espigado cuerpo, hasta la mañana siguiente.

El mar, en la ensenada, chapaleaba perezoso, nocturno, entre caricia y azote del agua a sí misma. Despedidas, corveteaban saladas lágrimas mediterráneas.

—Si no quieres al herido, tampoco tendrás al joven —sentenció con rudeza, dirigiéndose al mercader de esclavos, que le había ahorrado, no obstante, tiempo y molestias presentándose en Al-Yebha. Las ganancias eran inferiores a las que obtendría en el mercado, pero se evitaba ir personalmente.

—¡Qué difícil es comerciar contigo, Ashkura!, ¡siempre me toca perder! ¿Quién va a comprarme un hombre con un brazo inutilizado? —protestó Ahmad.

De pie, en la playa, los siete cristianos asistían a la discusión entre el jefe de la galera y el mercader, unidos por pesados eslabones de hierro. No entendían las palabras, pero los gestos eran suficientes para comprender.

—No pretendas engañarme, ¡maldita sanguijuela! Yo, con una de mis dagas, se lo he cauterizado. En unos días, antes de que llegues a tu destino, podrá trabajar como cualquiera.

—¡Tú ganas!, me llevo al *lisiado* —recalcó con astucia—, pero te quedas con aquél —dijo, señalando a Francisco—. Debes compensarme.

—El más viejo —murmuró, pensativo—. Consiento, morirá en el remo.

El mercader sonrió, contento de haber llegado a un acuerdo, mas se le borró la sonrisa cuando el corsario se acercó de tal modo a él, que a su frente sólo le separaban dos dedos de la greñuda barba del turco.

—Dime, sanguijuela, ¿qué impedimentos tiene este lisiado? —dijo, remachando con sorna el calificativo—. ¿No vales tú más que éstos y estás mutilado, y... en sitio menos honorable? —inquirió con perversidad.

—A mí no me falta nada —negó, balbuciente, Ahmad.

—Pues esa voz chillona que tienes, me había hecho sospechar... Pero alguna vez lo comprobaré, y puede que, si no lo estás, dé arreglo a eso —soltó desafiante y, a seguido, daba orden de que le fueran entregados los prisioneros, menos Francisco, al tembloroso mercader, y recogía la bolsa de monedas que le tendía éste.

Los dos hombres de Ahmad engancharon la argolla del extremo de la cadena de los cautivos al carro, al que únicamente subió Martín, que ardía de fiebre. El pescador los vio emprender la marcha. Sentía, así, escuchados sus ruegos de morir en el mar.

Erraría quien creyese que el comerciante de humanos permitía que el herido fuera en esas condiciones, echado en el suelo del carruco, por pura bondad. Para él, lo principal era cuidar la mercancía, equivalente a dinero.

Periódicamente vigilaba el estado del malherido, montado en su engalanado jamelgo de corta alzada, cuyos coloristas adornos se dirían de más valor que el propio animal. En cuanto percibió que deliraba, optó por que lo asistiera Estevan, al que trasladó de inmediato junto al enfebrecido jabegote. Del cuero de cabra que le suministraron para que lo atendiese, el muchacho vertió agua en un mugriento paño y se lo puso a Martín en la frente.

Superando el penoso carril en cuesta cercado de pedregales, el grupo se desplazó en dirección sur, hasta encontrarse con un camino perpendicular, en el que torcieron a la derecha, para dirigirse a las inmediaciones del poblado beréber de los Ketama, donde comenzaba el formidable bosque de cedros, y continuar hacia el sur. Como un titán, acaso un dios, el monte Tidghin tutelaba el horizonte.

En medio de aquella espesura de árboles centenarios, en la que se reconocían misteriosos senderos que se internaban en tinieblas, aun de día, el mijeño juzgó que se le ofrecía la oportunidad de fugarse. Él sólo tenía engrilletadas las muñecas; saltar del carro con sigilo y adentrarse en la frondosidad del boscaje era factible. Sería perseguido por un hombre, a lo sumo dos, porque uno habría de quedar a la guardia de los cautivos, y pronto se cansarían de la estéril persecución o temerían perderse, entretanto él permanecía agazapado en el follaje. Además, del aspecto de los dos mercenarios a sueldo del mercader, no se deducía sagacidad ni mucho menos astucia. Quizá del más pequeño, viva imagen de un hurón, podría esperarse un vil uso de la daga, por cómo portaba ésta al cinto sobre la parduzca chilaba, fuera de la vista, a la espalda, maña propia de traidores; de ningún modo usanza de rastreadores o guerreros. En definitiva: la simple artería del bellaco. Del otro, en cambio, impresionaba de entrada su corpachón; pero, de una observación más detenida, se colegía envaramiento, torpeza de maniobra, la pesadez de un cuerpo en el que músculos y grasa se repartían la corpulencia; de su fisonomía dubitativa, la indecisión de un seso subordinado a terceros. Sí, esta era la coyuntura apropiada para escabullirse, justo cuando los secuaces prendían fuego a los leños recogidos para formar una hoguera que les calentara y, de paso, iluminar el improvisado campamento en la noche. Pero ¿qué sería del herido si él lo abandonaba?, ¿qué clase de represalias tomarían contra sus compañeros? La más que probable muerte de

23

Martín, por desamparo, y la certidumbre de que los camaradas sufrirían escarmiento por su culpa estorbarían a su
conciencia. No, huiría más adelante, cuando no hubiera per-
judicados que purgaran las consecuencias de sus deseos de
libertad y de venganza. Ya se presentarían ocasiones igualmente propicias.

Afloraba el bermellón de las brasas, del lecho de cenizas
desprendidas. El sol, como una de aquellas, emergía de las
montañas, eclipsado por troncos y enramadas sucesivas. De
tan intrincada maleza, allí donde se revelaban huellas del
hozar de jabalíes, surgió un menudo lugareño que tiraba de
dos rucios en reata, repletos los serones, hasta arriba, de artículos de muy variada laya: mantas de pelo de cabra, fun-
das de piel y de metal para puñales, recipientes de cuero
para alimentos, jarras, escudillas y utensilios de cerámica
con motivos geométricos.

Al rústico, ataviado con un albornoz de rayas verticales,
se le aguardaba para trasladar la mercadería al carro, que
esta utilidad tenía el vehículo y no la de transportar esclavos; por lo que aparejaron el género y arrinconaron a ambos en el espacio sobrante. De esta manera, Ahmad añadía
provecho a su viaje.

El hombrecillo, entregado a multitud de aspavientos ob-
sequiosos y risillas complacientes, dejaba ver unas encías
descarnadas, con sólo dos o tres huéspedes en ellas, separados unos de otros, como si el amarillo que exhibían fuera
muestra de antiguos rencores de mala vecindad y hubieran
escogido el aislamiento con el pacífico orgullo del solitario.

Estevan reparaba en las muecas, en el sinfín de inútiles
socaliñas del individuo, desde alguna cota lejana del pensamiento, dividido éste entre su pesadumbre y la preocupación
por Martín quien, desde el amanecer, no deliraba y mantenía
la respiración más sosegada, aunque persistiera la fiebre.

Ahmad hizo un movimiento displicente al esbirro con
cara de hurón, para que saldara la cuenta del mercachifle que,

apenas oyó sonar el metal en su bolsa, ofrendó a los presentes, esclavos incluidos, con unas cuantas contorsiones y monerías de su amplio repertorio, y desapareció por la vereda seguido de los borricos, cuyo trotar se manifestaba alegre en las grupas, por sentirse aligerados del peso de la mercancía.

Al instante, el rechoncho mercader montó en su caballejo y reanudaron el viaje. Parecía impropio que alguien de generosas carnes, sin ser excesivas, como era Ahmad, gozara de vitalidad y energía sobradas para pasarse el día, desde muy temprano, cabalgando. Sin embargo, se le notaba tan cómodo y señorial como cuando recibía amigos en su casa, a los que agasajaba con abundancia de té y pastelillos, servidos por dos esclavas negras, adornadas con sonoras ajorcas de plata nubia, que quemaban incienso y delgadas varitas de cedro en un destartalado pebetero; delicadezas que, a él, se le antojaban finuras cortesanas de personaje acaudalado.

A medida que avanzaban quedaban atrás las tupidas arboledas, algunas sagradas, intocables por el hombre; pues entre cercados bosquecillos interiores se erigían morabitos, lugares de santones vivos o, si muertos, sepultados junto a un robusto árbol y una fuente, pozo a veces, a los que visitaban los naturales movidos por la fe o buscando la sanación de enfermedades que, según creían, les procuraban sus aguas.

Las casitas de adobe se distinguían desde el camino y, en ocasiones, a los pobres habitantes, detenidos para mirar a los viajeros con una mano en visera sobre los ojos, más por costumbre que por defenderlos del sol, y la otra apoyada con lasitud en la cintura. Parados, inmóviles, si no fuera por la brisa que ahuecaba los atuendos miserables, sugerirían polícromas estatuas de una civilización ruinosa y olvidada.

25

Capítulo II

Fez, la ciudad de la clepsidra

Con las últimas luces de la tarde franquearon Bab Abi Sufian, la acodada puerta del noreste de Fez. Aún transitaba gente por las callejas de la populosa ciudad, pero nada comparable con el bullicio de mediodía. El carro que, por angostas, a duras penas doblaba las esquinas, sumaba una más a las marcas de arañazos en la piel calcárea de los viejos muros, en sinuosa marcha hacia el sur. Rebasaron el sitio donde Muley Idris desplegara sus tiendas de campaña, para fundar la urbe, ocho siglos antes, la antigua mezquita Nuar, probablemente la primera construida en la población, y siguieron hasta un callejón fronterizo al barrio de los andaluces y al de los alfareros o en el impreciso término de ambos. Frente a un vetusto portón de recia madera y sobresalientes remaches que otrora, bruñidos, fueran dorados y lustrosos, Ahmad descabalgó e introdujo la negra llave de hierro en la cerradura del postigo, que se abrió sin ruido. El del corpachón aguardó que abriera para entrar, apresurado, y descorrer el enorme cerrojo que unía las dos hojas que, de par en par, descubrieron un zaguán cuidadosamente empedrado, como el patio al que accedieron. A los seis apresados se les guió por el corredor que se iniciaba detrás de la escalera, hacia el cuartucho que el mercader tenía preparado como calabozo, donde los últimos eslabones de la cadena que los unía fueron asegurados al aro metálico embutido en el suelo.

Remitida la fiebre, a Martín, no obstante, se le apreciaban los estragos que el dolor y la calentura habían roturado en su rostro; pero la piel de la quemadura volvía a su color y la frecuencia de pulso y respiración era normal. El maldito turco calculó con acierto, cuando afirmó que se habría repuesto en los cuatro días que duraba el viaje.

Partían llamadas de muecines, de multitud de esbeltos alminares, con asíncrona coincidencia, que convertía las voces en caos admirable, semejante al de los aleteos de una espantada de palomas. Tal vez el viento, tal vez el tiempo, hiciera simultáneos los piadosos clamores horizontales, descendentes luego, pues sólo son dignas de elevarse las preces del creyente. Es por esa horizontalidad que muchos de aquellos alcanzan distancias de saetas; otros quedan, resbalan y bañan de color, de luz, los minaretes. Son ellos, estos clamores, y no el artificio del hombre —he aquí el secreto—, quienes los bordan de primorosas geometrías disfrazadas de arcillas, yesos y azulejos; siendo, en rigor, belleza de palabras enredadas.

Por la mañana, cumplidas dos horas desde que saliera el sol, Ahmad les repartió un cuenco de sopa hirviente a cada uno y un comistrajo, que habían de comer con los dedos, en una bandeja de dura madera de olivo colocada en el centro de la celda. Después los obligó a lavarse en la pila del patio. Un mínimo aspecto de vigor y de limpieza era vital para obtener el precio deseado. El desaliño era pertinente en esclavos a la venta, incluso como prueba de sumisión. La suciedad, en cambio, ofensiva para los futuros amos.

Los fesíes miraban sin recato el pasar de los cristianos encadenados en fila, precedidos por el mercader que, de vez en cuando, saludaba a los transeúntes desde lo alto de su montura. Cerraban la cola los dos sicarios con aire fanfarrón, ufanos de la seguridad que su sola presencia, imprescindible, dotaba a la procesión.

Martín también observaba de reojo a los nativos, mientras zigzagueaban por el dédalo de callejuelas, algunas estrechas como pasadizos. Llamaba su atención la variedad de atuendos, de colores y listas de las chilabas, de los turbantes bajos de aquéllos que los portaban, de los gorros, las babuchas o los diferentes tonos de piel y ojos, que no ocultaban las amplias capuchas de los albornoces. Las casas mismas eran muy distintas unas de otras. Sin rastro de homogeneidad, no había dos de igual altura ni anchura. Había puertas de medidas respetables, vecinas de otras cuyos moradores debían de ser diminutos, casi enanos, para introducirse por ellas.

En el puente del río de las Joyas —que dividía la metrópoli—, tras haber atravesado el barrio de los andaluces, el mijeño vio con extrañeza un cielo tan limpio y azul como el de su pueblo y una vasta ciudad extendida hasta donde el corsé de la muralla permitía, de la que sobresalían decenas de minaretes acabados en agujas, en las que se insertaban tres esferas doradas, resplandecientes, estrellas fugaces arrebatadas de su impetuoso tránsito. Al norte, el Djebel Zellagh, el majestuoso monte a cuyo pie prosperaba la afanosa vida de sus gentes.

En cuanto cruzaron el puente, los pasajes se contrajeron aún más; sobre todo al bordear hacia el norte la soberbia mezquita de al-Qarawiyin, en la que podían orar veinte mil creyentes, gracias a las ampliaciones de los sultanes, y que, como universidad, fundada en el 857, era la más antigua de occidente. Enfrentadas a su cara más septentrional, las madrasas de al-Attarine y de Misbahiya conformaban una calleja más holgada que, en dirección oeste, desembocaba en el zoco de los especieros y perfumistas, en donde daba comienzo, con la bienvenida de las fragancias, de los apetecibles aromas y del estallido multicolor de las especias, el corazón de la medina.

El incesante hormigueo de compradores, vendedores, simples curiosos, artesanos y mercaderes, que voceaban su mercancía, excepto cuando maldecían a los inevitables pilluelos que correteaban alocados y que no siempre conseguían esquivar el violento encontronazo con ellos, constituía una riada humana entre las minúsculas tiendas —dispuestas a ambos lados de la calle—, que avanzaba en corrientes opuestas como una trenza viva y estrepitosa, de la que únicamente lograban sobresalir los gritos de los muleros, que avisaban, con sus clásicos «¡balêk!, ¡balêk!», para que se apartaran los transeúntes de su paso.

El grupo se desvió por una bocacalle, a la derecha, para aparecer en el zoco de al-Gezel, el de los esclavos. La gente, avisada por misteriosos medios, se arremolinaba alrededor de la plataforma de madera instalada en el fondo de la placita. Ahmad reclamó espacio para que los cristianos pudieran acceder a la tarima. A la vista del público, el mercader los forzó a que anduvieran por ella para que la concurrencia se percatara de su andar firme y seguro, distintivo de hombres sanos exentos de cualquier tara, mientras informaba de la procedencia de su mercancía y hacía apología de la fortaleza y sometimiento de los cautivos.

A Martín lo dejaron el último para limitar el tiempo de recibir quejas por la herida, hábilmente cubierta por una camisola. Comenzaron por el más joven: Estevan. Ahmad se deshizo en alabanzas sobre la musculatura de brazos, pecho y piernas, en tanto golpeaba levemente el género, para que se apreciara, y pregonaba que, en un par de años, alcanzarían la plenitud de su robustez. Asimismo, glosaba las excelencias de la dentadura del muchacho —que mostró como si de un cuadrúpedo se hablara—, reveladora de la salud que poseía. Un joven fornido, cuyo valor no se podía fijar en menos de seiscientos dinares.

El primero en pronunciarse fue el propietario de una caravana recién llegada de Kairouan, hospedado con sus criados y animales en el fondûk próximo a la plaza de Nejjarine, muy cercano a una de las tenerías.

—Te ofrezco cuatrocientos cincuenta dinares —dijo, ignorando por completo la cantidad que había establecido el mercader.

El vendedor, de una zancada, se situó en el borde mismo del entablado.

—¿Es que acaso quieres desacreditarme o es que eres

ciego? —exclamó éste—. ¿No ves este cuello prometedor? Dentro de dos, a lo sumo tres años, ¡será tan ancho como el de un toro!

Los testigos giraron la cabeza hacia el kairuaní, por seguir una discusión que se anunciaba sabrosa, pues el regateo era indispensable en todo trato que se preciase de serlo, y la destreza en ese duelo decía mucho de la capacidad de los contendientes. Pero intervino, adelantándose, un viejo tendero del barrio de los andaluces.

—¡Cuatrocientos sesenta! —ofreció, acomodándose el fez rojo con que gustaba tocarse.

El mercader desdeñó la propuesta del fesí, por mezquina, e interrogó con la mirada al forastero.

—No doy un dinar más de cuatrocientos setenta —planteó el de la caravana, quien, con gesto aburrido, se quitaba el polvo de los hombros de su chilaba marrón.

Ahmad dudaba a quién dirigirse y decidió hacerlo a los dos postores.

—Esas no son cantidades razonables por este mozo, lo sabéis. ¡Que me despellejen si acepto menos de quinientos cincuenta! Y, ¡por Allah!, que me estoy dejando engañar con esa cifra —aseguró muy digno.

—Está bien... ¡quinientos es mi última oferta! —replicó de nuevo el comerciante.

El caravanero no se molestó en pujar, abandonó tranquilamente la plaza. Al fin y al cabo, él no necesitaba de más hombres.

—Se ve que eres más experimentado y mejor conocedor de las posibilidades de un joven esclavo, que el otro comprador —proclamó el rollizo negociante, con notorio deseo de adular al tendero, iniciando una nueva estrategia—. Te ruego que reconsideres tu oferta hasta los quinientos cincuenta.

El del gorro rojo sonrió en cuanto el mercader le brindó las lisonjas, víctima, en apariencia, de la vanidad. Mas, antes de responder, miró a Ahmad como el lobo que parlamenta con la oveja que se va a comer.

—El chico, para llegar a ser tan fuerte como pronosticas,

necesitará alimentarse en abundancia, a mis expensas. Por si fuera poco —añadió—, su cuerpo cambiará y tendré que comprar ropa para él, si quiero que vaya decente, como es lo adecuado en alguien que pertenece a la casa de un musulmán. En resumen, gastaré más dinero del que me hará ganar —alegó contrariado.

—Pero... después tendrás el mejor de los servidores, prácticamente incansable. Servirá a dos generaciones de tu casa por un precio tan ridículo como el que te pido.

—Sí, dentro de tres años, ¿y hasta entonces? Además, puede suceder que en ese tiempo, motivado por mi ejemplo de piedad, se convierta al Islam, en cuyo caso tendré que liberarlo. ¿Qué negocio habré hecho? —dijo, levantando las palmas al cielo—. Pensando en tu provecho, deberías colaborar, a menos que no seas un buen creyente, si su destino es abrazar nuestra Fe, ¡que bien pudiera ocurrir!, y aceptar mi primera oferta; pero, como no desdigo de mi palabra ni deseo ponerte a prueba, mantengo lo dicho en muestra de compasión y sacrificio.

La gente esperaba, interesada, una respuesta a las sabias palabras del comerciante. Ahmad acusó la tensa expectación que se espesaba a su alrededor. Tiró de la cadena que maniataba a Estevan, bajaron de la tarima y lo llevó hasta el individuo, entregándosela.

—Dame los quinientos dinares. Es tuyo —dijo, rendido a la superioridad del otro—. Que Allah te proteja.

—Que Él te ilumine, hijo mío —respondió, antes de tomar el camino hacia su barrio con la cadena entre las manos.

Para el muchacho se abría un desconocido capítulo, nada halagüeño, fundado sobre una serie de sucesos vertiginosos, desbocados, que lo situaban de golpe en tierra enemiga, con un destino cuyos hilos manejara un loco criminal e implacable. Volvió la cara hacia la plataforma y presenció cómo le tocaba el turno a Juan «el moreno», uno de los pescadores de la otra jábega, y enseguida divisó a Martín, que se despedía de él con un triste movimiento de cabeza que quería ser agradecido, pues sabía de sus cuidados. Soportaba un calvario, pero resistiría lo que fuera menester, eso lo tenía ya asimilado, porque su voluntad era más férrea que los grilletes que lo aprisionaban; además, tenía una misión: matar al corsario asesino de su padre. Ahora tenía que ganarse la confianza del amo, aprender su lengua, adaptarse a las costumbres, averiguar vías discretas de salida de la ciudad, postigos o pasadizos secretos, y esperar, esperar a que las circunstancias fueran las más favorables, y luego... escapar.

El viejo dio un tirón de la cadena, que le hizo desechar abruptamente toda cavilación. A Estevan se le dibujó en el rostro tal expresión de rabia, que asustó al tendero; pero, rápidamente, reaccionó y amagó una reverencia. Debía ser más cauteloso.

En lugar de encaminarse hacia el río, torcieron a la izquierda, para luego doblar en el siguiente callejón a la derecha y entrar en el zoco de al-Haïk. Salîm, que así se llamaba el tendero, vivía en el barrio de los andaluces, pero tenía el comercio y el telar en el mercado de los tejedores.

Pasaron por delante de la que sin duda era la tienda de Salîm, pues sólo se molestó en hacer una señal al individuo que, acodado en el mostrador, se enderezó con presteza y lo saludó con una inclinación que denotaba dependencia, más que respeto. Inmediatamente se introdujeron por lo que podría estimarse como un pasillo, aunque, en realidad, era un constricto zaguán que daba a un patio de columnas de mármol, muy deslucidas y rasguñadas, desguarnecidas de capiteles y, a falta de ellos, con ábacos de oscura madera.

Por aprovechar la luz del día, se mantenían abiertas las puertas de las dos cámaras en las que se ubicaban los telares. En ellos se confeccionaban los tejidos que proveían la tienda. Estevan escuchó, desde fuera, el susurrante sonido de las lanzaderas deslizándose sobre los botones, rematado por el cíclico golpe final en cada extremo.

En el interior de la primera de las piezas se afanaba la esposa del comerciante, Aisha, una mujer regordeta y mofletuda, con el cabello teñido con *hanna* y la barbilla tatuada con los símbolos que la designaban como hija de la tribu beréber a la que pertenecía y que, a un tiempo, desempeñaban la función de talismán protector. Allí olía a lana nueva, a fibra de lino y a las tinturas de las madejas.

El viejo habló al jovenzuelo que, en ese instante, apareció bajo el dintel, y éste se dirigió al cristiano:

—Dice que se llama Salîm y que yo haga de trujamán de sus palabras y las tuyas —expuso en claro castellano. Y agregó—: Te quitará las cadenas, pero a esta hora media ciudad sabe que él es tu amo. De modo que, si huyes, no tendrás escapatoria y la justicia caerá con todo su peso sobre ti.

El tendero intervino de nuevo y, tras escucharlo atentamente, el chico volvió a traducir.

—Dormirás aquí, en el suelo. Así guardarás la propiedad de los ladrones. También debes aprender nuestra lengua cuanto antes. Él te proporcionará ropa y comida, pero si no acatas sus órdenes o haraganeas, no lamentará aplicarte el justo castigo, créelo —Y preguntó—: ¿Cómo te llamas?

—Mi nombre es Estevan Peres.

—Yo soy Yúsuf —manifestó, poniendo su delgada mano sobre el pecho.

—*Estivan... Estivan* —trató de repetir el viejo, mientras lo liberaba de los grilletes.

—¿Quién te ha enseñado a hablar español? —inquirió Estevan, a sabiendas de que a un esclavo no se le consentían preguntas.

Yúsuf, viendo entretenido a Salîm, que había sido requerido por Aisha, se avino a explicarle:

—Hasta donde se recuerda o me cuentan, en mi familia siempre hemos hablado ambas lenguas. Somos oriundos de Córdoba. Un lejano antepasado nuestro, Mustafá, hace más de dos siglos y medio, era dueño de una carreta con la que transportaba mercancías entre Sevilla y Córdoba, cuando las dos ciudades habían caído bajo el dominio de los cristianos, y necesitaba entenderse con ellos —durante su relato, no quitaba ojo al amo, ni paraba de moverse, descansando el liviano peso de su cuerpo ora en un pie, ora en el otro. Un

sujeto nervioso que, como contraste, comunicaba tranquilidad y confianza—. Él fue —continuó— quien, harto de
abusos, se marchó con su mujer e hijos a Granada, donde
decía tener un amigo que le ayudaría, pero que nunca encontró. Sin embargo no le fue mal y acabó por establecerse
como comerciante de telas en el Zacatín granadino. Comercio que perduró por generaciones, refiere mi padre, hasta
que, cuando tus anteriores soberanos tomaron el último
reino andalusí, veintiséis años atrás, vendieron las propiedades y emigraron a Fez antes de que los despojaran de sus
bienes.

—¿Y aquí os ha ido bien? —quiso saber el mijeño.

—Las prevenciones cayeron en balde. En la costa, toma-
dos por cristianos, les desposeyeron del oro y la plata que
traían escondidos entre los ropajes de las mujeres. Los ata-
cantes conocían el truco. Salieron vivos de milagro. Otros
corrieron peor suerte. Los míos sobrevivieron por la caridad
de las buenas gentes hasta llegar a la ciudad, donde fueron
auxiliados por familias andalusíes.

—¿Trabajas para él? —dijo, señalando a Salîm. Esperaba
despejar la incógnita sobre si Yúsuf estaba allí en calidad de
sirviente o esclavo. En el segundo caso, más adelante, podría
ser un cómplice en el momento de evadirse.

—Sí, en estos telares se tejen lino y lana, pero yo me encargo de elegir y comprar las sedas que vienen en las caravanas de oriente; luego, en la tienda, las despacho al precio
que él impone, lo que me proporciona una parte de los beneficios, pues soy hombre libre. No son muy sustanciosos,
pero entre mis hermanos y yo reunimos lo suficiente para
vivir.

El comerciante lanzó a Yúsuf una corta parrafada en
tono desabrido y cara de pocos amigos.

—Se terminó la conversación —aclaró, más que tradujo,
el andalusí—. Date prisa, coge esa escoba de ramas finas y
ponte a barrer. ¡Ah!, cuida de no levantar polvo, ensuciaría
las fibras y recibirías tu primera reprimenda.

Estevan se dio a su cometido, a la vez que veía marchar

al joven de pelo negro, después de escucharle tan rápida y airada contestación destinada a Salîm, que dejó mudo al desconcertado tendero.

Desde el atardecer hasta el ocaso, Aisha se ocupó en menesteres de menor precisión, en los que la ausencia de luz natural no representara grave impedimento, si bien encendió dos candiles de aceite, uno simple y el otro de doble piquera, con la prolijidad de quien conoce la voracidad de las llamas en un tabuco atestado de lanas, madejas y maderas; estas últimas, incluso en el entramado de paredes y techumbre.

Además de barrer, el muchacho descargó los fardos del lomo del borrico, que llevó al patio un hombre de tez morena y chilaba raída, para trasladarlos al taller. Las mercancías llegaban al fondûk en caravanas de camellos, capaces de soportar grandes pesos durante incontables jornadas de duro camino, pero más tarde eran repartidas entre los comerciantes con ayuda de mulas o burros que, por su menor envergadura, los hace más idóneos para transitar por el reducido espacio de los zocos. Al finalizar, clasificó el contenido de los bultos en distintos montones, según le señalaba la vieja esposa del amo.

Se cerraban ya las tiendas, así como las puertas de las callejuelas particulares sin salida, los tradicionales adarves, cuando el comerciante entró en el telar y dio a su mujer unas instrucciones que ella se dispuso a cumplir con celeridad, abandonando el cuchitril. Mientras regresaba, Salîm, por señas, le explicó a Estevan que echaría la llave del taller con éste dentro, por lo que debería cuidar especialmente de apagar, pronto y bien, el candil que le dejaba encendido —y diciendo esto sopló en el de doble piquera hasta que se extinguieron, con un breve pero irritado chisporroteo, las dos llamitas de las que, en su lugar, se alzaron sendas columnillas de humo, que expandieron su característico efluvio oleaginoso— pues, si se declaraba un incendio, él sería el primero en lamentarlo.

Conforme terminaba su advertencia, hecha con la frialdad de a quien le es indiferente la vida ajena, reapareció Aisha provista de un cacharro de tapadera cónica, un tayín, con un guiso maloliente, y agua en un jarrillo de barro. Le entregó ambas cosas, desplegó una alfombra en el suelo, y al igual que el marido, le indicó con gestos que le serviría de lecho.

A partir de entonces Estevan pasaría las noches solo, encerrado en el telar, lo que no significaba, en modo alguno, que permaneciera inactivo. Se creó un orden de prioridades encabezado por lo concerniente a su propia seguridad. Defenderse era capital ante la entrada de ladrones y para ello había que estar preparado. Fabricarse un arma rudimentaria no sería imposible entre la cantidad de trastos allí acumulados; pero eso no proporcionaba la certeza de que no le sorprendieran dormido. Radicaba, pues, el asunto, en hallar algo que le alertara frente a la súbita irrupción de malhechores y que le concediera tiempo bastante para reaccionar, tomándoles la delantera. Recordó que la puerta se abría hacia dentro. Una cuña supondría el escollo que les retrasaría en su objetivo y que a él le permitiría anticiparse en la iniciativa.

Buscó con el auxilio del candil debajo de madejas, de retales, de restos desechados y, junto con husos astillados o rotos y otros objetos inservibles, algunos de hierro, localizó un trozo de madera que, como constató, encajaba a la perfección en el hueco irregular, del grosor de un dedo meñique, que quedaba entre el suelo y la base de la puerta. No tendría más que retirar la cuña por las mañanas.

A continuación, por encima del dintel, sobre el lateral coincidente con la apertura de la hoja, descubrió un clavo, anteriormente usado para sostener la cuerda de una cortina, como atestiguaba el agujero del lado contrario, donde se alojaría el clavo desaparecido, compañero del subsistente, y tuvo una idea: de los hilos de lana eligió los tres más largos, hizo un sólo cuerpo con las hebras, para que resultara en un torzal más resistente, y anudó a su extremo cuatro más cortos, en el cabo de los cuales sujetó sendas piezas de metal que, zarandeada la puerta por los maleantes, chocarían los fragmentos contra ella y entre sí, produciendo el ruido preciso para despertarlo. Fijado el cordel a la altura requerida, golpearían la mohosa chapa de la cerradura, en lugar de la madera, y se ampliaría el efecto con el repiqueteo metálico.

Satisfecho, engulló el guisado no sin haberse hecho con un hierro entrelargo, que afilaría aun después de apagar el candil y que esgrimiría, envuelto en trapos el lado más romo, a modo de empuñadura, como arma punzante; con lo que completaba las providencias, para su defensa, que se había propuesto.

El joven desarrollaba un acentuado instinto de supervivencia como reacción a la adversidad. No se dejaría morir vencido por la aflicción ni matar buenamente, y por consiguiente, debía estar en perpetuo estado de alerta. Por de pronto, atención y tensión en todo momento. Él no era un guerrero, pero tendría que aprender a luchar. Había visto adiestrarse a los soldados del castillo de la Fongirola, blandiendo sus armas por parejas. Pues bien, cuando se quedara solo, por las noches, haría lo mismo. Le valdría una de aquellas tablas desechadas del taller como espada, y el hierro como puñal. Aun cuando no se hiciera un experto en su manejo, al menos conseguiría agilidad y rapidez; mantendría despiertos sus reflejos y desentumecidos los músculos.

Con estos pensamientos, acostado sobre la alfombra, se quedó dormido.

Así pues, en cuanto anochecía y quedaba encerrado, colocaba la cuña y el cordel de alarma y se ejercitaba con la espada en una mano y el puñal en la otra. En la primera semana no sabía qué hacer, y daba tajos atolondrados, sin orden ni concierto. Aquello era abanicar el aire; pero, guiado por la intuición, comprendió que las estocadas no seguían dirección alguna y que, si bien eran asestadas con enorme fuerza, carecían de todo gobierno. Consistía la cuestión, entonces, en rectificar. Los golpes debían ganar en exactitud, aunque algo se perdiera en contundencia.

Para empezar, vendría mejor actuar a la inversa: muy despacio. Hacer el movimiento con morosidad, seguro de no errar, y luego, habituado el brazo a la maniobra, le iría imprimiendo velocidad; después, potencia. Y repetir, repetir hasta la saciedad. Mas, necesitaba un blanco con el que practicar.

Reanudó el husmeo por los rincones, entre los materiales despreciados de los que nadie se deshacía, por fortuna para el mijeño, que enseguida encontró un cochambroso cacillo de cobre, tapizado, lo que de él quedaba, de una profusa capa de óxido verde, al que protegió con un sobrante de cuero de vaca, por amortiguar el sonido de los espadazos y no se oyeran fuera. Aviado el nuevo chisme, volvió a tejer para éste un cordel con el que lo envolvió y que, una vez suspendido de una de las vigas, haría las funciones de pecho o corazón del adversario.

Ni un ápice relajó la disciplina que se había impuesto. A los tres meses, el extremo final o la hoja del madero, convertido en reproducción aceptable de una espada, tocaban exactamente en el punto que Estevan apetecía. Sin embargo, todavía le faltaba dominar dos aspectos importantes: gracilidad y defensa. Él había observado cómo la utilización de herramientas agrícolas, hoces y guadañas, se hacía más eficaz con un simple giro de muñeca, por encima del ímpetu que se les confiriese; la gracilidad de movimientos, en suma, para la que la práctica física era ineludible, pero de la que, después, derivaba una cierta soltura que dependía más de la cabeza, por cuanto emanaba de una actitud interior, que del brazo.

En lo relativo al arte de la defensa, entendía que era imprescindible un compañero de armas, un contrincante; pero, como carecía de él, sólo podía imitar las posturas que adoptaban los soldados. Ellos siempre atacaban de costado. Y es que la acometida de lado ofrece, al contrario, menor superficie corporal que de frente. El problema, irresuelto sin camarada, estribaba en aprender a parar los golpes del enemigo. Quizás en el futuro contara con la ayuda de Yúsuf, con el que había trabado someros lazos de amistad mientras le enseñaba árabe. Sin duda obedecía mandatos del patrón, pero del tesón y la paciencia demostrados, se inferían afectos que excedían el de la estricta obligación, bien que convendría preguntarse si podría ser hacedera la amistad entre un musulmán y un esclavo cristiano, por muy atento que fuera con él el enjuto fesí.

A pesar de la palmaria imposibilidad de ser amigos, tenía que agradecerle sus enseñanzas, porque gracias a ellas ahora se entendía con Salîm y éste confiaba más en él. Lo había acompañado muchas veces y, finalmente, lo enviaba solo a hacer recados, circunstancia que le permitía conocer la ciudad, de la que empezaba a considerar su relevancia y su belleza; aunque la terquedad de sus innumerables moscas, acrecentada por el calor, representara un tormento. Claro que la única población conocida por el muchacho era su Mixas natal, que cabía, para su asombro, en cualquier barrio pequeño de los muchos que contenía Fez.

Él escuchaba hablar de Málaga a sus vecinos, allá en el pueblo, que la reputaban de ciudad con numerosísimas almas; pero, la concentración de habitantes que allí se daba, rebasaba con mucho la magnitud que el mijeño podía siquiera imaginar. Aquello era un mar de gentes, una ciudad estado, un reino en el que vivía un sultán, poderoso señor de tierras, ejército, fortalezas y súbditos, cuyas vidas podían ser segadas con un simple gesto de su mano. Mano que, simultáneamente, se ocupaba de resguardarlos de otros monarcas que, ávidos de poder y de rapiña, como todos los soberanos, no tendrían escrúpulos por pasarlos a cuchillo, para apropiarse de urbe tan admirada como apetecida. No por ligereza, los de Ifriqiya reiteraban su propuesta al cielo: «Que Allah conceda el paraíso a los fesíes, y a nosotros Fez».

La verdad es que se les veía, si no enteramente dichosos, que nadie lo es por completo, sí despreocupados, fiados de su buena estrella. Los hombres, atareados en sus quehaceres; los niños, en sus interminables juegos, que ya rebullían con el sol apenas naciente y parecían esponjarse en cuanto el astro los bañaba, vigorizados, nutridos por él cual legítimos retoños de Helios; ruidosos, retozantes, atrevidos incluso los más pequeños quienes, al paso de Estevan, imitaban las travesuras de los mayores, mofándose a coro con sus voces menudas, gritándole: «¡rumí![1], ¡rumí!», para después escabullirse a pleno correr, supuestamente hostigados por el cristiano, medio vestidos y, los más, descalzos, salvo el menor de todos, que debía haber heredado de algún hermano unas babuchas que fueron amarillas y que, por venirle grandes, una de las dos se le desprendía, con lo que precisaba, de continuo, desandar para volver a calzarse.

Al mozo le contentaba ver a aquel arrapiezo de imponentes ojos negros y espesas pestañas que regresaba, una y otra vez, para recuperar la babucha y que, en su inocencia, confiaba en que lo aguardase la disgregada camarilla infantil, inútilmente.

El cristiano, en un tranco, se plantó delante del candoroso párvulo y esperó que introdujera el sucio piececillo. Cuando éste levantó la cabeza, se quedó mirando al adulto con los ojos muy abiertos, paralizado por la peligrosa cercanía del objeto de sus burlas; mas, sólo fue un soplo, la traviesa valentía, o inconsciencia, triunfó sobre el miedo y le espetó: «¡rumí!», y se giró rápidamente. Ya emprendía la fuga cuando se sintió izado, separado del suelo a buena altura. Cuatro o cinco hombres observaban la escena, recelosos de la posible reacción del esclavo, que acercaba su boca al tierno cuello de unos de sus pequeñuelos, pero las estentóreas risas del niño, mientras pataleaba en el aire, no dejaban lugar a dudas. Depositado en el pavimento, espontáneamente cogió la mano de Estevan.

—¡Ven a ver a mi abuelo! —le decía, en tanto lo arrastraba hacia sí.

---

1. Romano, sinónimo de cristiano, usado despectivamente.

A remolque, Estevan se dejaba llevar. Del mercado de los perfumistas salieron, rumbo al sur, a una travesía amplia y muy larga, que llamaban Tala'a Kabira, «la cuesta grande», en contraposición a Tala'a Saghira, «la cuesta pequeña». Ambas discurrían en paralelo, hasta unirse en peregrinación conjunta, hacia el santuario de Idris II, que los dos nuevos amigos habían dejado atrás. Al poco, el chico, de un tirón se desasió de la mano y voló a la tienda de un artesano, que elaboraba sus productos allí mismo, delante del público, sentado en una banqueta de un palmo, sobre el suelo invadido de virutas. Entró en tromba, con serio riesgo para los artículos, y se abrazó al anciano.

—¡Ah!, ¡mi Nasîm! —exclamó el abuelo—. ¿Qué vientos te traen esta mañana?

—Traigo un amigo nuevo. ¡Un cristiano! —respondió con ingenuo entusiasmo, apuntando a aquél con el dedo.

El joven recogió la babucha del niño que, ¿cómo no?, estaba tirada en la calle, y se quedó de pie mirando a abuelo y nieto, pues la entrada era inaccesible. Aun así, el perfumado aroma del cedro remontó los senderos de su olfato. El hombre, cubierto con un gorro de algodón blanco, también lo examinó desde su mirada azul y se llevó la mano al pecho. El español lo saludó, imitándolo.

—¿Eres tú el esclavo de Salîm? —se interesó, sin desatender su trabajo.

—Sí, señor —replicó—. Me llamo Estevan.

—Llámame Tayyeb, ese es mi nombre.

Con una liviana chilaba gris y unos zaragüelles albos, el artesano torneaba cilindros de madera, rodeado de cuencos de raíces nobles, bandejas labradas, algún tablero de ajedrez, merecedor del palacio de un emir, e infinidad de preciosas cajitas de todos los tamaños, con incrustaciones de hueso y marfil, pulidas con la meticulosidad de quien concede más valor a la calidad de su obra que a la prisa por venderla. La mano diestra impulsaba una vara de mediana longitud, que semejaría el arco de una vihuela, cuya cuerda destensada envolvía con un par de vueltas a una herramienta, también cilíndrica y perpendicular a aquel, que apresaba la madera y la hacía girar a gran velocidad por el movimiento del «arco». En la izquierda empuñaba una gubia, que aplicaba a la pieza por tornear, y el pie derecho, desnudo, imprimía la presión oportuna con el pulgar. El resultado era de una perfección inaudita, que mantenía extasiado al mijeño, atónito por la pericia del artífice.

—Estás perdiendo demasiado tiempo para un esclavo, Estevan —le anunció Tayyeb—. Vete con cuidado y regresa cuando quieras.

—Abuelo ¿qué es ser cristiano? —cuestionó Nasîm, de repente.

—Amar a Allah con otro nombre —repuso el anciano.

La figura del muchacho ya no se divisaba, oculta entre la muchedumbre de la medina.

Salîm comenzaba a impacientarse cuando Estevan cruzó el umbral del taller.

—¿Qué has estado haciendo, holgazán?, ¿crees que estás aquí para pasear? ¡Habla, zángano! —le interpeló, furioso.

—Estuve esperando al mercader, en el fondûk de Nejjarine, pero no ha llegado la caravana. Para estar seguro, he ido al barrio de los tintoreros y he mirado al otro lado de la muralla, por si vinieron después de anochecer y hubieran acampado fuera, tras hallar cerradas las puertas. Eso me ha retrasado —alegó con mansedumbre, vista la cara, encendida de ira, del amo—. Pero... volveré cuando tú lo desees.

Ahora sólo le quedaba rezar para que, efectivamente, no se hubiera dado el caso que acababa de inventarse.

—¡Tenía que haber entrado anoche en la ciudad! Esta tarde preséntate otra vez en el fondûk y si tampoco ha llegado, haces guardia allí hasta el oscurecer. ¿Me has entendido?

—Sí, amo.

El comerciante se dirigió a Aisha, ocupada en el telar:

—Allah no quiera que los tuaregs hayan atacado la caravana... ¡Tengo pagada toda la partida de seda!

—Sería extraño que la asaltaran, van muchos hombres y bien armados. Si lograran robarles sería a costa de sus vidas.

—¿Qué me importan a mí sus vidas? —bufó, saliendo. La mujer cabeceó afirmativamente, resignada. Ese era el esposo que le había deparado la suerte. Otras lo tenían peor. Nunca la culpó ni le reprochó no haberle dado hijos, quizá por su propio egoísmo. Pero no trataba exageradamente mal a nadie, aunque, era verdad, la vida de los demás no representaba nada para él, por muy bien que respetara sus deberes de creyente en la mezquita, guardara el ayuno de Ramadán y la obligación de la limosna. Con cicatería, eso sí. Tacaño, pero no miserable, eso también.

Cuando el chico se disponía, por la tarde, a cumplir con el mandado, entró Salîm a buscarlo.

—Vendrás conmigo al fondûk. Si ha llegado la caravana, retornarás aquí para avisar a Yúsuf. Entre los dos cargaréis con los fardos —así pensaba ahorrarse el arriendo del asno—. Vamos, deprisa.

El viejo andaba rápido, de memoria, sin fijarse en la ingente red de callejas que conducían al caravasar. Fez al-Bali, «la antigua», que incluía el barrio de los andaluces, fue concebida como una fabulosa telaraña en la que se podía penetrar, pero, más difícilmente, salir de ella. Adentrarse allí un escuadrón enemigo, sin que un fesí traidor lo guiase, se convertía en un suicidio seguro. En cambio, la ampliación que fundó la dinastía de los meriníes, Fez al-Jédid, unida con la primera por el sur, disfrutaba de calles más espaciosas, pero estaba igualmente amurallada y defendida por el ejército del suntuoso palacio.

En la fuente de azulejos, previa al fondûk y del mismo nombre, el amo se detuvo para aliviar la sed. Hacía calor. Después le mostró la entrada, para que lo esperase allí, con una elocuente señal de su índice. Estevan asomó la cabeza al patio de columnas, hermoseado, igual que las otras dos plantas, con arcos de herradura apuntados. Luego se sentó en el escalón del portal, protegido por la prominente cornisa de madera tallada, a contemplar el ir y venir de la gente. Detrás de él, la ojiva, que enmarcaba la puerta de doble hoja, aplicada al muro de la fachada esculpida de encajes.

Como Salîm no volvía, dedujo que la caravana no habría llegado. Eso salvaba la mentira, en cuanto a su retraso de la mañana, y la trocaba en verdad. Despreocupado, entonces, recostó cómodamente la espalda y se entretuvo con los personajes que, frente a él, circulaban. Se reconocían las clases sociales en la calidad de sus ropajes o en la actitud, altanera y presuntuosa, de los pudientes. Más complicado suponía adivinar los oficios, aunque los curtidores de las vecinas tenerías se distinguían por las manchas de tinturas en brazos y piernas, que llevaban desnudos, de los que dificultosamente se eliminaban los restos; así como el desagradable hedor que los acompañaba, producto del trabajo dentro de las tinas, sobre las que se vertían aceites combinados con excrementos de palomas, para que las pieles ganaran dureza y resistencia. Presenciar su labor en las tenerías incitaba el deseo de vomitar por la insufrible fetidez que brotaba de las pozas, pero la multitud de colores de los pilones evocaba un inmenso y abigarrado muestrario de pinturas.

Además de los transeúntes, que desfilaban ante el cristiano inmersos en sus intereses, se iban acumulando visitantes que entraban en la posada para salir poco más tarde. Tan crecido se hizo el trasiego, que Estevan hubo de levantarse para que no lo pisaran. Acudían como Salîm, atraídos por la caravana. Luego, decepcionados, terminaban por despedirse, tras un rato de charla en la plaza, congregados en diferentes corros.

Comerciantes, todos, de algún ramo, había propietarios de cualquiera de los más de tres mil telares con que contaba la urbe, de las doce fundiciones, las once fábricas de vidrio o de las abundantes alfarerías en las que se modelaban las mejores arcillas del Magreb, perfiladas con geométricas figuras de azul cobalto.

A unos les guiaba el propósito de comprar, a otros el de vender, y también aquéllos a quienes les empujaba la inconfesable finalidad de copiar procedimientos o diseños ideados por artesanos de lejanos países. Incluso se desplazaban hasta el fondûk avispados sirvientes de media docena de baños, de los más de noventa que existían, para seducir a forasteros y locales, previniéndoles de que no se cerraba un negocio, como era debido, sin la relajación que se les ofrecía en sus establecimientos, inhalando las balsámicas fragancias de las plantas aromáticas, después de un tonificador baño y un minucioso y reparador masaje con aceites, mientras saboreaban un delicioso té verde a la menta. Eso —atestiguaban—, cualquier hombre de mundo lo daba por sabido.

Paulatinamente se deshicieron los corros, hasta quedar la plaza desierta. Al día siguiente regresarían. Sólo entonces, ya anochecido, cruzó Salîm el umbral del caravasar. El muchacho lo siguió a varios pasos detrás de él, la distancia preceptiva en un esclavo. El comerciante avanzaba a buena marcha y desapareció de la vista al doblar una esquina. Ya lo alcanzaría —pensó éste—. Pero, de repente, vio volar y rodar por el suelo el fez rojo de su amo. Algo le dijo que no era una simple caída del gorro debida al viento, que no hacía, ni a un movimiento normal. Alarmado, corrió en busca del viejo. Lo encontró al otro lado de la esquina, con el miedo reflejado en los ojos, desmesuradamente abiertos, y una daga al cuello, sostenida por alguien de vestimenta negra y con la capucha ocultándole el rostro, a quien el primero le entregaba, espantado, una bolsa con dinero.

No se paró a reflexionar. Con la fuerza de la carrera, saltó en el aire y le propinó al desconocido una patada en las costillas que lo tiró al empedrado. Aquella forma oscura rotó sobre sí misma, con ruido de ropajes y tintineo de monedas, y se alzó de un brinco. Debía de ser joven y ágil. El agresor, con el puñal en una mano y la bolsa en la otra, se arrojó al muchacho con indudables intenciones de herirlo. Estevan tuvo tiempo de agarrar la muñeca que sujetaba la daga. Se apartó sin soltarla y dejó que el cuerpo del ladrón continuara su trayectoria. Lo que se quebró en el brazo del atracador fue menos audible que el choque del acero, al estamparse contra las piedras del pavimento, pero el hombre acusó el dolor con un espasmo y un gemido sofocado.

El comerciante se adueñó del arma, mientras el cristiano permitía que se zafara el ladrón y huyera.

—¿Por qué lo has dejado escapar? ¡Ya tenía la daga en mi poder! Podía haberlo matado, que es lo que se merecía —exclamó, con la expresión del fiasco en la cara.

—Porque no deseaba que mi amo se manchara de sangre. Es mejor así. Le he roto el brazo y recuperado la bolsa, ¿no es suficiente? —decía, en tanto le alargaba la escarcela de cuero con las monedas.

—Eres un esclavo estúpido —declaró, calándose el fez—. Quiso degollarme y a punto estuvo de conseguirlo... mas fuiste oportuno y lo evitaste, con peligro de tu propio cuello —lo miró, dubitativo, pero al fin se determinó a cederle el cuchillo—. Serás también mi guardaespaldas y portarás la daga que le arrebataste a ese chacal.

Estevan guardó el arma entre sus ropas. En un siervo era anormal llevarla. Escondida le libraría de incómodas explicaciones. Ya no necesitaría usar el hierro, envuelto en trapos, que tenía. Por otra parte, había resultado indemne de la lucha con el atracador, luego las prácticas nocturnas se revelaban eficaces para conservar despiertos los sentidos, a la vez que lo fortalecían. Estaba henchido de orgullo. Su padre, de verlo, asimismo lo estaría.

Esa noche la cena fue más copiosa y suculenta. Aisha no atinaba a descifrar qué habría influido en el ánimo del esposo para que se obstinara en ocuparse, personalmente, en cuanto al alimento del sirviente cristiano.

La buena noticia se difundió por los zocos con la vivacidad de un incendio enardecido con resinas: la caravana acababa de llegar. Habían padecido una tormenta de arena, levantada por el simún, el tórrido viento del desierto. El instinto de los camellos anticipaba la proximidad de la tormenta y los volvía inquietos y malhumorados. Los animales, físicamente acondicionados con gruesas cejas y pelos en las orejas, para filtrar la entrada de cuerpos extraños en ojos y oídos, se preparaban para sellar las fosas nasales. Otros signos también pronosticaban la tempestad, al decir de los tuaregs, como el aumento de desprendimientos de arenas en las dunas, que, espontáneos, se deslizaban a modo de rápidos riachuelos y, con la fricción producida entre los granos, semejaban susurros guturales en mitad de la noche que los hombres achacaban a los «djin», los diablos o demoníacos seres invisibles del desierto.

El viento azotó durante dos días animales y tiendas, en las que camelleros y mercaderes se refugiaron. El polvo rojo, que vencía el parapeto de las paredes de lana, penetrando por los más insignificantes intersticios, coloreaba el interior de esta tonalidad y podía detectarse su aspereza entre los dientes. Entretanto, los animales resistían sentados, apretados los cuerpos entre sí, por conservar su temperatura, inferior a la del ambiente, trabadas las patas y enlazados a la soga común, para impedirles la huida a la que tendían en ese trance.

Pero, al fin, se hallaban en el caravasar. Salîm partió con urgencia, escoltado por los dos muchachos, Yúsuf y Estevan. El amo entró a base de empujones y de imponer su autoridad al etíope que, de pie, en la puerta, vigilaba la entrada. El ciclópeo negro, apoyado en una enorme cimitarra persa, fiscalizaba a todo aquél que intentara traspasar el umbral del fondûk, obligado a velar por que, en la confusión del bullicio propiciado por comerciantes y servidores, no se le escurrieran los indeseables rateros. Asentado firmemente sobre sus desnudas piernas abiertas, y los sudados músculos brillándole al sol, no le asaltaban dudas para, de un empellón, hacer rodar por tierra al sujeto de quien sospechara.

Enseguida se les mandó aviso para que pasaran. El patio estaba atestado de camelleros y de animales, que bebían por turnos en el abrevadero de piedra colocado en el centro. Los conductores, que ya habían librado de las cargas a las bestias, les gritaban órdenes para que se sentaran o no mordieran a otras, con las consiguientes quejas de éstas, y trataban de controlar a las crías para que no se les desmandaran. En el almacén, el comerciante y el mercader abrían los bultos que contenían las mercancías. Delante de ellos, el dueño del establecimiento actuaba de supervisor, por demanda de ambos, para verificar que las piezas compradas respondían a las entregadas, con lo que, de ajustarse a lo pactado, se evitaban conflictos posteriores. Yúsuf tomó el género en sus manos y anduvo examinándolo un buen rato. Comprobaba la manufactura, la suavidad al tacto, la finura del tejido, su resistencia al aire, dejándola caer libre desde su altura, y buscaba posibles defectos de elaboración o tinte, mirándola al trasluz.

Cuando el joven quedó convencido de la óptima calidad de la seda, miró a Salîm expresando su aprobación. El viejo, que ya se había asegurado de la inexistencia de merma, dejó constancia de la recepción satisfactoria de la partida en el recibo que exhibió y leyó, con toda parsimonia, el posadero, quien, después de rubricado, se lo cedió al mercader y aseveró:

—Los dos habéis obrado sin engaño, con arreglo al sagrado Corán, en el que está escrito: «*Cumplid con las medidas cuando las deis y sed justos en el peso, esto es mejor y tiene un final más hermoso[2]*». Así, pues —continuó—, sean abominados aquellos que osaran calumniaros.

Dichas estas palabras cual si poseyera el predicamento de un cadí, abandonó el almacén con solemnidad.

Rehicieron los fardos y experto y esclavo, cargados como lo estaría el borrico de no habérselo ahorrado el roñoso patrón, se dirigieron a la tienda, mientras él negociaba una nueva compra con el mercader en las mismas condiciones. Es decir, pagando de antemano el importe de las mercaderías solicitadas. Con esta fórmula, el vendedor se garantizaba que, en caso de robo o de cualquier otra eventualidad que conllevara pérdidas, devolvería sólo una parte del di-

2. Sura 17, aleya 35.

nero recibido al comprador, la que se hubiere estipulado previamente, repartiéndose el riesgo entre ellos.

Yúsuf, valiéndose de la ausencia del amo, aprovechó para interesarse:

—Me ha contado Salîm que le robaron y tú saliste en su defensa. ¿Es verdad?

—Así fue —contestó lacónico, bajo el voluminoso bulto.

—Cuesta creer que un esclavo sea tan leal —comentó el fesí, sin pizca de malicia.

—No es lealtad, Yúsuf. Tengo puestas las miras más allá de Salîm —se sinceró—. ¿De qué me vale cambiar de amo? ¿Y si, además, lo hubieran matado y culpado a mi de su muerte? A estas horas mi cabeza estaría clavada en una pica.

—Pero todo esclavo, en especial el capturado en tus circunstancias, desea fugarse. ¿Tú no?

—¿Tú contribuirías en ello? —preguntó el cristiano, parándose en mitad de la calle para mirarle a la cara.

—Eso sería muy comprometedor para mí, incluso para mi familia —admitió azorado, y casi bisbiseó—: nuestro sultán, Abu Abd Allah, *al-Burtugali*, es cruel en particular con los cristianos y dispensa igual trato a quienes colaboran con ellos, por traidores. Es más, le basta sospecharlo.

—Entonces no hagas preguntas ociosas —masculló Estevan, reemprendiendo la marcha—. Y dime, ¿por qué lo apodan de esa manera: al-Burtugali?

Yúsuf, por si había algún oído indiscreto atento a la conversación, prefirió hablar en español.

—Lo llaman así, *el portugués*, porque de niño fue apresado por los portugueses y habla su lengua. Estuvo en poder de ese reino durante siete años. De ahí proviene su aversión a los cristianos.

—Seguro que no fue tratado como un esclavo —exclamó el mijeño.

—Los soberanos, aun siendo enemigos, se protegen entre sí, ¿no lo sabías? Sin embargo, para quien está habituado a que sean obedecidos sus más mínimos caprichos, que lo encierren en una torre, lo ignoren y le den órdenes, es una humillación proporcional a la que siente un hombre libre reducido a la esclavitud.

—No me mueve a compasión el sufrimiento de los monarcas. Igual que a ellos el mío.

—No te lo reprocho, a mí tampoco —afirmó el musulmán, entrando en el patio del taller—. Sólo te explicaba el origen de su aborrecimiento a los cristianos.

En el segundo telar, contiguo al de Aisha, apilaron los fardos. La mujer se quedó con Yúsuf y mandó al esclavo a la tienda. El dependiente, Hussein, con ostensibles muestras de respeto, enseñaba mantas a un hombre que, por su atuendo, sus modales reposados y la parquedad de su conversación, Estevan concluyó que reunía las características de un erudito. Daba la sensación de que su estancia allí no se debía al azar, sino por llevar a efecto alguna diligencia. El muchacho no se engañaba, era nada menos que el director de la madrasa Abu Inania, Marzûq ben Umara, que adquiría un lote de mantas nuevas para los estudiantes. De la gravedad y circunspección que destilaba su persona, emanaba una autoridad confirmada por la contención y mesura de sus palabras. Alto, proporcionado, de cabello entrecano, pues ya sobrepasaba los cincuenta años, la nariz aguileña armonizaba a la perfección con la aguda mirada de sus ojos. El negro de la impecable chilaba contrastaba con la pálida tez, inconfundible rasgo de aquéllos a los que el sol ha tenido pocas oportunidades de tostar, enclaustrados en su escritorio.

Entre las piezas que le mostró Hussein, el eminente director se limitó a escoger una con el índice de la mano diestra, en la que destacaba el azul de las venas sobre la nívea piel, inmaculada salvo por las contadas motas delatoras de su edad; una mano exenta de callosidades, como no fuera en el dedo cordial, de afianzar el cálamo.

—El valor de éstas... —intentó exponerle el vendedor, pero Marzûq lo silenció con un movimiento de cabeza.

—Dile a Salîm que no voy a discutir la cuantía. Pero adviértele que son para la madrasa y que si el precio no es de mi gusto cambiaré de proveedor. Mandádmelas con un mozo mañana mismo —añadió, y dándose la vuelta, se marchó.

—Como dispongas, mi señor —dijo Hussein al vacío, en tanto iniciaba una respetuosa inclinación frente a nadie.

—¿Quién era el comprador? —curioseó Estevan.

—El que dirige la madrasa de Abu Inania, pero ¿qué le importa eso a un esclavo cristiano? —objetó Hussein, quien, a voces, comentó lo absurdo que le parecía el interés del infiel extranjero, al dueño de la tienda de enfrente, un individuo achaparrado y carirredondo, cuya distracción favorita consistía en explorarse la nariz todo el día con desesperante constancia. Ambos rieron de lo que juzgaban como un extravagante despropósito.

—¿Qué pasa aquí, Hussein?, ¡no te pago para que te diviertas con ese estúpido gordo! —interrumpió Salîm, con su repentina entrada y sin ocultar la opinión que le merecía el tendero que le hacía la competencia, mientras aquél regresaba a sus narices—. ¿Y tú qué haces ahí agarrado a la escoba?, ¡barre que para eso te mantengo! ¡No puedo faltar un instante! —se quejó—. ¡Qué bien vivís a mi costa, gandules!, pero cualquier día os echo a todos y me quedo solo. A ver, ¿cuánto has vendido hoy?

Aun entorpecido por los balbuceos, el dependiente enumeró y sumó las operaciones de la jornada, que bien podía ser tachada de fructífera; pero, el broche final de la partida de mantas y el prestigio que suponía abastecer a la madrasa, relajó las facciones del viejo. Le echó una mirada de suficiencia a su tendero enemigo y dijo, de modo que éste le oyera:

—Tú, Estevan, las entregarás mañana a primera hora a mi buen amigo —subrayó—, el ilustre director, y esperarás allí hasta que él las inspeccione y quede complacido. Le dices que el precio no será otro sino el que él determine —terminó de proclamar, al tiempo que se frotaba las manos, despacioso y como ausente, tal que había visto hacer a los negociantes poderosos—. Ahora toma estas monedas y corre al mercado de las babuchas, con Yúsuf, a que él te elija unas decentes. No puede aparecer con ésas, comidas de mierda, el esclavo de un suministrador de la gran madrasa de Abu Inania. Yo me voy a rezar a la mezquita —anunció a Hussein—. Hay que agradecer a Allah y no estar siempre apegados al dinero... ¡como hacen otros! —soltó, acusando con la mirada a su competidor, al que, si bien se le pegaban los dedos, no era precisamente por el oro.

—Aguardad aquí —dijo, imperativo, el joven, dirigiéndose a Yúsuf y, a continuación, se perdió tras una puerta de la galería.

Por la pulcritud de su traza y la dignidad de su porte, debía de ser uno de los estudiantes de la madrasa. Seguramente pertenecería a los más sobresalientes, en los que se delegaba alguna pequeña responsabilidad.

Estevan recorrió con la vista la techumbre, un alfarje de cedro finamente labrado, y después, boquiabierto, sucumbió a la tentación de mirar a través de la celosía, de igual madera noble. Por entre los huecos de los listoncillos, distinguió el patio rectangular. Una fuente, baja y circular, de mármol, como el enlosado, centraba el patio. Las galerías ocupaban tres lados del rectángulo y, en el cuarto, paralelo al de entrada, se hallaba instalado un oratorio con su correspondiente mihrab, la hornacina orientada a la Meca. Los muros, en los que se alternaban estuco, madera y azulejos con figuras geométricas y pulida caligrafía, estaban ornamentados por entero, a menudo en más de un plano; de tal manera que ínfimos troncos de cono se unían, arracimados, y semejaban descender de un éter inexplicable hasta encontrar allí el punto final de su cósmica andadura, su estático destino. El edificio no parecía construido, sino que, partiendo de una sola pieza, una masa de maleable roca blanca, se hubieran esculpido arcos y vanos, y se adosara el maderamen de vigas, aleros y frisos sobre sus ordenadas espumas blanquecinas.

—¡Cuánta riqueza! —alabó Estevan—. ¿Qué es este lugar?, ¿a qué se dedican aquí? —preguntó, a sabiendas de que el palacio, o lo que fuera, no era propiedad de ningún ricohombre ni de un gobernante.

—Es una escuela, pero no de materias elementales —respondió Yúsuf—. Aquí no se enseña a leer o escribir. Se estudian los textos sagrados, teología, gramática y otras ciencias superiores. Los estudiantes son elegidos; pero es que los maestros son de la mayor talla —apuntó, para exponer a continuación—: desde que el sultán Abu Inan fundó esta madrasa, entre 1350 y 1357 de vuestra era, han impartido clases grandes pensadores y sabios, como el granadino Ibn al-Jatib, que nació en la población que vosotros llamáis Loja y nosotros Lawsa; el tunecino Ibn Jaldún y otros también muy notables. Es tan importante, que es la única madrasa en la que se admite que se haga la oración del viernes.

El circunspecto discípulo retornó para comunicarles el recado del director.

—Ibn Umara está ocupado. No puede recibiros, pero me encarga que elija una cualquiera de las mantas, que se la lleve y me digáis el precio por unidad.

Estevan desató los nudos de los bultos, para que el joven escogiera, mientras repetía la consigna de Salîm:

—Mi amo somete a la conocida rectitud de espíritu del ilustre director la tarea de valorar el género. Valdrá lo que él mismo decida. No habrá discusión.

—Bien —aceptó el estudiante—, escojo ésta —dijo, entresacando una del centro—. Vuelvo enseguida con su respuesta.

Como había indicado, el joven estuvo de vuelta antes de que el cristiano terminara de admirar la elegante madrasa. Insinuó que el relevante personaje quedaba complacido, y les entregó un saquito de cuero que, por el peso de las monedas que guardaba dentro, Estevan presintió el contento del comerciante.

Atravesaban el umbral del portalón, de cinceladas hojas

de bronce, cuando sonó un trueno metálico que amedrentó al esclavo y lo hizo retroceder violentamente. Todavía la vibración en el aire, el muchacho asomó la cabeza agarrado al quicio, en tanto Yúsuf lo miraba divertido. Al mijeño le chocó la naturalidad con que la gente proseguía en sus quehaceres, imperturbable, sin más alboroto ni confusión que el acostumbrado, a pesar del estruendoso golpe.

—¿Qué ha sido eso? —interpeló al fesí, que reía francamente calculándose las enrevesadas cavilaciones de Estevan.

—Es sólo el tañido de la clepsidra de Abu Inania —contestó, medio ahogado por la risa—. No tienes nada que temer de un reloj de agua. Sencillamente, marca las horas.

—¿Un reloj de agua?, ¿qué ingenio es ése? —se interesó. Aunque nunca hubiera estado ante ninguno, Pedro, el mulero de Mixas, se obstinaba en afirmar la existencia de uno, de sol, en Málaga, del que daba pelos y señales; mas, de artefacto distinto, no tenía la menor referencia.

—Ven, fíjate bien —le dijo el fesí que, desde la puerta de la madrasa, pues el reloj estaba al otro lado de la calle, le señalaba una casa con doce ventanitas—. Esa de enfrente es «dar al-Magana», la casa del Reloj. Cada hora se abre, sola, sin que nadie intervenga, una de las ventanas, y deja paso a una bola de metal que cae sobre el cuenco de bronce situado debajo de ella. El impacto produce el sonido que te sobresaltó, con el que anuncia la hora.

—Parece cosa de hechizos o de magia —confesó Estevan, maravillado—. Pero no veo ni escucho agua por parte alguna.

—Sólo sé que el artificio se mueve gracias a ella, y que la casa, por medio del arco que cruza la calle, se comunica con la madrasa. Desde luego es ciencia y no magia, pero no puedo decirte más porque ignoro cómo funciona por dentro. Sin embargo, conozco a Ismail, el «muwaqqit», el que se dedica a mantenerla en perfecto estado. Es amigo de mi padre. Le preguntaré en la próxima ocasión que coincida con él, porque también a mí me despierta curiosidad.

Ismail avanzaba a paso lento entre el gentío. Era imposible andar en línea recta por la Tala'a Kabira sin tropezar con alguien. De continuo había que sortear transeúntes, y tan pronto se iba pegado a una pared como se pasaba al centro de la calle o a la pared contraria, obligado a enmendar el rumbo. A vista de pájaro el efecto debía de ser como el de la visión de esos finos senderos de hormigas laboriosas que, expeditivas, van y vienen al hormiguero en columnas que se cruzan o se cortan por el súbito encuentro de opuestas y se vuelven a reunir, en un constante serpenteo inasequible al seguimiento sosegado.

No obstante, el hombre caminaba eludiendo los cuerpos, de los que hacia él venían, de manera casi inconsciente, sumido en asuntos de su cargo. De hecho, llevaba enrollada una cuerda de hilos torcidos de cáñamo, entre el hombro y la axila, que serviría para reponer, en cuanto llegara, parte del cordaje del artilugio; así como no debía olvidar untar de grasa el eje de la cuarta polea, que acusaba con punzantes chirridos la sequedad en que se hallaba.

Yúsuf vio aparecer y desaparecer, en medio de otras muchas cabezas, el pelirrojo cabello crespo de el «muwaqqit»; pero no reparó en el tableteo de los cascos del burro que, traqueteante por la abrumadora carga, corría espantado. Sólo se apercibió cuando el animal pasó junto a él a toda marcha, lanzando rebuznos lastimeros. En cambio, el cristiano sí que vio al asno, la carga y, en concreto, el peligro que le sobrevenía a lo que se tambaleaba sobre ella: tres chiquillos que, por milagroso equilibrio, se mantenían unidos, pecho con espalda, abrazados por la cintura, el primero de los cuales era nada menos que Nasîm que, al descubrirlo, gritó con los ojos despavoridos: «¡Estevan!».

Eso bastó. Estevan utilizó la brecha que se abría al descontrolado paso de la bestia, para precipitarse hacia ella a la máxima velocidad que podían proporcionarle sus piernas. Según se ponía a su altura, levantó el brazo izquierdo para alcanzar la espalda del último de los pequeños, que arrastró a sus amigos cayendo encima del valiente mozo. Éste, gra-

55

cias a la inercia, pudo recogerlos sin aminorar la marcha, y aún coger el cabestro y parar al burro. El rebuzno final lo recibió Ismail en pleno rostro, junto con salpicaduras de saliva, pero eso mismo lo consoló al percatarse de lo cerca que anduvo de un doloroso encontronazo con el orejudo bruto.

Los chicos resbalaron indemnes por el cuerpo del joven hasta el suelo. Solamente Nasîm, sin babuchas, claro, se sostenía agarrado a su cuello vociferando: ¡me iba a caer, «rumí»!

El dueño del asno, con el calzado de Nasîm en la mano y las ropas manchadas, suspiró aliviado cuando irrumpió nervioso en el corrillo de gente formado alrededor de Estevan, y se enteró de que nada grave hubo pasado. Explicó apurado, el hombre, cómo montó a los chiquillos en el burro por no sufrir más la machacona insistencia con que se lo pedían; si bien, una vez arriba, éstos debieron asustarlo a base de jugarretas. Él salió detrás de ellos, en cuanto el animal hizo un extraño y comenzó a trotar, pero pisó algo escurridizo y acabó en tierra cuan largo era, como se desprendía de la suciedad, reciente a todas luces, de su aspecto.

—¡Pero si es Nasîm, el nieto de Tayyeb! —exclamó Ismail—. ¡Eres más revoltoso que un mono! Habéis estado a punto de romperos la cabeza y de llevarme a mí por delante. Vete con tus compinches a la tienda de tu abuelo, ¡inmediatamente! —le conminó, señalando a los otros dos, a la par que zarandeaba la orejilla del chiquitín, ya de pie, y daba cara a su salvador—. ¿Y tú, al que Nasîm llama cristiano, quién eres?

—¡Es mi amigo, el «rumí»! —se anticipó el niño.

—¡Que os vayáis! —rugió el «muwaqqit».

El corro de curiosos se disolvió, despabilado por el rugido y porque el incidente, sin más trascendencia, se daba por terminado. El del borrico, reciamente sujeto el ronzal, marchaba calle adelante, y los mocosos habían desaparecido. Yúsuf consideró prudente tomar la palabra:

—La paz sea contigo, Ismail. Éste, que ha evitado el accidente, se llama Estevan y, efectivamente, es cristiano y esclavo de Salîm, el comerciante para quien yo trabajo, como tú sabes. Volvíamos de entregar una mercancía en la madrasa, cuando ha ocurrido todo esto.

Ismail todavía se limpiaba la cara, con expresión de asco, de los salivazos del cuadrúpedo.

—Contigo sea la paz, Yúsuf —devolvió el saludo—. En verdad es insólito estar en deuda con un esclavo cristiano, pero si no es por él, me habría arrollado el animal.

—Pues esta es la oportunidad de saldarla, Ismail, y yo de beneficiarme —dijo, festivo, Yúsuf—. Veníamos preguntándonos cómo funciona la clepsidra, y nadie mejor que tú para ilustrarnos, si es buen momento para ti.

Ismail los miró, por si se chanceaban, pero la formalidad y respeto que traslucían sus gestos lo apartaron de cualquier duda. Insólito era estar en deuda con un esclavo, pero más aún que éste estuviera interesado en un reloj de agua. Tenía que sustituir el cordaje; pero, bueno, ya lo haría más tarde.

—Acompañadme a la madrasa —respondió el «muwaqqit»—. Me lavo, para limpiarme de babas, e intentaré explicaros lo fundamental.

Traspasó la puerta de bronce, en tanto ellos quedaron fuera y, en efecto, regresó al instante, todavía con el rostro húmedo.

—Poned atención —advirtió—. Os voy a descifrar el funcionamiento a rasgos generales, solamente, porque es una máquina muy compleja.

»Hay dos condiciones principales de las que partir: un recipiente perfectamente medido y una fuente que provea de agua de manera constante y en idéntica cantidad. Al llegar el fluido a las marcas, sabremos el tiempo transcurrido. ¿Hasta aquí, entendido? —quiso asegurarse.

Los jóvenes afirmaron con la cabeza, simultáneamente.

—Bien, continúo: esa es la raíz de la idea, pero podemos recurrir a otras soluciones. Por ejemplo, la inversa; que el recipiente se vacíe a una determinada velocidad. Sería lo mismo, ¿no? Pues este es el caso. Tenemos un depósito que va expulsando agua y sobre su superficie un disco equilibrado de tal forma que pese pero no se hunda, manteniéndose siempre a flote. Lo que equivale, en la práctica, a que en la medida que disminuye el nivel, el disco baja con él. Imaginemos ahora que atamos una cuerda al peso flotante, y que la pasamos por entre poleas que mueven engranajes; todo, naturalmente, estará subordinado al ritmo marcado por el desalojo del fluido. Valiéndonos de ese movimiento constante, podemos multiplicar sus efectos con más cuerdas, más poleas y más engranajes para que, además de las horas, se obtengan otros resultados, como la indicación de las fases de la luna, por exponer uno. Mas esto, siempre que la complicación no afecte a la cuerda principal, porque el simple rozamiento de los engranajes provoca una fuerza contraria, un retraso, por tanto, que debe ser contrarrestada con las poleas, hasta anularla.

»Como veis, es un ingenio intrincado, pero si superamos dichos problemas, dispondremos de mecanismos que obedecerán nuestros deseos. Así, en esta clepsidra, su constructor, Ibn Ahmed, en el 1357 de tu calendario —especificó para Estevan—, consiguió que, sin mano humana, a cada hora se abra una de las doce ventanas de la casa, que tenemos al otro lado de la calle, salga de ella una bola de metal y caiga en uno de esos cuencos de bronce que contempláis y que, con el consiguiente ruido, nos avise.

Ismail los observó nuevamente.

—Creo que con esta explicación —añadió—, habréis alcanzado una idea bastante precisa de en qué consiste y de que el mantenimiento de cordajes, poleas y engranajes, es primordial para que funcione eficazmente. Ese es mi trabajo. Vivo dedicado al reloj, al que inspecciono a diario —concluyó.

Los muchachos prolongaron su silencio, todavía fascinados por la exposición del «muwaqqit».

—Si no fuera por las aclaraciones que has hecho —se aventuró a hablar el mijeño—, pensaría que este prodigio es obra de encantamiento, aunque Yúsuf ya me había advertido de que es fruto de la ciencia.

—Curioso esclavo: aquí, la precisión es la magia. No hay lugar a conjeturas, es ciencia; no obstante, en la posición en que ésta araña el arte o se convierte en él. Pero no olvides que la completa perfección sólo es patrimonio del Clemente.

El cristiano se preguntaba dónde estaba la diferencia, en tal caso, entre arte y ciencia. Iba a rogar que le despejaran la cuestión, cuando habló Yúsuf.

—Debemos volver a la tienda, Ismail —recordó el fesí—, o Salîm nos recibirá a bastonazos. Tus enseñanzas han sido un regalo —encareció sinceramente.

—Podéis venir cuando queráis. Entonces os mostraré el interior de la clepsidra. ¡Que Allah os guarde! —dijo, despidiéndose el responsable de la «dar al-Magana», pero agregó—: a ti también, «rumí», amigo de Nasîm.

—¡Que Él te guíe! —respondieron a coro.

Entre percances y experiencias ya era media mañana; pero, para Estevan, el tiempo hubo pasado en un vuelo, embelesado con la belleza de la madrasa y la maravillosa máquina del reloj de agua.

A Salîm le escandalizaría la tardanza. Sin embargo, la sonora bolsilla del cobro de las mantas y la vanidad de sentirse proveedor de Abu Inania, colaborarían a apaciguar la riña previsible y a estimular su indulgencia. De todos modos, valdría la pena soportar una regañina, harto recompensada con lo visto y lo aprendido. Quizá las habladurías de su pueblo, con respecto al salvajismo y la ignorancia de los moros, obedecían al descrédito y el menoscabo que se hace del enemigo, que siempre suelen ser injustos. No es que empezara a dudar sobre si quedarse. El propósito de recuperar su libertad, regresar a Mixas y vengarse del turco, era inmutable. Pero había que admitir que allí vivían personas con sentimientos, esperanzas, emociones e inteligencia, como en su tierra; de otra fe, costumbres, e incluso indumentaria, sí, pero distaban mucho de ser estúpidas.

Cubierto, en un santiamén, el trayecto hasta el zoco de los tejedores, los jóvenes hallaron al comerciante en la tienda, atendiendo con apreciable interés a un hombre que, dada la atención que le prestaba y el té al que lo había invitado, tenía que tratarse de un encumbrado mercader, porque el amo no desperdiciaba esfuerzos ni dinero con cualquier cliente. Vestía con ropas de calidad, aun cuando no hacía gala de ostentación, sino discretamente, como quien desea pasar desapercibido sin que ello impida, en último caso, que se reconozca su categoría, que no es un pelagatos. Mas algunos detalles, de quien se decía forastero, no cuadraban a Estevan.

El mijeño barría, pero no descuidaba el ojo. En el juego de comprador y vendedor, era ley no escrita que el obsequioso fuera éste último y el papel de cauto y frío correspondiera al primero. Que ambos se mostraran deferentes comportaba una alteración inquietante. Además, el sujeto era menos elegante que su ropaje.

Salîm exteriorizaba entusiasmo ante un cliente que no regateaba más de lo necesario, exigía calidad sin ajustar demasiado el precio y abonaba una generosa parte a cuenta del pedido. Acaso, por esa fluidez, apresuramiento en realidad, en otorgar su beneplácito a las condiciones impuestas por el vendedor, el amo pasaba por alto la falsa sonrisa del tal Rashid, y la postura ausente, por instantes, de la que retornaba constreñido a sus funciones de ávido negociante. Inconscientemente, en ese estado de vuelta a la situación real, paseaba la yema del pulgar por el costurón, de tres dedos de largura, que envilecía, irrecusable, su mejilla izquierda, y que la dispersa barba no conseguía disimular.

—En los telares tenemos labores pendientes para más de un mes; pero, a pesar de ello, las pospondré —dijo el viejo, jactancioso y falaz— por servirte con rapidez.

—No hay prisa, amable Salîm, tengo otros asuntos de que ocuparme... otras compras —agregó Rashid—. Tómate el tiempo que sea indispensable.

La mirada aviesa y fría del personaje se posó en el rostro del esclavo. Había captado el furtivo husmeo de éste y no le gustaba ser objeto de observación. Estevan se sintió muy incómodo con aquella ojeada siniestra y, sin saber por qué, palpó la empuñadura de la daga.

—Si te soy de utilidad en esas compras, no dudes en llamarme —insistió—. Puedo aconsejarte sobre los comerciantes que tienen las mejores calidades de su especialidad y decirte quiénes, entre ellos, son los más honestos y eficaces. Con placer me pondré a tu disposición.

—Déjame recado cuando tengas lista la mercancía. Estoy en el fondûk de Omar, en las cercanías de Bab Guissa. Es posible que te requiera para alguna consulta —dijo, con la espontaneidad del que acaba de ser asaltado por un pensamiento inesperado—. Mientras tanto, queda en paz, mi buen Salîm —le deseó como despedida.

Estevan no había perdido puntada y aún se mantuvo atento, hasta desvanecerse entre la gente, a aquella figura delgada que escondía, estaba seguro, algo infamante; tan turbadora, que le erizaba el vello. Ese hombre, de corta estatura y aun así cargado de espaldas, representaba un peligro para alguien. ¿Acaso para su amo?

En eso se equivocaba el cristiano. Su intuición podría calificarse de excelente, pero se desviaba de la dirección. Rashid era muy peligroso, mas no para el tendero. Él no entraba en sus objetivos sino como una tapadera a sus verdaderos fines; quizá, también, como involuntaria fuente de información. Había negociado con Salîm, en definitiva, para dar autenticidad a su disfraz de comerciante y tener una coartada que explicara, con compras demostradas, su estancia en Fez. Sus propósitos sobrepasaban, con mucho, todo lo que pudiera obtener de un triste tratante de sedas y tejidos; pero necesitaba un pequeño comerciante asentado en la medina, no uno que viajara y pudiera verificar, a conciencia o por casualidad, la impostura de sus afirmaciones, porque sus contactos no estaban relacionados con el mundo de los mercaderes de Warhan[3], que vendían provisiones a

3. Actual Orán.

los españoles cuando no estaban acorralados por los turcos; ni con los de la ciudad de Uxda, como había proclamado ante Salîm.

La empresa que le había conducido a Fez se debía a sus conexiones, pero éstas se situaban en un terreno de índole menos confesable. Como embaucador conocido, fue reclutado por João Loulé, un oficial del ejército portugués que tenía a su cargo la contratación de espías nativos en el Magreb, con el que venía colaborando desde hacía dos años. Tras repetidos servicios realizados con lucimiento, Loulé decidió que podía confiar en la competencia de Rashid y encomendarle una misión más arriesgada.

Manuel I, *el Venturoso*, que había heredado la corona de su primo João II, quiso, como éste y sus antecesores, continuar su política de ultramar, con importantes logros hasta la fecha, y ahora deseaba asestar un nuevo golpe a tierras de musulmanes. En esta ocasión, doble, pues la idea consistía en conquistar franjas costeras pertenecientes a la soberanía del monarca de Fez, que servirían como fondeaderos para el avituallamiento de sus barcos, en la ruta hacia Guinea, a la par que infligía un castigo en el mismo corazón del sultán, asesinando a algún miembro de su propia familia, con el consecuente desconcierto que semejante humillación significaba.

Por expresa voluntad del rey lusitano, Rashid se encaraba al espinoso reto de una encomienda bicorne: acechar los desplazamientos que el soberano fesí ordenara a sus tropas, e informar de éstos, y consumar un atentado, con resultado de sangre; muerte, de ser acertado.

Introducirse en palacio quizá fuera arduo, pero no irrealizable para individuo como él, ducho ya en tales desempeños —pensó, acariciándose la cicatriz del modo habitual—; ser invitado a presencia de un familiar de al-Burtugali, era más peliagudo, aunque no impracticable; pero, agredir a uno de ellos, implicaba la necesaria renuncia a los placeres y miserias de este mundo, seguramente después, o en medio, de una sofisticada tortura, con la que consiguieran hacerle cantar planes y ordenante. No, ese sacrificio quedaba para aquellos fanáticos del siglo XI, discípulos de Ibn Sabbah, aquél terrible «Viejo de la Montaña», quien, desde la inexpugnable fortaleza de Alamut, enviaba a sus fedayines, alucinados por los efectos del hachís, según se decía —«hashashines» eran llamados—, a perecer de uno en uno, tras ejecutar su criminal misión en solitario.

El astuto agente sabía que salir victorioso de tan apurada aventura, no sólo le bienquistaba por siempre con Portugal, sino que sería retirado a ese territorio, para preservarle de soplones y enemigos, considerado súbdito y recompensado pródigamente con una buena renta anual. O eso creía él. El reino de Manuel I era muy poderoso y sabría pagarle bien, pero su mayor fortuna, lo más preciado, era su propia vida.

Tenía que interponer obstáculos entre el riesgo y él. En caso de ser apresado vivo el autor material, acabaría por delatarle antes de ser pasado por las armas. La ventaja radicaba en el tiempo que eso mismo le concedía, para huir a uña de caballo. Si, por el contrario, cometían el error de matarlo, habrían callado su boca eternamente y no lo relacionarían con él.

En tanto hacía estas reflexiones, se encaminaba al fondûk. Su estómago reclamaba alimento. Sin embargo, dejó atrás los puestos de comida cocinada de los zocos, pese a los tentadores aromas que despertaban la gula seductoramente, en los que hubiera calmado el apetito con pinchos de cordero y ternera, de pollo y otras aves o de albóndigas sazonadas con comino, cardamomo y canela; pero prefería la comodidad que ofrecía el alojamiento, donde podría seguir madurando sus planes.

Cruzó el zaguán, aunque no subió la escalera que llevaba a su aposento, sino que se dirigió a una anchurosa estancia, ubicada a la izquierda del patio, en la que servían bebida y comida a viajeros de paso, mercaderes ambulantes y, en fin, a cualquiera que no buscara pendencias y estuviera dispuesto a pagar sin discutir, si bien tenían preferencia los hospedados. Se sentó en un mullido cojín, junto a una mesita baja, y esperó que lo atendieran. Enseguida se acercó Omar, el propietario, con una pequeña jofaina de cerámica y un aguamanil que desprendía un leve olor a rosas. En silencio, vertió el contenido de éste sobre las manos abiertas de Rashid y, a continuación, con gesto automático, repetido miles de veces, se giró ligeramente para ofrecerle el paño de lino que colgaba de su brazo. El posadero, gordezuelo y vivaz, no se distinguía, en cambio, por su locuacidad, lo que convenía en su labor, pues así desalentaba comadreos, confianzas y mendacidades a su alrededor, que sólo procuraban intrigas invariablemente perniciosas al negocio.

—Sírveme un jugo de limón azucarado, con agua de azahar y lo que haya de comer —pidió el impostor.

Omar se esfumó tras el arco que separaba la sala de las cocinas, para volver a los pocos minutos con el zumo, una escudilla grande de barro y dos menores para los entrantes, en los que se repartían aceitunas, cebollitas encurtidas, berenjenas y verduras frescas. La de mayor tamaño guardaba carne de pecho de ternera, troceada, rellena con una masa de huevos duros, acelgas y queso desmenuzado. Del plato ascendía el perfume de las hierbas aromáticas y las especias con que había sido condimentado, tomillo, pimienta, clavo y un toque de albahaca. En una bandeja aparte le fue servido abundante pan, hecho allí mismo pero cocido en el horno del barrio.

Acostumbrado a mantenerse alerta, había observado al resto de comensales, bien escasos ese día. El más alejado a él era un viajero de mediana edad, recién llegado a juzgar por el polvo que blanqueaba su albornoz. Tranquilamente daba cuenta de un plato de pollo, cuyos huesos mondos descuidaba junto a la jarra de agua. Mientras masticaba, echaba esporádicas ojeadas a su alrededor, con la indolencia y naturalidad de gatos y perros, si no se sienten amenazados. Un ser anodino, podía olvidarse de él.

Más próximos, y más preocupantes, con sólo una mesa de por medio, dos soldados de la guardia que charlaban animadamente. La risa boba de uno de ellos dictaminaba su condición de mastuerzo. Un incauto majadero al que únicamente su extraordinaria ventura habría librado de morir en el campo de batalla. De éstos a quienes las flechas parecen despreciar. El perfecto candidato para su empresa; pero, ¿cómo separarlo del otro?

No hizo falta. Rashid vio cómo se levantaba, bebía el último sorbo de su té y se iba. Aguardó unos instantes, aunque, por la fórmula del saludo, fuera improbable su retorno. Entre tanto, el del pollo limpiaba de grasa mano y boca en la chilaba, y soltaba un largo y aparatoso regüeldo con el que testificaba su satisfacción.

—Debe de impresionar ver a nuestro sultán, a quien Allah guíe, de cerca, ¿verdad? —dijo al soldado, aparentando admiración.

El militar lo miró. El agente comía con estudiada tranquilidad y con cara de haber hecho un comentario casual, como por matar el tiempo pegando la hebra un rato.

—Pocas veces lo he visto, y en todas ellas apartado de nosotros; menos una vez, que pasó revista a caballo, acompañado de sus generales.

—¿No te lo has encontrado nunca en palacio? —preguntó, por averiguar su puesto. Si formaba parte de una simple patrulla de vigilancia, o estaba destinado de centinela a las puertas de la ciudad, dejaba de interesarle.

—Estoy en palacio, pero no pertenezco a su guardia personal —respondió, modesto. Era norma que no se fiara de civiles desconocidos, pero éste estaba solo y parecía un pudiente mercader. A lo mejor, hasta lo convidaba a él a un té con dulces —pensó, creyéndose ladino.

—¡Nadie lo diría! Tienes aspecto de veterano, de hombre curtido en más de una batalla, en el que se puede confiar —proclamó con descaro el espía.

—En alguna batalla he luchado —cacareó—, y he sido herido, pero formo parte de la tropa.

Rashid asintió, mas no se le escapó cierta nota discordante, ¿acaso se sentía injustamente tratado?

—¿Ni siquiera una distinción o un premio? —inquirió con gesto de escandalizado pasmo.

—¡Nada! —confesó, impulsivo, el soldado.

El embaucador sonrió, pero dotando a sus labios de un rictus de lastimosa amargura. Al cabo, señaló el cojín vecino.

—¿Me harías el honor de aceptar un té en mi compañía? No es corriente, para mí, tener la oportunidad de charlar con un valeroso y veterano hombre de armas —expuso, sin perder la compostura.

El bobalicón se desplazó a la mesa del pérfido intrigante y se acomodó en el cojín en actitud marcial, gallarda, como presumía en un victorioso guerrero, imbatible cuerpo a cuerpo. Envanecido hasta los tuétanos, el desdichado.

—Yo soy Rashid, un humilde mercader de paños, con los que negocio en Warhan, Túnez y también en Évora, en Portugal —informó, marcando aposta el país cristiano para observar la reacción del interlocutor, que no mostró ninguna—. ¿Cómo te llamas?

—Mi nombre es Mufid y soy de Taza.

—¡Omar, sírvenos un buen té y los mejores pastelillos de almendras y miel para mi amigo Mufid! —demandó—. Cuéntame —prosiguió, interesado—, ¿cómo te hirieron y dónde?

—Ya hace tiempo, en una escaramuza por la costa norte, con los españoles, a poca distancia del sitio que ellos han llamado «Peñón de Vélez de la Gomera». Una flecha me atravesó la pantorrilla de esta pierna —explicó, tocándose la derecha—, pero fue una herida limpia que no llegó a tocar el hueso. Dolorosa, pero sin gravedad.

Rashid se escandalizó una vez más.

—¿Sin gravedad, dices? ¡Por Allah que has corrido un gran peligro! La herida pudo infectarse y pudrírsete la pierna. En ese caso, se verían obligados a amputártela, para salvarte, y aun así, la gangrena no se rinde fácilmente. Continúa avanzando, por muchos trozos que te corten, con todo el sufrimiento que te haría padecer, hasta que se introduce en el tronco. Entonces ya no hay salvación, ¡eso es muerte segura! Tu valentía, y tu lealtad, mi buen amigo, te impiden ver tu propia heroicidad. Casi has dado tu vida y... ¡no le concedes importancia! —aseguró con la mayor desfachatez. Dejó unos segundos, para que lo dicho se asentara en la inocente cabeza del soldado y reiteró con malicia—: ¿de verdad no te premiaron? Comprenderé que quieras ocultármelo, pero soy hombre discreto, puedes creerme.

Mufid se quedó de piedra. Él no había considerado la cosa lo bastante; al menos, no desde esa perspectiva. Se había expuesto en demasía, por una lealtad sin compensación ni reconocimiento alguno. ¿Qué hacía él, un valiente, como un mero soldado de tropa? Llevaba razón Rashid. Al mercader no se le había pasado por alto su hazaña. En cambio, a los oficiales, los suyos, solamente les preocupó que sanase pronto la herida para que volviese a reintegrarse a filas. ¿Debía protestar? ¿A quién, que no lo reputara, encima, de rebelde? Sería inútil.

—No tengo nada que callarme —contestó, sombrío—, te he dicho la pura verdad. Ese es el destino del soldado, procurar sobrevivir, aguantar las heridas y morir en batalla, o de viejo en un rincón. ¿O no es así también para los cristianos?

—Pues no creas, querido amigo; ya en la antigüedad, a los veteranos de las legiones de Roma, se les recompensaba con casas y tierras de labranza, en agradecimiento a su fidelidad. Sé que los portugueses cubren de honores a sus heridos —fabuló— y que, si logran reponerse, los ascienden. A estas alturas, tú ya serías oficial.

—¡Habrá que pasarse al enemigo! —soltó Mufid, jocoso.

La entrevista daba frutos muy deprisa. Mucho, para el gusto de Rashid. La prudencia, en estos menesteres, era inexcusable. La vanidad había hecho su clásica labor; ahora debía cocerse en el jugo de la indignación y sería el hombre idóneo.

—Una resolución tan delicada sólo depende de ti —dijo,

muy serio, el agente—. Puede que yo tuviera algo que ofrecerte; pero, ya hablaremos —añadió en tono misterioso—.
Estaré unas semanas en la ciudad. Ven a verme aquí, a mediodía, y comeremos juntos. No te preocupes por el dinero,
conmigo nunca te tocará abrir la bolsa. ¿Qué mejor que
gastarlo con los amigos? —exclamó, revestido de engañosa
jovialidad.

Con una palmada en la espalda del militar, se incorporó,
dando la charla por acabada, en un movimiento deliberado
que lo erigía en el individuo dominante y dejaba sentadas
las bases de quién sería quién, en la futura relación.

El anzuelo estaba echado y bien tragado. Sólo restaba
clavárselo hasta el fondo, para que no se destrabara; pero
eso era tarea suya. Cada día un poquito más y el necio se
convertiría en un muñeco, sin voluntad, en sus manos. Por
su parte —rumiaba, en tanto, absorto, manoseaba la huella
de la vieja cuchillada de la mejilla—, en realidad no había
soltado prenda, nada comprometedor, únicamente vaguedades por las que no se le podría acusar de inductor a la traición. Si bien le habló de un ofrecimiento, no había dicho en
qué consistía. Desde su función de fingido mercader, podía
estimarse legítimo el afán de buscar un hombre de confianza, que representara sus intereses en Fez o fuera de ella.

La infortunada víctima, después de la conversación con
aquel hombre, que aun de exigua figura parecía poderoso,
había entendido la velada sugerencia: que si no estaba contento con sus superiores, el mercader tenía una proposición
para él. No sabía cuál, pero creía adivinar que sería con el
ejército portugués, acaso con el español. A cambio de nada,
y sin conocerle. ¡Qué diferencia con sus jefes! Claro que no
estaba contento, ni podía estarlo cuando un perfecto desconocido era capaz, a simple vista, de reconocer su valía; y
ellos, luchando a su lado y habiendo sido testigos de su
arrojo, por el que había sufrido una herida, que si no le
costó la muerte se debió a la misericordia de Allah, lo trataban como a uno más.

Por supuesto que asistiría a la cita con Rashid; al día siguiente, si quedaba franco de guardia, y lo exhortaría a que fuera más concreto en su oferta.

Esa noche, Mufid soñó con incursiones en campamentos y poblaciones enemigas, en las que las tropas, por él capitaneadas, causaban la devastación, arrasadoras, con fulgurantes ataques y aún más rápidos repliegues, magistralmente calculados. Como buen jinete, cabalgaba a galope tendido por delante de los soldados, mientras ondeaba al viento su alquicel, la fina capa de lino, cuyo blanco inmaculado zahería la mancha escarlata de la espada, entintada de sangre. Sin temor a las armas del adversario, daba órdenes por doquier en medio de las contiendas, en la curiosa lengua de los lusitanos, cumplidas con la fe ciega, inquebrantable, que se tiene en un invicto líder.

Durante semanas, en medio de las que Rashid solía ausentarse uno o dos días, con diversas excusas, el espía había inflamado al infeliz, fomentando su despecho y excitándole orgullo e insolencia con dosis de vanas esperanzas, disparatadas promesas que daba por aprobadas, con absoluta certeza, por el mando portugués. Merced a estas vilezas, consiguió de Mufid información sobre los movimientos de las tropas de al-Burtugali, aunque no de sus proyectos, fuera del alcance de un soldado. De repente, le avisó de que estaría de viaje más de siete jornadas, precisamente para reunirse con oficiales cristianos en Anfa[4], al oeste de Fez, y arrancarles un compromiso formal para quien se había tornado en su incauto sicario. Esto dijo, no obstante ser una falacia. Ciertamente se marchó, pero al este, a un paraje próximo a la hondonada de Taza, la angosta vaguada entre el Rif y el Atlas, donde tenía un refugio. No se reunió con nadie, pues nadie lo había convocado.

4. Lugar en el que, más tarde, se fundaría Casablanca.

A su vuelta, se propuso llevar a Mufid a un lugar aislado, que impidiera, si no verles, al menos que se escuchara la conversación, y ambos salieron de la ciudad, por la Bab Abi Sufian, para sentarse en la orilla del río de las Joyas que, con el rumor de la corriente, menguaba el sonido de sus palabras.

—Traigo buenas noticias para ti —dijo, ampuloso, recogiéndose el ropaje para no manchar los bordes con la tierra húmeda—. El mando portugués aprecia, como valiosas, las informaciones llegadas de tu parte. Además, ya me he encargado yo de que sepan la clase de guerrero que eres. Ellos, querido amigo, necesitan valientes soldados que guíen audazmente a sus huestes —miró la expresión satisfecha del sandio crédulo e hizo una ensayada pausa, tras la cual bajó la voz y acercó la boca a su oreja, a fin de transmitirle nuevas aún más secretas—. Me han prometido que no lucharías contra nuestros hermanos, sino que tu misión sería sofocar, de una vez, ciertas insurgencias que han brotado en Guinea. Comprende que no pueda decirte más —agregó, enigmático, y se volvió a su posición, más distanciada.

—Guinea está muy lejos, ¿no? —se le ocurrió preguntar a Mufid, no porque le acobardara la lejanía; al contrario, le intranquilizaba la proximidad con sus compatriotas, que lo tacharían de traidor y renegado y le aplicarían peor tratamiento que a los desertores, en caso de apresarle.

—Muy lejos, pero supongo que sabes que allí el botín de guerra consiste, casi en su totalidad, en oro, del que el país es muy abundante, y en esclavas negras, deseosas de agradarte en cuanto las liberes, por poco que sea, de la miserable vida que llevan.

Poder, riqueza, placer y gloria, verdaderas razones por las que luchar y morir, si la fatalidad así lo disponía. Ahora corría el mismo riesgo sin ninguna de ellas.

—Estoy decidido. ¿Cuándo parto y dónde me esperan? —exclamó el soldado, incorporándose de improviso y paseando por delante del falso mercader, con las manos cruzadas a la espalda, tal como se le antojaba que haría un oficial sobrado de coraje.

—No tan rápido, mi impetuoso amigo. Ven, siéntate de nuevo junto a mí. Aún tenemos un pequeño escollo que resolver.

Rashid, con la palma abierta, apuntaba a la piedra de la que Mufid se había levantado, prácticamente de un brinco.

—Entiendo tu entusiasmo —continuó cuando éste se hubo sentado—, pero, a su vez, alegan que sin una acción, una prueba fehaciente a favor de ellos, desconfiarían pensando que pudieras ser un espía infiltrado en sus filas.

El ingenuo hizo amago de protestar, pero el intrigante lo acalló con un gesto de la mano.

—Sé que eres un hombre fiel y tú también lo sabes. Ambos estamos seguros de ello, pero ¡somos musulmanes y ellos cristianos! No te conocen, compréndelo. Ni siquiera confían absolutamente en mí —dijo, con los brazos abiertos—. Sin embargo, piensa que el hecho de que quieran hacer esa comprobación revela la seriedad de su propuesta. Es fundamental darles esa prueba.

—¿Qué hay que hacer? —preguntó preocupado pero dispuesto a transigir.

—Nos dejan a nosotros la libertad de elegir la misión. Eso es una ventaja, pero debemos urdir un plan ambicioso, importante, que proclame tu honestidad como incuestionable; mas no he pensado en ninguno, por anteponer tus deseos a los míos. Al fin y a la postre, el ejecutor has de ser tú —especificó con espontánea sencillez—. ¿Qué opinas?

Mufid se rascó la cabeza. De la boca abierta y la mirada hundida en la orilla, se deducía el notable esfuerzo que hacía por desenvolverse en aguas ajenas a las propias. Discurrir no constituía la más destacada de sus virtudes. Con ello contaba Rashid pero, por un momento, pensó si no sería más estúpido de lo prudente.

—¿Se contentarían los portugueses con que robara los planes de batalla del sultán? —planteó, sobresaltado por tan brillante idea.

Pues sí... ¡más de lo prudente! —reflexionó el espía—, pero demasiado tarde para buscar otro imbécil.

—¡Sería magnífico! Aunque me temo que esos planes estarán a buen recaudo en algún rincón de su mente. No creo que los tenga por escrito, escondidos debajo del almohadón sobre el que duerme, para que los sustraiga el primer felón que tenga acceso a sus aposentos —contestó Rashid, con un tinte de impaciencia en el tono—. ¿No te parece?

—¡Pues como no lo mate! —soltó, consciente de la barbaridad, exasperado por cómo se retorcía el camino de sus aspiraciones.

—¿A quién?, ¿al sultán? Si lograras tal proeza, el mismo rey cristiano te nombraría general. De escapar ileso, claro. No, esa empresa es imposible. Su guardia personal lo rodea día y noche y jamás sale de palacio, salvo para conducir al ejército al combate —objetó el agente, simulando tomarse en serio el desatino del otro para, de este modo, considerarlo una posibilidad más, una sugerencia, y que la suya, a punto de exponer si el insensato no caía por sí solo, se contemplara como menos arriesgada y, desde luego, derivada de aquella—. No obstante, tu proposición, descabellada en exceso, se vería muy disminuida en riesgo, si rectificamos el objetivo sin sacrificar del todo las pretensiones. Un golpe osado puede ser una buena estrategia, por lo sorpresivo que resulta.

El soldado no comprendía una palabra, pero Rashid sabía interpretar las expresiones del rostro bobalicón.

—Estoy aludiendo a personajes muy cercanos al monarca —aclaró.

—¿A los visires?

—Tampoco son mal objetivo —afirmó con aire meditabundo—, pero imagino de tu perspicacia que te habrás apercibido de las envidias que se tienen unos a otros. El atentado podría presumirse como producto de sus rencillas. No queremos conjeturas, que terminarían por diluir el valor de la acción. Debe ser indudable que el golpe viene de fuera, del enemigo. Bueno, no sé... habrá que darle más vueltas y afinar el ingenio —mintió.

—Sólo me queda pensar en la familia del sultán —reconoció el militar.

—¡Ese sí que es un blanco inteligente! Sabía que eras audaz, pero por fin se muestra el estratega —celebró, obsequiándole con cariñosos golpecitos en el hombro. Había conseguido conducirlo hasta donde deseaba—. Ahora sólo hay que elegir la víctima. La más vulnerable, lógicamente. ¿Quién será el designado? Quizás uno de los príncipes.

—Los hijos del sultán tampoco sobrepasan nunca las puertas de palacio; están protegidos por su guardia, y atentar contra uno de ellos, en el interior, es firmar la propia sentencia. Prefiero seguir siendo un vulgar soldado que suicidarme —aseguró Mufid.

—Sí, sí, llevas toda la razón. Sería una temeridad insalvable —recapacitaba Rashid, esta vez, de verdad—. ¡Pero alguien saldrá alguna vez! —estalló de rabia.

—¡Como no sea la joven sultana!

—¿Ella sí sale? —preguntó admirado el espía.

—Yumana, la joven sultana, recibe en el gineceo a un experto perfumista, el mejor de Fez, sin duda; pero también gusta de ir ella misma a la tienda que tiene el hombre en al-Attarine.

—¿Y el sultán se lo consiente? —se interesó, más admirado aún.

—Él no le niega nada, con tal de tenerla contenta. Es su capricho, y no me extraña, ella tiene diecisiete años y al-Burtugali más de cincuenta. Eso lo explica todo, ¿no?

Rashid asentía, al tiempo que se concentraba en su cicatriz.

—¿Cómo se llama el perfumista? —inquirió, comenzando a trazar el esbozo de un plan que exigía ser maestro.

—Desconozco su nombre; pero, ¿es que vamos a matar a una mujer? —dijo, con expresión de contrariedad.

—No lo veas así, mi buen Mufid. Vamos a eliminar a la criatura más querida del sultán por, digamos, una razón de estado. No hay motivos para tener más escrúpulos que si se tratara de un hijo varón —aseveró por apaciguarlo y socavar sus prejuicios—. En realidad, deberías mirarlo desde la perspectiva opuesta: un hijo es un heredero; en cambio, ella, no es más que una mujer. Una mujer cuya desaparición allanará tu camino hacia la gloria —Rashid, con una afectada sonrisa, pasó el brazo por los hombros del iluso y lo zarandeó amistosamente—. Ahora déjame hacer unas averiguaciones respecto a ese comerciante de perfumes —el enredador observó, complacido, a su víctima—. Créeme si te digo que ya debería empezar a llamarte capitán. Confía en mí.

El ficticio negociante se levantó de la piedra arrastrando del brazo al soldado, cruzaron la puerta de entrada y se internaron en las calles de la ciudad, en animada charla. A la altura de la mezquita Nuar torcieron a la derecha, en los límites del barrio de los andaluces, en dirección a uno de los puentes. No tenían por qué sentirse vigilados, pero consintió el azar que una figura siguiera sus pasos.

Estevan tiró hacia sí del portón de la casa de su amo, giró la llave y, cuando, con un suave empujón, se convenció de que estaba bien cerrado, bajó del gastado escalón de mármol y se encaminó a la tienda. Desde que él ocupaba parte del espacio en el telar, una de las alcobas inhabitadas de la casa se utilizaba como improvisado almacén, siempre que fuera necesario.

Delante del esclavo conversaban dos hombres mientras andaban; uno de los cuales, el más enjuto, le recordaba a alguien. Avivó el paso, por acortar distancias, y reconoció a Rashid, el personaje que le despertaba sospechas, acompañado de un soldado. ¿Qué relación podía tener éste con un mercader? Decidió seguirlos el máximo trayecto posible; le escamaba el trato de respeto y subordinación que, a juzgar por sus ademanes, el militar tenía para con el otro.

Para mayor extrañeza de Estevan, el soldado dio un traspiés del que se rehízo sólo por voluntad de la suerte y, al instante, escuchó la voz de quien se suponía un afable viajero a la búsqueda de mercancías: «no puedes lastimarte ahora, que tienes una misión por emprender». ¿Qué misión?, y ¿cómo estaba al tanto de ella el mercader?

Ignorantes de que eran acechados por el cristiano, prosiguieron su marcha hasta el mercado de al-Attarine, donde se despidieron, y Mufid continuó por la Tala'a Kabira, rumbo a palacio, mientras Rashid, tras una ligera vacilación, resolvió ir a sonsacar al amo de Estevan, al zoco de al-Haïk.

Salîm, que se hallaba en el exterior de la tienda, se frotó las manos en cuanto divisó al mercader, engolosinado con la probabilidad de efectuar nuevas ventas de jugosos beneficios. El mijeño se entretuvo unos segundos, por que no pareciera que pisaba los talones del agente, y pasó bajo el mostrador.

—¡La paz sea contigo, estimado Rashid!, ¿qué se te ofrece? —dijo el viejo, adelantándose a estrecharlo—. ¿Cómo han ido los negocios en tus viajes?

—¡Contigo sea la paz, bondadoso Salîm! —respondió amablemente—. No puedo quejarme, la clemencia de Allah con este pobre comerciante, unida a la calidad de tu mercancía, han hecho su obra —recitó, sin concretar nada—. Sin embargo, hoy vengo a solicitar tu cooperación; la que tú, con la amabilidad que te adorna y por iniciativa propia, me ofreciste. Preciso de alguien que pueda abastecerme de perfumes; pero quiero el mejor —sonrió, para después añadir—: como tú.

—Conozco al mejor —informó Salîm, entretanto se arreglaba el fez, pavoneándose—. Con decirte que es el proveedor de nuestra joven sultana, sobra todo comentario, ¿no crees?

—Ya calculaba yo que, entre comerciantes de prestigio, os relacionaríais —comentó, adulador—. Dime su nombre y me presentaré de tu parte, si no tienes objeción.

—¡Faltaría más! Nada de eso. Yo personalmente iré contigo y te recomendaré. Hace muchos años que Abderrahmán y yo somos amigos.

Eso colmaba las pretensiones de Rashid. Presentado como buen cliente de un comerciante conocido, mitigaría las razonables suspicacias que provocarían sus indagaciones, más que indiscretas.

—Me abruma tu gentileza, querido Salîm. ¿Cuándo podremos verlo? Tengo algo de prisa —agregó.

—No sé si estará en la tienda pero, si es tu deseo, podemos ir ahora, a menos que dispongas de tiempo para mostrarte nuestras últimas confecciones. Sin duda te agradarán —tanteó el viejo, en el intento de conseguir una venta.

—Sin duda. Sin duda quedaré fascinado, pero tus mercancías no se merecen premuras —reaccionó Rashid—. Volveré para admirarlas con tranquilidad en otro momento.

—Vamos pues —dijo el tendero, tomando del brazo al agente, y se marcharon hacia el mercado de los perfumistas.

Estevan, que no había desatendido ni un segundo la conversación, no halló en ella nada de especial que la hiciera digna de recelos. Que un mercader quisiera ampliar su oferta, y usara influencias para su provecho, era natural. No obstante, el individuo le daba tan mala espina que decidió no perderse la entrevista.

—Corro a casa del amo, Hussein; no estoy seguro de haber cerrado bien el portón —mintió al dependiente, que lo miró con desaprobación pero sin tiempo de amonestarlo, como hubiera sido de su gusto.

Abderrahmán al-Mekki, arrellanado confortablemente al fondo de su tienda, repasaba el usado pero lujoso libro de cuentas. Los clientes eran atendidos por sus dos vendedores, adiestrados por él mismo. De vez en cuando alzaba la vista para controlarlos, más por costumbre que por necesidad.

Bastante más joven que Salîm, el perfumista rondaría los cuarenta y cinco años, edad que el plateado de sus sienes se encargaba de declarar; de igual manera que la chilaba amarilla pálida, con finos ribetes de oro bordados en el selecto tejido, anunciaba la solvencia de su propietario y completaba el empaque profesional de un hombre prudente y experimentado que se había ganado su reputación palmo a palmo.

La tienda estaba muy cerca del mercado de al-Haïk, en el de al-Attarine. En realidad, ese era el zoco de los especieros pero, agrupados con ellos, solían instalarse los pocos comercios dedicados a la venta de la delicada mercancía. Por esta proximidad y porque el mijeño se había precipitado por las calles adyacentes, llegó enseguida; con tiempo suficiente para elegir un punto desde el que observarlos, confundido entre la gente.

Salîm accedió hasta la trastienda con el desenfado y la naturalidad que le facultaba su condición de amigo, sumada a la de aquél que trae desinteresadamente a un buen comprador.

—¡Que Allah te bendiga, querido amigo! —saludó el comerciante de telas.

Abderrahmán, pausado, depositó el cálamo sobre la mesita de taracea, descruzó las piernas y se incorporó, con el libro todavía en la mano, para corresponder al saludo.

—¡Que Él te colme de ellas, Salîm! —y preguntó a su vez—: ¿Qué deseas?, no esperaba tu visita; pero sed bienvenidos tú y tu acompañante.

—Gracias, Abderrahmán, aunque no estoy aquí por mí, sino por mi amigo y buen cliente, Rashid, que es un excelente negociante de tejidos. El asunto es que ha considerado aumentar el número de artículos, añadiendo la venta de perfumes, en los mercados de Warhan, Uxda y otros, a los que se desplaza. En fin, que ha insistido en que le aconsejara al respecto y, como un hombre cumplidor de sus compromisos, solvente —dijo, recalcando la última cualidad—, como es él, requiere los mejores proveedores, le he anticipado que tú eres el más renombrado perfumista de Fez.

El comerciante hizo un leve gesto de sentirse honrado con el que, implícitamente, también mostraba su impaciencia por lo inútiles que le resultaban aquellos elogios.

—No es necesario que me expliques nada, conozco la medida de tu generosidad —atestiguó con maligna ambigüedad—. Pero, sentaos, estaremos más cómodos.

El espía intuyó que se enfrentaba a un hombre de más talla que la media. Haría bien en dárselas de ignorante, antes que de entendido, mas determinó tomar la iniciativa.

—Te agradezco tu indulgencia, atendiéndome de improviso —dijo, humilde—. Procuraré no malgastar tu tiempo y entraré de inmediato en la cuestión: como ha dicho nuestro común amigo, quiero ampliar mi negocio aprovechando que, de todas formas, viajo a esas ciudades. Dado que no entiendo de perfumes, creo que lo más sabio es dejarme guiar por quien más sabe para evitar penosos engaños, ¡que de toda gente hay!, y pérdidas de esfuerzo y dinero. Por esto solicité consejo al buen Salîm.

—Cierto, pero la mía es la casa más cara —alegó Abderrahmán—. ¿Has contado con eso?

—No me importa el precio cuando la calidad es alta y no esconde desagradables sorpresas —esa no era mala trayectoria, pensó—. No puedo decepcionar la fidelidad de mis clientes.

De repente, el perfumista hizo una pregunta que desconcertó a Rashid:

—¿Qué clase de mercancías compras a Salîm?

—Las que vende, como tú debes saber: paños de lino y lana —contestó el espía desorientado; no veía qué nexo podía establecerse entre una cosa y otra.

—Es extraño que lleves artículos tan dispares —replicó, escéptico, Abderrahmán—. Distinto sería que vendieras sedas, y aún así tendrías que dirigirte a nuevos clientes. No debería preocuparte la fidelidad de los tuyos, puesto que los de tejidos no ofrecen perfumes, ¿o me equivoco? —cuestionó, a pesar de tener la certeza de que no erraba.

Rashid paseó el pulgar por la marca del rostro. No había planeado la conversación de antemano o, lo que era lo mismo, había subestimado la inteligencia de un verdadero mercader. Tenía que salir del atolladero. Abderrahmán al-Mekki y Salîm aguardaban una respuesta sensata.

—Por supuesto que no. Me he distraído yo, que recordaba, en ese instante, a un cliente de Warhan cuyo hijo abrió una tienda de perfumes y al que tengo acceso por mi dilatada relación con el padre.

No era un argumento muy elocuente, pero verosímil, aunque lo situara en el lugar de un comerciante un tanto desmañado, menos concienzudo de lo que cabría esperar por los comentarios de Salîm. Su error podría achacarse, simplemente, a un lapsus.

Al-Mekki contempló fijamente al farsante, dejó el libro, cerrado, junto a cálamo y tintero, lejos del alcance de Salîm, dio una palmada para pedir que les sirvieran té, y preguntó:

—¿No sería más oportuno que te introdujeras en este nuevo mercado con precios moderados? —sugirió, realzando sus palabras con los gestos mesurados y firmes que le caracterizaban.

En esta ocasión, Rashid, no se permitiría una atolondrada réplica.

—Cualquier objeción tuya será de gran utilidad, pero quiero que, desde el comienzo, se me reconozca como suministrador de las esencias más elaboradas; por ende, las más caras, si bien ello signifique un esfuerzo más prolongado. Considera —añadió— que mi actividad primordial son los paños, no tengo urgencia alguna —buscó la aprobación en la cara de Abderrahmán, pero en ella no halló más que indiferencia, aparte de una educada sonrisa.

—Bien, tuya es la bolsa, tuya la decisión —declaró éste—. Te enseñaré una selección variada de nuestros mejores perfumes, para que elijas, mientras tomamos el té.

Enseguida apareció uno de los dependientes con la infusión, y el dueño ordenó que trajeran el azafate de las muestras.

Humeaba el té, endulzando la estancia con su blando aroma, conforme era vertido en los vasitos cargados de verdes hojas de hierbabuena, con ese sonido que adoptan, entre grávidos y de chapaleo, los líquidos hirvientes, cuando entró el otro vendedor con una bandeja de plata guarnecida con borde de filigrana, obra de algún platero cordobés, para evitar que se deslizaran fuera de ella los frasquitos de vidrio que contenían las fragancias.

Salîm, en tanto bebía con delectación, se dejaba encandilar por la bella fragilidad de los envases y el suave colorido de las esencias, pues si algunas eran transparentes como el agua, otras tendían al azul celeste o al amarillo en diferentes grados, desde el pálido al más oscuro del oro viejo.

—Disculpa mi ignorancia, Abderrahmán, pero ¿por qué

tienes café en la bandeja? —se interesó el viejo, al reparar en un platillo repleto de granos tostados que, en efecto, acompañaba a los perfumes.

—Es un recurso, la solución sencilla y práctica a un problema constante: se hace casi imposible diferenciar las particularidades de los perfumes en cuanto hayas olido, como mucho, tres o cuatro. Si, entonces, te acercas el platillo a la nariz, el olor del café neutralizará el embotamiento del olfato y podrás continuar probando otros.

—¡Asombroso! —contestó el comerciante.

Al-Mekki procedió a mostrarle las esencias al agente. Entre sus dedos, los pomos adquirían un aspecto nuevo, elevándolos por encima de simples recipientes. Con movimientos exactos, pulquérrimos, como los de un sumo sacerdote o un mago, los hacía oscilar para que el precioso fluido humedeciera el tapón, que luego destapaba con reverencia y aproximaba a Rashid, manteniendo una distancia de respeto que pareciera dedicado a éste, pero que terminaba por vislumbrarse destinado al remate de vidrio.

De súbito, los efluvios inundaron los sentidos del hombre, que cerró los ojos instintivamente. Era un brotar de rosas, de violetas, de jazmines en el aire que, a voluntad del perfumista —ciertamente un constructor de aromas, hábil compositor de odoríferas notas—, semejaba hacerse más liviano o, por el contrario, se materializaba la atmósfera en corpúsculos dorados; brillos arrancados del alma de la plata, azules desprendidos de la bóveda celeste o reflejos nacarados extraídos del fondo de los mares; porque así, si olieran, olerían las perlas.

Aquella exhibición de mixturas, que incluían el ámbar gris del Yemen, maderas aromáticas, bergamota, áloe indio y el almizcle de los ciervos de Asia, trasladaba a regiones quiméricas, ilusorias, al país de los sueños. Era inconcebible, pero con las sublimes fragancias se podían oler los sueños.

Finalizada la presentación del muestrario, Rashid, todavía subyugado por la seducción de los aromas, exclamó:

—¡Por el Único, que jamás olí perfumes comparables!

Es fácil comprender que te califiquen como el mejor perfumista de Fez. Nadie que huela tus esencias, Abderrahmán, puede resistirse a ellas. ¿Cuántos años has dedicado para obtener tal maestría?

—El mérito no me pertenece por entero, Rashid. Este oficio es ya una tradición familiar. Mi bisabuelo fue el iniciador, que enseñó a mi abuelo y éste a mi padre. Yo me crié entre redomas, alambiques y cientos de ampollas de infinidad de tamaños, formas y colores, que encargábamos a medida, especialmente para nosotros, a las fábricas de vidrio. Desde la infancia —continuó, por un momento, inmerso en sus evocaciones—, ambos, mi abuelo y mi padre, me aceptaron en el taller y asistí a los experimentos, a las combinaciones con que ensayaban, a la superación permanente, a sus fracasos y a los aciertos, que nunca eran sino la persecución perpetuamente prolongada de la fragancia perfecta, que aunara la húmeda calidez del beso de una hurí con la imperceptible suavidad y frescura del aliento de una musa; pero capaz de extraviar la mente del hombre más irreductible hasta conducirlo a las profundas cámaras de la locura. Un perfume, una esencia, de la que sólo pudiera ser acreedor el cimbreante talle desnudo de una adorable sultana.

—A propósito —aprovechó el traidor—, me ha informado Salîm de que eres el proveedor de Yumana. Imagino que su aroma predilecto será muy sofisticado. ¿Cuál es?

Al-Mekki sonrió, a la vez que negaba con la cabeza.

—Siento contrariarte, pero no me está permitido desvelar las preferencias de la favorita del sultán. De conocerlas alguna otra mujer, de entre las opulentas, querría imitarla y eso la irritaría conmigo, quedando mi discreción en entredicho. A la postre, un grave aprieto. Puedo decirte que tiene debilidad por el almizcle, mas ése es sólo uno de sus componentes.

—Tu reserva y sensatez no pueden aventurarse a quedar en tela de juicio; pero, ¡qué lástima!, ¡cuántas mujeres comprarían ese perfume! —respondió Rashid.

Abderrahmán apuró el té que restaba en su vaso, antes de argüir con displicencia no disimulada:

—Es una posibilidad harto tentadora, muy del gusto de ambiciosos inconsecuentes que, cegados por su propia codicia, arruinan en minutos años de trabajo y de tesón. ¿No comprendes que la sultana cambiaría de perfume y perfumista inmediatamente? ¿No adivinas que las ricas cortesanas, prontamente, desecharían lo abandonado por aquélla? Y, previamente, ¿no lo copiarían otros, para venderlo por debajo de su legítimo valor?

El espía estaba furioso. Aquél maldito vendedor de aromas, sagaz como ninguno, no tenía reparos en rebatirle, como tampoco recato para acentuar su discrepancia. Algún día lo mandaría estrangular para acallar esa garganta impertinente; pero mientras le fuera útil debía tragarse el maltrecho orgullo y perseverar en su papel, vigilante de sí, empeñado en que no se trasluciera la cólera que le invadía. Sin embargo, un genuino comerciante ¿no revelaría su enfado? Quizá tendría que dejar que se transparentase un poco el suyo, por hacerlo todo más verosímil.

—¡Cada cuál elige su camino! —advirtió Rashid, acusando la contrariedad calculada—. Sólo Allah conoce la verdad —añadió más cálido; sabiendo que ése era un comentario irrefutable.

Abderrahmán al-Mekki no se inmutó. Incluso parecía que le hubiese hecho gracia la rabieta.

—Sí, cada cual elige el camino que le parece... hasta el de su perdición. Lo prodigioso es que, ya en plena ruina, la gente culpa al cielo de su desgracia. Pero no estoy yo aquí para enderezar senderos o trayectorias de nadie; suficiente tengo con mantener la mía.

—Es infrecuente —interrumpió Salîm el diálogo, por distenderlo—, pero los dos tenéis razón. No obstante, ¿no sería más práctico pasar del sano filosofar a cuestiones más inmediatas? ¿Has pensado, Rashid, con qué esencias vas a comenzar y en qué cantidades?

—Creo que sí, que ya tengo escogidos varios perfumes de mi gusto, pero quisiera repetir otro día la experiencia, para estar seguro. No es fácil, todos son excelentes —se disculpó—. Mientras tanto, Abderrahmán, perdona la inofensiva curiosidad de este mercader pero, ¿viene la sultana alguna vez a tu comercio?

—Pues, aunque la costumbre es que yo vaya a palacio, Yumana, a veces, me honra con su presencia. Entonces la atendemos a puerta cerrada, naturalmente. Esta misma mañana me ha anunciado, con un miembro de su guardia, que nos visitará en tres días, por la tarde, como es habitual.

—Entonces, si estás de acuerdo, en cuanto salga ella entraré yo para reanudar la entrevista y ultimar el negocio. De esta manera tendré la oportunidad de entrever el rostro y la figura del ser que venera nuestro amado sultán, a quien Allah regale con Sus dones.

—No tengo inconveniente alguno. Pero, por tu seguridad, Rashid, guárdate de acercarte a la puerta, pues si lo haces, la guardia se abalanzará sobre ti, sin pensarlo.

—No me olvidaré de ello, tenlo por seguro —afirmó el taimado bellaco, dichoso por la información obtenida.

Estevan permaneció en su puesto hasta que vio a su amo en la entrada de la perfumería, con Rashid a su lado. Corrió como lo haría un gato perseguido, esquivando a los viandantes a toda carrera e impulsándose con las paredes para hacer el quiebro más rápido, en los continuos zigzag de los estrechos callejones. Él no podía inferir intención alguna de aquel encuentro, puesto que ni una palabra había escuchado, pero eso no era óbice para seguir sospechando del hombrecillo de aviesa mirada.

Jadeante, llegó a la tienda de paños antes que Salîm.

—¡Has tardado mucho!, ¿qué hacías? —preguntó Hussein—. ¡Seguro que holgazaneabas por ahí! —exclamó, gustoso de haberlo cogido en falta.

—Había gente de extraño aspecto merodeando por la calle del amo y he preferido esperar a que se fueran, por si se trataba de ladrones.

—¡Vaya! Eres muy diligente y precavido, pero parece que te olvidaste de cerrar el portón —respondió el dependiente, irónico.

—No, sólo tenía la duda, pero estaba bien cerrado —replicó el muchacho, celebrando el chasqueo de Hussein.

—¿Es que siempre estáis de charla? ¡Vamos, cada cuál a lo suyo! —dijo el viejo, malhumorado, según apareció por la puerta.

El sermoneo pudo haber sido interminable pero, casi a la vez que el comerciante, entraba la mujer del amo.

—¿De dónde vienes Salîm? —quiso saber Aisha.

—Estaba en la tienda de Abderrahmán, el perfumista, acompañando a un buen cliente. Ha dicho que la joven sultana irá dentro de tres días a su comercio. El comprador de que te hablo, Rashid, esperará esa tarde fuera, hasta que ella salga, para reunirse con Abderrahmán. Estoy pensando en ir yo también, así veré a Yumana. ¡Mira que si, por una casualidad, nos convirtiéramos en abastecedores de palacio...!

Capítulo III

La joven sultana

Warda, la vieja aya, extraía sus escasas pertenencias, envueltas en un hatillo, de uno de los cuatro baúles que habían acompañado a Yumana desde el sur de Salé hasta Fez. Visiblemente más ricos, taraceadas las tapas de cedro con menudos trocitos de nácar y marfil, otros cuatro, regalo de Abu Abd Allah Alí Muhammad ben Muhammad «al-Burtugali», se sumaban a los anteriores, ocupando gran parte de la estancia, contigua al dormitorio personal de la muchacha.

El cansancio del viaje acentuaba las verticales arrugas que poblaban, entre solitarias vellosidades, el labio superior, y las que parecían dar límite a las comisuras, como un paréntesis que los años hubieran impuesto a su boca. Estaba cansada. Cansada y harta de las protestas que la joven no había parado de recitar, en progresiva y, desde luego, incesante salmodia, desde muchos días antes de partir. En el fondo la comprendía, acaso por el cariño que le profesaba. No en vano la había visto nacer, crecer y, asimismo, asistido al paso de gacelilla a mujer, con que un día, irreversibles, los ciclos lunares sellaron sus muslos con el íntimo fluido rojo, que ella venía aguardando en cuanto empezaron a despuntarle cerezas en el pecho.

En obedecer y servir consistían sus auténticas obligaciones, sin detenerse a reflexionar; pero, sí, la entendía. Aunque ahora tuviera dieciséis años, más que suficientes para haber podido traer al mundo tres o cuatro hijos, a ninguna de su edad le agradaría compartir lecho con un hombre que tenía cumplidos los cincuenta y tres. Bastante había hecho Kadar, su padre, con incumplir acuerdos pretéritos de boda, que con largueza tuvo que compensar, por culpa de la rebeldía de esta hija especial —la menor y su debilidad—, por la que habría dado a cortar voluntariamente sus propias manos. Suerte que la posición de poderoso señor de su gente le consentía ciertas licencias, gracias a las cuales rechazó todo pretendiente; pero, ante los deseos de un sultán, se acababan los privilegios, pues en tamaño desaire podría irle la cabeza, que ya no es perder las manos sino la vida. Eso sin sopesar las ventajas que suponía ser suegro del soberano. Acceder al compromiso era ineludible; cumplirlo, inexorable. Mas, bien mirado, ¿cuántas casaderas no suspirarían por desposarse con el sultán, aunque fueran la quinta esposa, como era el caso, y darle un hijo varón que, por antojos del destino, se convirtiera en el heredero de su poder y riquezas?

—Deja de refunfuñar, niña, ¡que me vas a volver loca! Algún día tendrías que casarte, ¿no? —dijo Warda, volviéndose a ella—. Mira en los baúles, a ver qué te ha regalado al-Burtugali, ¡que ni siquiera te has molestado en abrirlos!, ¿qué le dirás si te pregunta?

Yumana seguía en la misma postura que cuando llegaron, de pie, inmóvil y ahora con los labios apretados. Incluso enfadada era de una belleza poco corriente, pese a que ninguno de sus rasgos constituyera una rareza. No destacaba por el castaño oscuro de sus ojos, ni por el color de su largo y liso pelo, también castaño. No, parte de su atractivo radicaba en la expresividad de sus facciones, que reflejaban, con ajustado rigor, los diferentes estados de ánimo. Contrariada, su rostro adquiría la rigidez de la severidad. Los pómulos resaltaban, desafiantes; los labios quedaban contraídos, forzados a una línea más delgada; la barbilla se elevaba, pertinaz, tornándose altiva, y las palabras brotaban secas, más rápidas, en un otro tono, opacadas por un oscurecimiento como de cielo nubloso. Contenta, parecía destensarse por entero. La sonrisa mostraba sus dientes blancos, regulares, orillados por las encarnadas delicias de su boca, apetitosas, seductoras como el timbre de voz, ora melodioso y cristalino, que empleaba. Los ojos, entonces, reían con ella, y si inclinaba un tanto la cabeza, se perfilaban las cejas como alas de un ave de ensueño. El cabello, los ojos, la frente... el cuerpo grácil y armonioso, sólo con la rotundidad que permite la delicadeza sin ser quebrantada.

—No me importan sus regalos, ni sus preguntas. ¡Lo único que quiero es mi libertad! —exclamó Yumana.

Warda la miraba consternada. Estaban solas en una ciudad extraña, en una fortaleza ajena, entre soldados desconocidos, a plena merced del sultán y todavía la niña sería capaz de lucir su insolencia. ¿Era estupidez, inconsciencia o locura?

—Me das miedo, Yumana. ¿Qué clase de mujer eres? ¿Sabes lo que le costaría matarte, y a mí contigo, a nuestro amo y señor? Obedece —le indicó, tras brindarle una pausa para que la joven recapacitara—, aunque sólo sea por respeto a la palabra de tu padre.

—Por mi padre estoy aquí, Warda, ¡pero en contra de mis deseos! No quiero ser esposa de ningún sultán, ni quiero casarme con nadie que no haya elegido yo misma.

El ruido de una pequeña puerta que se abrió en la cámara, perturbó la discusión. Por ella asomó, con dificultades, el corpachón de Haidar, el eunuco sobre el que recaía la responsabilidad del serrallo.

—Perdona, señora, pero Umm Abd Allah te requiere en sus aposentos para darte la bienvenida.

Con fuerte crujir de sedas, la muchacha se giró rápidamente, hecha una furia.

—¿Quién eres tú, que te permites irrumpir en mis habitaciones sin pedir permiso? ¡Sal ahora mismo y aguarda fuera hasta que a mí me parezca conveniente! Y que espere también esa tal Umm Abd Allah, no estoy a las órdenes de nadie, ¡entendedlo todos para siempre!

El influyente eunuco, estupefacto por el desabrimiento con que se le recibía, quedó mudo un instante. Era él quien se arrogaba el papel de individuo detestable para hacerse obedecer y poner orden en aquel corral de gallinas, como acostumbraba a llamar al gineceo, en clara muestra de su desprecio por las mujeres. Sólo respetaba a Umm Abd Allah, por ser la única que había dado un hijo varón al sultán, distinción que la dotaba de múltiples prerrogativas y de auténtico poder.

—¿No has escuchado a la señora, tengo que repetírtelo yo? —vociferó la vieja servidora, en apoyo a Yumana.

—Disculpa mi repentina entrada —dijo, aderezando sus palabras con apreciable reticencia e ignorando por completo a Warda—. Soy Haidar y, como responsable del harén de mi señor, deberás habituarte a verme aparecer en cualquier momento y lugar. Yo, a mi vez, sólo cumplo órdenes de nuestro amado sultán. La guardia —anunció, volviendo la espalda, después de ofrecerle una mueca despectiva— te indicará el camino.

Cuando Yumana accedió, por la «puerta de las dos lunas», a la espaciosa sala donde se reunían las mujeres, supo inmediatamente cuál de ellas era Umm Abd Allah. Las demás se sentaban a su alrededor y las esclavas se mantenían pendientes de sus deseos, listas para llevarlos a cabo; sin embargo, el rostro de la primera esposa no era el de una mujer caprichosa. Conservaba gran parte de su belleza, y la serenidad de sus ademanes, así como la de su mirada, declaraba la bien conquistada seguridad de su preeminencia sobre las otras.

La madura sultana examinó con detenimiento la pequeña pero esbelta figura, que se recortaba contra las esmeradas yeserías del muro, separó de sus labios el delicado vaso campaniforme, saboreó la deleitosa infusión de café tostado —recién llegado de Abisinia— especiado con cardamomo y se dirigió a la joven:

—Te damos la bienvenida, Yumana bint Kadar al-Fahd —manifestó por todas—, y anhelamos que seas dichosa entre nosotras. Desde que fui madre se me conoce como Umm Abd Allah, pero mi nombre es Gulzar. Me sentiré honrada si correspondes a la amistad que, a partir de ahora, te brindo de buen grado —añadió, con una sonrisa que Yumana juzgó franca.

En tanto Warda ocupaba un lugar entre las servidoras, la rebelde muchacha, calmada por las amables frases y la actitud de Gulzar, se aproximó a ésta mientras hablaba.

—Es reconfortante escuchar palabras afectuosas lejos del hogar. Tienes mi gratitud por ello, Umm Abd Allah. No desdeñaré tu amistad; muy al contrario, la conservaré como el regalo más preciado —dijo afable, pero sin renunciar a su altanero continente.

—Acomódate junto a mí —rogó la sultana, señalando un ahuecado cojín de plumas— y cuéntanos de tu familia. 89

Entonaba notas de cristal el exiguo surtidor, que borboteaba en el centro de la sala, encastrada la fuentecilla por debajo del nivel del claro suelo de mármol, entretanto la joven observaba los ojos castaños de Gulzar, extrañamente nimbadas las pupilas de gris.

—¡Sí, y explícanos cómo es que estás aquí antes de la boda! —preguntó la escabrosa Jalila—. ¿O es que nuestro amado esposo ya ha libado el néctar de tu apetitosa flor? —dijo, entre risas que Ghita secundó, indiferente con la recién llegada. Hasna, la cuarta esposa, en cambio, permaneció seria, como Umm Abd Allah, y la miraba con la conmiseración de quien sabe de soledad y del porvenir de una gacela avistada por su depredador.

—¡Te equivocas, sigo intacta!, aunque por el honor de mi padre, no por tibieza o inapetencia del sultán. De hecho, me pareció demasiado ardoroso —declaró cabizbaja, y con apariencia abstraída—. Ahora, escuchándote, me lo explico —y miró directamente a Jalila—, ¿qué néctar iba a libar de ti, que no fuera amargo como la hiel? El verde —agregó, aún más insolente— engalana tus ojos, pero para advertir de ese humor acibarado que se desborda por tu boca.

La agraviada se alzó con la agilidad de una gata y las uñas listas para arañar el rostro de Yumana, mas la rapidez con que ésta cogió el agudo pasador metálico de su cabello y la seguridad con que lo sostuvo, la disuadió en el acto.

—¡Quietas! —ordenó Gulzar, enfadada—. Esto no es un campo de batalla. No seamos necias, ¿quién sabe cuál será nuestro destino? Hoy somos esposas de un sultán, atadas a su suerte; por eso mismo, mañana, podemos ser simples esclavas del siguiente o... ni siquiera eso, y ser degolladas como corderas, ¿de qué habrían servido entonces nuestras rivalidades? Solamente unidas tenemos una mínima posibilidad de salvarnos. ¿Es que no aprenderemos nunca?, ¿qué ha sido de aquéllas que nos precedieron? Pensadlo.

—Pero... ¿no has oído?, ¡ella tiene la afilada lengua de una arpía! —protestó Jalila.

90   —Me parece que sólo es una mujer digna, a quien no le dan miedo ni tú ni tus palabras, tan ofensivas como las suyas, y a la que has provocado. Pero, te lo advierto, Jalila, si persistes en esa conducta insoportable, diré a Haidar que se encargue de enseñarte prudencia —amenazó, inconmovible, Umm Abd Allah—. Eso hará feliz al jefe de los eunucos.

—Me voy al jardín de las celindas, a refrescarme. El aire aquí se ha vuelto irrespirable —soltó, a modo de exabrupto, la díscola mujer, dirigiéndose a uno de los tres jardines contiguos a la cámara, con el agitado apresuramiento de la ira.

Todavía se mecía en el aire la cabellera semirrubia de la indignada Jalila bajo el «arco de la hermosura», que daba paso al jardín, cuando Hasna tomó una de las manos de la joven para decirle:

—No te violentes, Yumana. Ella es así, pero nosotras ya estamos acostumbradas. Tú lo harás también.

—Pues ya va siendo hora de que las cosas cambien. Ella se tendrá que acostumbrar a mí —respondió, pero sin apartar la mano que la acogía.

Ninguna, ni esposas ni esclavas, reparó en cómo Warda sacaba la suya de entre las ropas, en donde llevaba escondido un fino estilete con el que, si lo hubiera creído necesario, habría ocasionado una herida fatal a Jalila, en defensa de su querida niña.

Gulzar hizo caso omiso al enfado de la recalcitrante esposa y se propuso conceder una nota festiva a la llegada de Yumana. Dio dos palmadas y enseguida entró uno de los eunucos, al que requirió la presencia de los músicos. En pocos minutos, el servidor reapareció con éstos, quienes, por la ceguera a que fueran sometidos en su juventud, imprescindible para acceder al harén, avanzaban en fila, apoyada una mano sobre el hombro del precedente y guiado el primero por el eunuco.

En semicírculo sobre sus almohadones, los intérpretes se aseguraron de que los instrumentos estaban a punto y perfectamente afinados. Así, pues, hicieron sonar el laúd, la flauta de caña, las darbukas y la cítara por separado y de forma tan desordenada que, durante el tiempo que se tomaron, el caos se enseñoreó del salón originando una confusión enloquecedora. Mientras, Yumana se había fijado en el calzado de los músicos. Se preguntaba, cómo siendo ciegos, lo conservaban inmaculado. Lo lógico, pensaba, era que no viendo por donde pisaban, por muy bien que se les condujera, lo mancharan del polvo y la inmundicia de las calles. Pero, de pronto, cesó la algarabía y, en ese paréntesis de silencio, se oyó el chasquear de unos dedos. A esta señal, las tensas pieles de cabra de la pareja de darbukas fueron percutidas al unísono, despaciosamente, hasta que un ritmo se desdobló del otro. Entonces la una cortejó a su compañera y poco a poco se sumergieron en un desenfreno que urgía la introducción de otro instrumento. La flauta de caña se incorporó, evocadora de brisas y, a unos segundos, la cítara y el laúd. A Gulzar le bastó una mirada a las jóvenes esclavas, que ocuparon en un momento el núcleo de la sala dejándose arrastrar por acordes que ya partían, con ellas, del corto prefacio, para internarse de lleno en el éxtasis de una danza intuitiva, capaz de mimetizarse con la tierra por efecto de aquellos cuerpos flexibles, que tan pronto querían disminuir como encresparse, saltar o alzarse cual elevadas montañas de remotas cordilleras. La elasticidad de las muñecas consentía que las manos dibujaran efímeros arabescos en el aire, en tanto las pulseras galanteaban con la melodía, secundando el poder y la razón de sus cadencias.

Gimió el laúd y sollozó la cítara, inaprensible el universo, y los femeninos miembros, esculpidos en el espacio, se adaptaron a las acompasadas ondulaciones del agua. Las bailarinas, de perfil, adelantaban las caderas una y otra vez, semejando frágiles proas de naves que inflamaran sus velas en la soledad de los océanos, tenaces, pese a su inconsistencia, bajo la fuerza de la tormenta. Estalló el trueno y podría afirmarse que brilló el relámpago, pues los mares se tornaron rojos y las esclavas encarnaron la voluptuosidad de las llamas. Arqueaban las espaldas, se enlazaban, flameaban y se inclinaban, para luego reavivarse, siguiendo las caprichosas leyes del fuego, y se diseminaban incendiándolo todo al avance de su marcha, hasta que la música decidió apagarlo, quedando los cuerpos en ardientes brasas.

La estancia, entonces, se cargó de exclamaciones, albórbolas y risas, pero los eunucos maldijeron el día de su mutilación, pues el deseo sólo devoraba sus cabezas.

En el jardín de las celindas, sin embargo, la excitación corría por muy distinto cauce. Jalila se juraba devolver lo que ella había interpretado como una afrenta, a la flamante adversaria. A las demás les serviría de escarmiento y aprenderían a contentar sus más ínfimas apetencias. Únicamente tendría que esperar el momento oportuno, así como primeramente ganarse, con sus artes amatorias, el favor de al-Burtugali. Sabía el tratamiento que le gustaba recibir el sultán, mientras éste contemplaba cómo, una pareja de esclavas, se rendían, dobladas, al placer de las recónditas caricias que se prodigaban mutuamente, reservadas de ordinario a las hijas de Lesbos. Lo haría babear de lascivia... sólo su voz sería escuchada en el harén.

Los músicos, tras un breve intervalo, entonaron una canción en la que el cantor se lamentaba de los amores malogrados de una pareja, a los que su triste sino se oponía con ardorosa obstinación, frustrando las ilusiones de los enamorados, que no cesaban en su lucha. Por más que combatían en aquella guerra contra el destino, por mucho que perseverasen, siempre se alzaba ante ellos un nuevo obstáculo, más difícil, más abrupto y más tortuoso que el anterior. Fueron años de dolor, de agotamiento, a cambio de algunos días de felicidad con que la vida les agració, acaso porque probaran la miel, que es suprema crueldad, antes de paladear la amargura. En el largo tiempo transcurrido, surgieron instantes en los que a ella, más débil, le sobrevino el desfallecimiento; pero él, más curtido, pudo sostenerla. Hasta hubo un día en que el sinfín de trabas pareció disiparse, y que llegaba la ansiada hora en que se unirían; mas a ella le intimidó sobremanera la inminencia y rehusó, amedrentada. Él, aunque desairado, recuperó su ánimo cuando ella, estremecida, se arrepintió. La batalla se reanudó y, con ésta, los pertinaces sinsabores.

Aún resistieron cuantiosas andanadas a la fatalidad; pero al fin, el abatimiento la derrotó, extenuada, y propuso la rendición definitiva. El hombre aceptó el alejamiento por la muchacha, más que por sí mismo. No se produjo entre ellos el más leve reproche. Ella cayó enferma. Para él, las palmeras, los ríos, los cedros o los olivares no eran sino áridos granos del desierto de la desdicha, si bien le quedaba el recuerdo del suave tacto de su piel y la tierna mirada, que guardaba cuidadosamente en la memoria. En adelante viviría prendido a la añoranza. Tal vez —terminaba la canción—, la propia vida fuera celosa de la felicidad, pues la historia demostraba que nunca estuvo preparada para acoger en su seno amores tan genuinos.

Yumana, en parte por hurtarse a la melancolía que el desconsolado cantar le había transmitido y porque razonaba que no estaría de más hacerle un presente a quien le había ofrecido calor y amistad, dejó los confortables almohadones y se fue a su alcoba para rebuscar en el arcón de los ropajes un vaporoso pañuelo de seda granadina, probablemente de Finyana, como revelaban los motivos y la audacia y vistosidad de sus colores.

En el pasillo inmediato al harén, la muchacha vio la puerta abierta de una reducida habitación. En ella, sobre unos estantes, descansaban cinco pares de sucias babuchas. Ahora comprendía la limpieza del calzado de los músicos y el grado de refinamiento de aquella corte, al que no se rehusaba ni por el clima de incertidumbre e inestabilidad que propiciaban las rebeliones internas y la constante guerra contra españoles y portugueses, que asolaban las costas, hostigando sin misericordia a las tropas del actual soberano de la reciente estirpe wattasí.

—No deberías andar sola —sonó la atiplada voz de Haidar, a un brazo de su nuca.

—¡Jamás está sola! —respondió Warda, tan cerca de la espalda del jefe de los eunucos que éste tuvo que reprimir un gesto de sorpresa.

—Creí estar a salvo en el harén. ¿No eres tú el encargado de proteger a las mujeres? —preguntó Yumana sin detenerse, forzando al mantecoso emasculado a escoltarla al ligero paso que ella estilaba.

—Lo soy —respondió Haidar, con el cinismo pintado en el semblante— y, porque de ello depende mi garganta, cuido de que no te suceda ningún daño por el que se me condene. También, te aviso, de nada que suponga alteración de tu virginidad, incluso con tu consentimiento. Si me veo obligado, y me bastaría cualquier indicio, te encerraré hasta que el sultán ordene tu libertad. A ti —dijo, hablándole por primera vez a Warda—, vieja del demonio, mandaré que te despedacen para que sirvas de alimento a los perros.

La joven se paró en seco para mirar al eunuco con fijeza.

—¡Cuánto lo sentirías!, porque alguna vez saldría y, entonces, me ocuparía de que vivieras un infierno. No de que murieras, no. Una noche alguien se presentaría en tu alcoba para dejarte el cuerpo roto, maltrecho, y cuando te recuperaras de esa visita, recibirías otra, y después otra, y otra más, siempre de noche. De modo que te aterraría sanar, quizá tanto como la llegada del oscurecer. Rogarías la muerte, y sólo Warda, a la que tú desprecias y llamas vieja, podría dártela con ese estilete que ahora mismo está junto a tus costillas, dispuesto para ser hundido en el corazón; pero, para tu desgracia, la habrías matado —Yumana hizo un alto para evaluar la palidez del autoritario esclavo y apreciar los brillantes puntitos que salpicaban su frente—. Cuídate de mí y conserva a Warda lejos de los perros, porque es la guardiana de tu definitivo reposo.

Haidar humilló la cerviz, comprimiendo los pliegues de la lustrosa papada, por mirar a la vieja aya, quien, desde más abajo de su hombro, sonrió con una mueca inquietante que destapaba a la luz la lóbrega cueva de su boca; mas no retiró el arma hasta que la sultana en ciernes reinició el camino hacia la cámara, para seguir a su dueña.

Solo, trémulo el orondo cuerpo, sudoroso, se quedó plantado en el pasillo unos segundos. La experiencia de los años tratando con mujeres, pensó, le confirmaba lo que en la juventud había entrevisto: todas, dadas a la ferviente contemplación de sí mismas, eran de un retorcimiento repugnante en el afán de manipulación que las consumía, que sólo podía medirse con su cobardía hipócrita o la estúpida vulnerabilidad con que recibían los halagos. Malignas, despiadadas, en cuanto tenían la ocasión demostraban carecer del menor escrúpulo. Sin embargo, diestro en domesticarlas, admitía que esta joven sultana sobresalía en orgullo y valentía. Había que guardarse de ella. Tal vez sería aconsejable no estar entre sus enemigos o, al menos, tener una relación pactada.

—¡Abominable boñiga negra! —exclamó, con el pensamiento en Warda, encaminándose a la gran sala del harén.

La mujer, en la habitación, recriminaba el comportamiento de Yumana.

—¡Loca muchacha! En un rato te has ganado el odio de dos personajes influyentes... y acabamos de llegar. ¡Allah sabe que se avecina nuestro fin! ¿Por qué me habrá tocado a mí cuidar de criatura tan indomable? —clamó, exasperada.

—¡No rezongues más! Lo que haya de venir, vendrá. Además, hay que hacerse respetar desde el principio, o nos comerían. Ahora, Jalila se lo pensará dos veces antes de enfrentárseme de nuevo y el eunuco nos dejará en paz. Si me hubiera mostrado mansa como un cordero, sería el juguete de sus garras y... ¡conmigo no juega nadie!

La fiel aya se colocó frente a ella y le ordenó el cabello que le caía descuidadamente por la cara, a la vez que se distendían sus propias facciones, de manera que las arrugas parecieron alisarse.

—¡Ojalá no te portes igual con el sultán! Yo sé que eres muy lista, pero no juegues tú con el destino —le acarició la mejilla y le advirtió con el nudoso índice de sarmiento en alto—: ¡Todavía soy capaz de darte de palmadas en el trasero hasta ponértelo rojo, como cuando eras pequeña! A mí no me asustas.

Yumana se abrazó a ella. Era la única persona en quien confiaba y de la que podía esperar auténtico cariño. Esa vieja renegrida, arrugada, minúscula, pero feroz y valerosa, era el insólito retazo de su infancia que tenía en aquella tierra de otro dueño. Jamás se desprendería de Warda, de su Warda. A ningún precio.

Con una actividad febril, durante jornadas interminables, los servidores más íntimos de la Casa Wattasí se habían ocupado de los preparativos relacionados con la celebración de las nupcias. Detalles que a cualquiera pasarían inadvertidos, fueron cuidados con la ansiedad obsesiva de un perturbado; pero es que no cabía el error, pues las consecuencias del enfado de al-Burtugali eran imprevisibles. La derrota infligida por los españoles, en su última batalla en la costa norte, más la amenaza continuada de los portugueses en la oeste, configuraban una dura tenaza que no hacía más que empeorar su carácter desconfiado y colérico; si bien ejerció de calmante el sacrificio de los oficiales supremos sobrevivientes, a los que responsabilizó de las pérdidas y ejecutó él mismo, para dar ejemplo a los demás de que el fracaso tenía un alto precio.

Los nervios de Yumana se crisparon al enterarse de la llegada del monarca, y aún más cuando, transcurridos dos días, se convenció de que éste no se molestaría en llamarla a su presencia; pero alcanzaron su apogeo la mañana en que fue llevada al baño acompañada de dos eunucos y, encabezando la comitiva, el propio Haidar. Supo así que comenzaba el ritual de su boda.

Cuatro esclavas desnudaron delicadamente a la muchacha y, sujeta por ambas manos para evitar que resbalara, la ayudaron a entrar de pie en la humeante bañera de mármol, cuajada de flores por toda la superficie del agua. Dos de ellas descargaron el caliente líquido sobre su cuerpo con pequeños baldes de madera, mientras otra la sostenía de un brazo para servirle de apoyo y la cuarta tomaba las manoplas de crin de camello y, de una vasija de arcilla, el jabón con que se dispusieron a frotarla a conciencia. Por descontado, bajo la perenne vigilancia de una Warda inmóvil pero vivaz, atenta como un halcón prisionero al que se hubiera liberado de su caperuza.

Concluida esta operación, la secaron con paños de lino y, fuera del baño, la tumbaron sobre una larga piedra templada y pulida. Tres servidoras dedicaron sus esmeros a no dejarle un solo vello del cuerpo, incluso rasurando sus partes más íntimas, de forma que no quedaran siquiera vestigios al tacto. Entre tanto, la esclava negra hurgaba por entre sus dientes y encías, para lo que empleaba una curiosa escobilla de raíces machacadas que sumergía en un cuenco lleno de pasta hecha de corteza de nogal, clavo, cidra, hinojo y cilantro. Cuando consideró que sus esfuerzos habían resultado en una dentadura inmaculada, le enjuagó la boca con agua en la que, previamente, se habían hervido arrayanes.

De nuevo volvieron a introducirla y sacarla de la bañera y a absorber la humedad con los paños. De nuevo la tendieron sobre la piedra; pero esta vez las cuatro untaron hasta el último recoveco de su piel con preparados de hierbas, almendras y jazmín, excepto en la cara, a la que aplicaron agua de mirra, y el pelo que, perfumado con esencias y aceites, resplandeció con reflejos inusitados. En seguida, los cuarenta dedos de las siervas se deslizaron atrevidos, intrusos, estimulando cada centímetro de su cuerpo con fricciones mimosamente perezosas y cálidas, que se detenían adrede en puntos sensibles, desconocidos para ella misma y que le provocaban ahogos fulminantes, tras los que se producía un acaloramiento del rostro que notaba ascender de las entrañas a sus mejillas, en oleadas incontenibles, arrolladoras, ajenas a la voluntad e incapaz de atajarlas. Si no fuera porque aquellas manos, por sí solas, decidían impedirlo en el justo filo del precipicio, habría caído por el abismo voraginoso e inconsciente que culmina en los estertores del éxtasis. Un masaje relajante, sensual e impúdicamente placentero, que la aprestaba a un estado en que cada célula de su ser reclamaba la jugosa embriaguez del amor, plenamente predispuesta a ser complacida y a desempeñar la función que se le exigiría, la más importante: complacer al sultán.

A la caída de la tarde trasladaron a Yumana a una antesala donde la esperaba el soberano. De allí, precedidos por un grupo de muchachas que arrojaban pétalos de rosa sobre sus cabezas, pasaron al salón principal, ricamente engalanado, en el que aguardaba la corte en pleno. La guardia presentó armas y Abu Abd Allah, omnipotente señor de los fesíes, hizo sentar a la novia en uno de los dos tronos, colocados sobre una alfombrada tarima con tres peldaños; mas él, completamente vestido de blanco, se mantuvo de pie.

Uno a uno, los notables del reino desfilaron por delante de al-Burtugali, besando su hombro derecho como símbolo de fidelidad y vasallaje no sin que, previamente, los esclavos de éstos depositaran en la base del estrado, las ricas ofrendas con que les agasajaban.

Mediante una señal, Haidar, ataviado a la turca, mandó

que saliera, de una puertecilla lateral, la misma mujer que se había encargado de acicalar a Yumana, de adornarla con joyas y vestirla con una túnica verde, por ser el color del paraíso. La mujer se sentó a los pies de la novia, en un escabel que llevaba consigo y empezó por ellos su primoroso trabajo de filigrana, con el punzón de marfil que guardaba para las ocasiones más solemnes. Perfiló con alheña —la *hanna* del Magreb—, líneas que brotaban de entre los dedos y llegaban al empeine, escindiéndose para unirse más allá, en un bordado de realce, conformando originales flores en la piel, que ahuyentarían a los malos espíritus y atraerían la fortuna, el amor y la fertilidad.

El sultán ocupó su trono, finalmente, y de una bandeja que presentaron a ambos, se dieron a degustar dátiles y leche con medida reciprocidad. Asimismo, fueron ofrecidos a los invitados, como tradicional testimonio de la hospitalidad de los contrayentes.

De improviso sonaron chirimías y Sidi Kadar al-Fahd ben Hafid, acompañado de Amina, los respectivos padres de la novia, a quienes ella no había visto, solicitó la atención de los asistentes. A Yumana se le iluminó la cara y casi no escuchó las palabras de su progenitor. Sólo entendió que pedía silencio a todos y la venia al monarca, para hacer que entraran el especial regalo que éste hacía a su regio yerno. Cuando obtuvo la licencia, un criado abrió la puerta y, entonces, sólo el sonido de los cascos pudo imponerse al de los murmullos de admiración. Un musculoso cautivo blanco, de cabellera rubia hasta los hombros, un esclavo, sin duda, se adentró en el salón real, dominando, a duras penas, la fogosa nerviosidad de un espléndido caballo andalusí, montado a pelo, negro como el plumaje de las alas de un cuervo. El fastuoso corcel piafó, mientras lanzaba resoplidos a diestro y siniestro, con tan exorbitante agitación, que parecía presto a encabritarse. En esas, caracoleó, para acabar por levantarse sobre las patas traseras, manoteando el aire y exhibiendo en los relucientes carbones de sus ojos, el orgullo del animal que se sabe hermanado con el viento de la noche.

Al-Burtugali, prendado del hermoso equino, abandonó el sitial para ir al encuentro de su regalo; pero Yumana tampoco se contuvo: se deshizo de las manos que le aplicaban la alheña, en contra de las normas, que obligaban a la inmovilidad de la protagonista, y saltó descalza en pos del abrazo de sus padres.

El eslavo desmontó para facilitar que el sultán observara al caballo a sus anchas. En efecto, éste se aproximó; sin embargo, el animal, ignorando al personaje, hizo un quiebro, arrancó las bridas de los dedos del esclavo rubio y, con el vigoroso cuello curvado, en posición de mirarse el pecho, se acercó a la joven sultana, declarando su predilección. La muchacha acarició con mimo los ollares y el sedoso belfo, y él, contento, balanceó la testuz.

El caudillo elogió para sí el distinguido perfil de la cara del caballo y la dulce mirada de Yumana, y celebró su buena suerte, satisfecho de ser dueño de las dos garbosas criaturas. Una y otra provenían de la misma persona: Sidi Kadar. Maduraría el modo de recompensarlo —pensó.

En tanto los siervos trasladaban al futuro semental a las caballerizas reales, daba comienzo la música. Los novios volvieron a sus asientos y quince danzarinas hicieron su entrada cual una manada de gacelas, tales eran sus dones de gracia y ligereza. Llevaban ceñidos los esbeltos talles por cadenas, de las que pendían tintineantes monedas, también de plata, e iban provistas de crótalos que, sujetos a los dedos, hacían repicar al son de las melodías.

La fiesta no se interrumpió durante seis días, en los que se sucedieron las tareas de protocolo para atender a embajadores y emisarios de cortes amigas, algunas distantes, a decenas de días de viaje, que llegaban para rendir homenaje al sultán de Fez y obsequiarle con múltiples regalos de la más diversa naturaleza. Eminentes maestros extrajeron de los instrumentos de cuerda sus más exquisitas notas, del insuperable modo en que, sólo ellos, podían hacerlo; así como reconocidos poetas escogieron escrupulosamente cada palabra para loar las gestas del sultán que, proclamaban, del amor que profesaba a su pueblo, manaban como cristalinas alfaguaras en todos los ámbitos de la vida. Igualmente, magos, adivinos, encantadores de serpientes, hechiceros y malabaristas, venidos de Tremecén, de Warhan, de Bujía y del sur del Atlas, que suscitaron el asombro de la escogida concurrencia, dichosa de haber sido exhortada, por la relevancia diplomática y la pomposidad del acto, a evocar la sabia frase de Ibn Jaldún: «A gran rey, gran ciudad».

Yumana, en esos seis días, consiguió hacer creíble su aspecto de desposada, si no radiante de emoción, al menos animada, quizá por pundonor y, desde luego, por deferencia hacia su padre. Fue esa aparente continencia, en un punto inalterable, la que los invitados interpretaron como el exclusivo atributo de una auténtica sultana de sangre real. No obstante, desde el segundo día, en el que el docto jefe de los cadíes levantó acta del enlace, el carácter de la muchacha se había agriado.

Esa noche, ya como esposa, fue llevada a su aposento y, enteramente desnuda sobre el lecho, por expreso deseo del sultán, aguardó la llegada de éste. Entonces se confirmaron sus temores. Al-Burtugali entró con ojos de lujuria. Ya no tenía la edad de la vehemencia sexual; pero, lo que había perdido en empuje, lo había ganado en lubricidad y no tenía por qué ocultarla ante nadie. Primero se detuvo en recrearse ante aquel cuerpo joven, que desprendía aromas de mirra y jazmín. Después, sin mediar palabra, palpó los senos, que adivinaba vibrátiles, manoseándolos con ambas manos, para disfrutar de su turgencia, y succionó con avidez animal los tiernos pezones rosados, inundándolos de babas, hasta morderlos un poco más de lo debido, lo que provocó un débil quejido de dolor, que él no sólo despreció sino que estimuló aún más la excitación, revolviéndose para lamer el minúsculo ombligo, camino de la hendidura ansiada y hundir, entre sus labios, la lengua y la nariz, buscando enardecido el sabor y el olor de sus humores de hembra, mientras, él mismo, se deshacía a tirones de la ropa ceremonial. Yumana, a los sentimientos de rebeldía, humillación y repugnancia sumó el miedo a la penetración de aquel miembro largo y grueso que, sostenido por la mano del monarca, apuntaba a su vulva. Sintió la contracción muscular que, como una muralla, negaba su interior y cómo ésta era abatida sin miramiento alguno, embate tras embate, en tanto ella se asfixiaba, aplastada bajo el cuerpo sudoroso de él, y experimentaba la doble y contradictoria sensación de sufrimiento con una nota de placer que, además, se simultaneaba con la rabia que afloraba de un remoto rincón de su conciencia, de una conciencia inexplorada, paralela, propia pero adyacente.

Por fin, tan bruscamente como había empezado, toda aquella lucha cesó, tras unos ahogados gimoteos del sultán. Ella supo que él había terminado y enseguida lo vio echarse a un lado y caer dormido al instante. El desposorio había sido consumado sin la más leve caricia, sin un triste murmullo de amor.

Antes de que finalizaran las fiestas, Yumana asumió que el único poder que tenía era efímero, y que éste derivaba del sultán; pero, como Gulzar había afirmado, el monarca no estaba exento de morir en batalla o de ser destronado. Tampoco lo estaba ella de caer en desgracia y ser arrinconada en el harén. Nunca sería feliz, pero podía aprovechar al máximo su situación de nueva preferida y mantenerse en ese estatus, a toda costa, el mayor tiempo posible. La clave era al-Burtugali. No debía perder el ventajoso —aunque acerbo— lugar que la vida le designaba, porque de esa posición no se retira nadie; o bien se muere, o es apartado de manera ignominiosa.

Al sultán le sorprendía la poca, por no decir ninguna, sumisión que le manifestaba. Esto era una novedad para él que la transformaba en una mujer singular, incomparable, y eso le atraía hasta el grado de avivarle el deseo. Mas, la sutileza de ella era más afilada que el borde de su espada: cada regalo o cada concesión no tenía efectos más allá de una jornada. El contento de la sultana, que se reflejaba inmediatamente en su rostro, en su voz y en la calurosa acogida que le hacía en el lecho, no rebasaba nunca el espacio de un día. Sin embargo, ese día él se sentía joven y lozano, en toda su plenitud y, al siguiente, dispuesto a hacer nuevos méritos, pues ya había notado que no se acumulaban.

Sólo una vez, luego de padecer la gélida indiferencia de ella, requirió la compañía de la pérfida Jalila, que lo creyó rendido a sus encantos cuando no era más que despecho.

Esa misma noche cosechó la respuesta de Yumana:

—Mi vida te pertenece, mi señor —le dijo con la mano deteniendo el pecho del soberano—, como el de una sierva más, pero mi voluntad es mi patrimonio, que cederé a quien y cuando desee. Si quieres ambos, cuerpo y voluntad, has de ganártelo. Sé que puedes matarme con un sencillo movimiento de tu cabeza, pero sabrás por siempre que mi muerte es tu derrota, porque muero sin que me hayas conquistado. Ahora —añadió con osadía— quiero que te vayas y te purifiques hasta que tu piel olvide la de esa mujerzuela. Mañana, ya veremos —y dicho esto, le volvió la espalda.

Al-Burtugali, efectivamente dudó un instante si dejarla con vida o no; pero, por fin, salió con un sonoro portazo.

A la mañana siguiente seis esclavas la cubrieron de sedas y de joyas. Las mismas que ella le devolvió por la noche.

—Quédate con tus joyas —le espetó—. Quiero el caballo negro. De ahora en adelante, los regalos los elijo yo. Mándalo.

De nuevo, cabizbajo, el monarca salió de la estancia. De madrugada, el jefe de los eunucos la despertó y le rogó que lo acompañara a las cuadras. Allí la esperaba el corcel negro, con un ancho cinturón de oro anudado al cuello, para ella, del que pendían veinticuatro monedas de oro, una por cada hora del día. Acataba su voluntad, pero sin doblegar la suya.

Esa noche, sí. Esa noche recibió al sultán desnuda, si bien el cinturón de oro estrechaba la delgada cintura. Los ojos le sonreían, para deleite del Emir de los Creyentes.

Haidar midió: mientras que al-Burtugali había exigido la presencia de Jalila, a Yumana la visitaba en sus aposentos.

103

En verdad, por una leve caricia de ella, el sultán estaría dispuesto a ejecutarlo. Convenía obedecerla.

Pronto, la evidencia de los acontecimientos convenció a Gulzar, que fue la primera en advertirlo, a Jalila —aun así incrédula—, a Ghita y a Hasna, de la influencia que la muchacha ejercía sobre el jefe supremo. Desde entonces, un halo de autoridad investía su cuerpo, su andar y su mirada. Tan sólo Umm Abd Allah era equiparable; y ello por su experiencia, por ser madre del sucesor y porque Yumana la respaldaba abiertamente, atendiéndola con afecto y devoción.

Le placía sentarse a su lado, junto a la ventana que daba al jardín y posar la vista en las celindas, mientras charlaba con ella; o bien a observar la animación del gineceo, velada ésta bajo la apariencia de unas mujeres condenadas al tedio; lo que en parte sería verdad si no fuera porque las jóvenes vidas, irreductibles, se rebelan al ostracismo. Entonces reparaba en el permanente deambular de servidoras y esclavas, que portaban azafates con té y frescas vasijas de barro poroso, para calmar la sed de los improvisados grupos, entretanto, otras, prendían fuego a los carboncillos de los pebeteros, colmados de resinas aromáticas que, humeantes, adensaban el aire de la estancia, induciendo al ensueño de una atmósfera sensual, en la que se conjugaban los neblinosos jirones con los arabescos de los muros, trocados así en floridos vergeles mecidos por imposibles brisas, y a la que también contribuía el tardo planear de las sedas en movimiento.

A veces ambas reían con los inocentes retozos en los que, traviesamente, empleaban el surtidor de la fuentecilla central para arrojarle agua a la más descuidada, que terminaban por sujetar entre varias hasta empaparla por completo. De este modo, las finas telas con que estaba cubierta, le quedaban pegadas al cuerpo, resaltando sus formas más ocultas, que emergían señaladas a la vista; así como los pezones, erectos por efecto del frío, desafiaban el inútil deseo de los castrados guardianes. Pero cuando éstos protestaban porque encharcaran el mármol del suelo —por no confesar el auténtico motivo: el sufrimiento a que eran sometidos—, cargaban el juego de erotismo, abandonada toda inocencia, perversas, cual depredadoras pasivas que indujeran a morir a su víctima en el tormento de su propio fuego. Para ello siempre elegían a la misma esclava, a la que, por ser muda, ellas habían dado en llamar, Sahar, o sea amanecer. Nacida en el extremo suroeste de la Mauritania, la trajeron al alborear una mañana de invierno, temblorosa, no se supo si de pavor o de frío. Sahar tenía el cabello oscuro y recio y, acaso por compensación, la piel, de color canela, suave, como debía de ser la envoltura de las crisálidas.

Las que no habían participado, sin pensárselo renunciaban a la comodidad de almohadones y alfombras, retiraban las mesitas taraceadas atestadas con los servicios de té, agua y los mil y un afeites que usaban para acentuar su atractivo, los velones de pie, las lámparas de mano o cualquier cosa que les estorbara, y sentaban a Sahar sobre sus talones. Enseguida introducían en su boca uvas, sandía o el fruto que tuvieran a mano, siempre que fuera jugoso y cuidando de no ahogarla, pero en cantidad más que excesiva, para que el caldo, irreprimible, rebosara los labios, como riachuelos que manaran de un único y dulcísimo venero. Todas, agrupadas frente a ella, debían lamerlo antes de permitir que cayera al suelo, pues, la fracasada, habría de expiar su falta realizando un capricho de cada una de las restantes, independientemente del rango que tuviera en la comunidad femenina. No valía tocar, no valían las manos. Valía lamer. Ninguna parte del cuerpo quedaba excluida con tal de evitar que, la más insignificante gota, encontrara el pavimento.

El pícaro pasatiempo se iniciaba en la barbilla y en las comisuras; pero, según se derramaba el líquido, Sahar era atosigada por, lo que se diría, un millar de lenguas frenéticas a la caza, en su garganta, sus brazos, sus pechos, su vientre y sus muslos. La muchacha padecía la placentera tortura del húmedo calor que se deslizaba sobre sí, simultáneo en numerosos puntos, y demorado en sus labios, cada vez más rojos y más brillantes, que algunas se atrevían a morder, apasionadas, mientras sus senos descendían y se elevaban, agitados por el ritmo de la respiración.

En el juego se prohibía manosear a Sahar, mas no entre ellas que, con el pretexto de mantenerse apiñadas para mejor acceder a la martirizada, se enlazaban por las cinturas y frotaban sus cuerpos semidesnudos o saboreaban sus lenguas, coincididas en la misma gota. La diversión cesaba al acabarse la fruta, pero las promesas quedaban selladas para la intimidad de la noche.

De haber vivido la madre del sultán y, como consecuencia, ocupado la cabeza del harén, estas voluptuosas prácticas nunca habrían tenido lugar. Quizás otras, menos palmarias de la impudicia, aunque con los mismos desenlaces nocturnos. Umm Abd Allah, a quien correspondería atajarlas, se mostraba comprensiva con los desahogos de unas mujeres jóvenes, cuyas necesidades de varón dependían de un solo hombre, que las satisfacía a su antojo. En cambio, no toleraba altercados, ni siquiera discusiones motivadas por envidias, rencores o soberbia, y no vacilaba en castigar a la culpable. Por eso, además de temerle, la respetaban.

En contra de ello, vano hubiera sido oponerse a las hablillas, a los secretos, ingenuos las más de las veces, pero que circulaban con la sencillez con que las avecillas, libres, se posaban en los arbustos de los jardines del serrallo. Y es que Gulzar sabía lo absurdo de refrenar la tendencia humana a la curiosidad, la confidencia, el enredo y, la más arraigada de todas, la esperanza.

Cualquiera de las mujeres, de las allí recluidas, albergaba un anhelo: el lícito deseo de mejorar su existencia. Las esposas aspiraban a tener descendencia masculina, un príncipe en la línea de sucesión, que pudiera competir, si se daba la coyuntura, con Abd Allah, el primogénito, lo que la elevaría inmediatamente, en su condición, casi a la altura de Gulzar; las concubinas igualmente, pues, si morían los otros, éstos, aunque ilegítimos, tenían sangre real. No sería el primer caso en que un bastardo ascendiera al trono. Hasta las servidoras esperaban que un oficial o, en el colmo de la ilusión, un hombre poderoso se fijara en ellas y las pidiera en matrimonio; incluso las esclavas, sin picar tan alto, soñaban con ser manumitidas.

El rezago en la consecución de las expectativas, con el consiguiente desánimo que engendraba, no podía ser interpretado sino ajeno a cada cual, promovido por otra; pues, una por una, se estimaba con prendas, más que adecuadas, para el logro de aquello a lo que se creían designadas. Luego, ¿qué lo malograba, que no consistiera en un mal de ojo o, peor aún, un malicioso conjuro de alguna rival, resentida de sus cualidades? Y, roto el maleficio, ¿cuántos retoños le daría al sultán? —se preguntaban daifas y desposadas—, o ¿qué clase de esposo obtendría? —especulaban las domésticas—, ¿la amaría para siempre?, o ¿cuándo y por quién sería liberta? —pretendían calcular las esclavas.

Nadie, excepto una persona instruida en desentrañar la arcana lectura de los huesos de liebre, conseguiría alzar una punta del impenetrable cortinaje del futuro, para predecir lo que los hados les reservaban. Tampoco nadie, que no estuviera familiarizado con las mágicas peculiaridades de los dientes de zorro, hallaría la base de la nigromancia realizada, para contrarrestar el infausto embrujo con el ensalmo acertado. En Fez, únicamente Bashira, la adivina, la de pupilas de miel, reunía estas raras facultades. Comparadas con ella, las demás eran meras aprendizas.

Por tales causas, Bashira gozaba de paso franco en palacio hasta la «puerta de las dos lunas», donde aguardaba mientras un miembro de la guardia daba aviso a uno de los eunucos y éste solicitaba la indefectible aprobación de Umm Abd Allah, quien, invariablemente, asentía.

Seguida de Nayiya, su inseparable sierva, comparecía con elegantes caftanes negros, ornados de estilizadas figuras vegetales en oro que, junto con su sonrisa sincera, soslayaban o desplazaban a un segundo término, la atención sobre su rotunda humanidad. Porque la envergadura de Bashira aventajaba la de cualquier guerrero, por su complexión y porque, sencillamente, comía con un apetito insaciable. Sin embargo, con ser sus carnes abundantes y generosas, en modo alguno eran fláccidas. También chocaba su edad, unos años mayor que Gulzar, que parecía inapropiada en la mejor hechicera del reino, pues no se amoldaba al clásico arquetipo: vieja, reseca y amargada. Mas ninguna de las tres cosas era. Además, carecía de explicación que unas manos grandes, de dedos robustos, pero no gordezuelos, como las de un hombre, se las presintiera tiernas, deseables para la caricia, y que sus movimientos fueran gentiles y pausados.

En cuanto rebasó el dintel, las mujeres se agolparon, contentas, en torno a ella, pero Gulzar le pidió que se aproximara.

La adivina avanzó por acortar espacio antes de ejecutar el saludo reverencial, dedicado esta vez a ambas sultanas; no obstante, Umm Abd Allah la excusó de hacerlo, al mismo tiempo que informaba a Yumana de quién se trataba.

—Por cómo te acogen, se ve lo que te estiman, Bashira —dijo la joven—. Escasos errores has debido cometer en tus predicciones, o tienes la habilidad de que te los perdonen.

—Los dos talentos conjuga nuestra hechicera —se anticipó Gulzar—. Yo afirmaría que, por encima de adivina, es encantadora —opinó, jugando con el doble sentido.

La corpulenta pitonisa conservaba risueño el semblante, con lo que exhibía su dentadura de piezas pequeñas y regulares, pues le divertía la apostilla de Umm Abd Allah.

—No osaré contradecir la creencia de mi señora —alegó Bashira para eludir, con galanura, una declaración que pudiera ser comprometida, y agregó—: Tú eres Yumana, la joven sultana de quien toda Fez ensalza su belleza y sus virtudes, ahora compruebo que cortamente. Mi persona y mis modestas artes están a tu servicio.

Warda se acercaba inaudible, lentamente. Evaluar, por sí misma, a quienes hablaban con su ama, era estar prevenida. La muchacha hizo una discreta seña y la vieja retrocedió a su sitio para sentarse con la vista clavada en el suelo, pétrea, inerte, como una tenebrosa esfinge. Ninguna se había atrevido a dirigirle la palabra desde que llegó al serrallo.

Bashira, versada en cautelas, reparó en el nimio suceso. La visión de la aya le produjo escalofríos; pero, al volverse hacia Yumana, siguió su mirada, que le indicaba involuntariamente otra dirección: Jalila.

—Te reitero, señora, que estoy a tu disposición. Mucho me agradaría serte útil, si algo te acongoja.

La sultana comprendió de inmediato a qué venía aquel comentario y se azoró, tal que hubiera sido descubierta en falta; pero, tras percatarse de que el aspecto y la seguridad que transmitía Bashira invitaban a la confesión, también ella tuvo una corazonada: que la alegre mujerona no la traicionaría.

—Me inspiras confianza, Bashira. Quizá recurra a tus especiales conocimientos —dijo Yumana, frunciendo el ceño—. Toma asiento junto a nosotras y pediré que traigan una tetera.

—Bashira, si bien gusta de un buen té, prefiere el café con cardamomo, acompañado de unos pastelillos almendrados —observó Umm Abd Allah.

La joven llamó la atención de las servidoras, mientras, con visible esfuerzo, se sentaba la adivina en medio del tenue bullir de sus vestiduras que, a la par, exhalaron una intensa vaharada de perfume.

El suspiro de esencia invadió el olfato de las sultanas.

—¿Te bañas en agua de jazmines? —preguntó Yumana.

—En ocasiones, mi señora; pero el aroma que te llega se debe a mi perfume, que compro al mejor perfumista del mercado de al-Attarine. El jazmín es mi favorito desde muy pequeña; sin duda, por mano de mi abuela. Para mí no sólo es un olor —añadió—, representa la memoria de una niña feliz en otro reino.

—¿En otro reino? Te creí nacida en Fez —aseguró Gulzar, sorprendida—. ¿De dónde procedes?

—Sí, cuéntanos y dinos qué tiene que ver tu abuela con tu gusto por el jazmín —quiso saber Yumana.

Entre tanto, Nayiya había tropezado con Warda, a la que dio una patada involuntaria, no por ello menos dolorosa.

109

Rápidamente se excusó, mientras se arrellanaba a su lado. La vieja le dirigió una mirada glacial que a cualquiera hubiera disuadido de aproximársele; pero, con su atolondramiento habitual, no era consciente del peligro y se preparaba para iniciar lo que ella tacharía de «jugosa conversación», acaso entablar una nueva amistad.

A la muchacha no le había pasado desapercibido el accidente, y aún la alertó más el silencio producido en el fondo de la sala y el ver cómo las demás proseguían interesadas, absortas, en las reacciones de las dos mujeres.

—Disculpa, Bashira, pero antes de que comiences a hablar, separa a tu servidora de la mía.

La hechicera no necesitó que se le insistiera.

—¡Nayiya, ven y siéntate allí! —dijo, señalándole un lugar lejos de Warda.

—Me llaman, pero... ¡ya seguiremos! —prometió sonriente y yéndose con la misma candidez con la que llegó.

La vieja, sabiéndose observada, no levantó la cabeza, pero la basculó con lentitud a uno y otro lado, buscando los ojos curiosos. Con eso sobró para que desistieran y, raudas, volvieran a lo suyo. Entonces, tornó su vista al mármol de las losas.

En las caras de Gulzar y Bashira se traslucía el interrogante.

—No tendría por qué pasar nada —quiso tranquilizarlas Yumana— pero, de ocurrir, los eunucos no habrían tenido tiempo... ¡Bien! —exclamó, con un gesto indicativo de que no se precisaba abundar en el tema—, ahora cuéntanos de dónde eres y qué relación guarda tu abuela con los jazmines.

La interpelada se tomó su tiempo mientras colocaban una mesita entre ellas, en la que depositaron la bandeja con los pastelillos y el recipiente dorado del café, en este caso proveniente del gran puerto de al-Mukha, en el Yemen.

La esclava ya se alistaba a dispensar el oscuro líquido, pero Bashira quiso encargarse de hacerlo, como amable signo de cortesía y reverencia. Cogió el cacharro por el prolongado asidero horizontal, recubierto de madera, y sirvió el café en exquisitos cacillos de loza esmaltada.

—No me agrada hablar de mí, pero ya que me lo pedís, señoras... El aire entró en mi pecho por primera vez a más de ocho leguas al oeste de Málaga y a poco menos de una legua de Coín, en Guaro, por entonces tierras del reino nazarí de Granada, del que era soberano nuestro señor Muley Hacén. El pueblo parecía engarzado a la falda de una colina, sobre la que se erigía una torre de vigilancia que, mediante señales de fuego, transmitía a otras el avistamiento del enemigo, en una cadena ininterrumpida que llegaba hasta la ciudad.

»Desde mi casa se veía la rica vega, atravesada por el río que llamábamos el «Grande». Allí, en las cercanías de sus riberas, corríamos los niños, entre almendrales e higueras, a la pesca de ranas, cazando lagartijas o tirando piedras a todo bicho viviente. Aunque, a decir verdad, yo me sustraía a estos juegos, porque era una niña a la que no gustaba manchar sus vestidos —admitió, con una discreta pero abierta carcajada.

»No puedo negar que me sentía muy querida por mis padres y especialmente mimada por mi abuela, que reclamaba al carnicero, para su nieta, las más apetitosas partes del cordero: las criadillas, los riñones y, en particular, los sesos del animal. Mas, lo que recuerdo con nostalgia y, sin embargo, regocijo, era lo que hacía a diario todos los veranos. Cada atardecer recogía jazmines del patio, y los iba acumulando en el enfaldo de su túnica; porque habéis de saber, mis sultanas —musitó, reduciendo la distancia con las dos mujeres para remarcar el tono de confidencia—, que sus cinco pétalos se abren sólo cuando intuyen las estrellas. En el momento que tenía suficientes —continuó, de nuevo en su postura anterior— los derramaba sobre mi cama, antes de acostarme. De modo que yo, noche tras noche, descansaba sobre un lecho de jazmines, que me adormecían con su aroma y me defendían de los mosquitos. Ahí tenéis mi historia y la causa de mi pasión por la esencia de esa flor.

—Parece el cuento de una princesa —dijo Yumana, embelesada—, pero falta que nos digas cómo y por qué viniste a vivir a Fez.

—Es cierto, lo parece —confirmó Bashira, saboreando la excitante infusión—; no obstante, la mía, ni siquiera era una familia opulenta, aunque sí honorable; modesta, pero ni servil ni innoble. Así, cuando Isabel y Fernando toman la plaza, en 1485, nosotros nos mantuvimos en el pueblo, fieles al Islam, porque se nos había prometido respetar creencias y hacienda; pero, algunos, con clara visión para imaginar el porvenir que nos aguardaba, decidieron huir al Magreb. No se engañaron. Años después, en junio de 1491, nuestro alguacil, Hamet Haza, y el cadí de Málaga, Alí Dordux, fueron apremiados a reunirse para organizar el repartimiento de las propiedades de los que se habían ido, a favor de los cristianos. Un mes más tarde, persuadidos de que terminarían por arrebatarnos las posesiones a los que nos quedamos, partimos para Fez. Y todavía, lo peor, está por llegar —profetizó.

La adivina bebió el último sorbo.

—¿A qué te refieres? —preguntó Umm Abd Allah.

—Veréis —contestó Bashira—. Mi familia y yo, salvo mis abuelos que, pese a ser ellos los que impulsaron a mis padres a abandonar el reino, permanecieron en la casa, salimos a altas horas de la noche, dormido el pueblo, con las pocas monedas y joyas que cosieron a sus ropas y un mulo que mi padre había dejado en la huerta de un amigo, a las afueras, para que no se escucharan los cascos de la bestia por las calles.

»Anduvimos toda la noche por los senderos de la sierra, hasta Oxen, donde hallamos, casualmente, a unos muleros que cargaban higos secos para enviar a África desde Marbella. Les extrañó vernos a mi madre y a mí, pero les ofrecimos el animal para la carga y así continuamos, confundidos con los arrieros, hasta Marbella. Mi padre vendió el mulo por lo que los hombres le dieron y con el dinero pagó, tras mucho discutir, al dueño de la embarcación que transportaba los higos, para que nos llevara a su destino, en el Magreb.

»Era una nave casi desvencijada, roñosa, pestilente. Sus maderos crujían que parecían dolerse, amenazando con reventar en astillas en cualquier instante o que, de repente, se desarmaran las cuadernas. Desde que desplegó las velas, sentí que el estómago quisiera escapárseme. Las náuseas me hicieron vomitar agarrada a la borda, incluso cuando ya nada me quedaba por arrojar. Escuché las voces de la tripulación: «¡a sotavento!, ¡a sotavento!», pero creía que eran órdenes de marinería que nada tenían que ver conmigo, hasta que advertí que borda, cubierta y algunos fardos, estaban salpicados de vómitos, como yo misma. Los espasmos eran insoportables, pero algo desvió mi interés, una escena que se desarrollaba en un espacio intermedio entre la realidad y mi cabeza, aunque parecía partir de ella. Veía soldados cristianos tomando una colina, luchando con musulmanes andalusíes, que defendían sus bienes y derechos. No reconocí a ninguna persona, de ningún bando. Oí, mezclados, gritos de guerra con los de dolor de los heridos, el entrechocar de las armas y el ruido de los cuerpos contra el suelo. Vi correr la sangre poco antes de que se levantara una espesa niebla que ocultó todo, como si se cerrara una cortina. De repente, se desvaneció y mis ojos contemplaron otra, completamente distinta de la anterior y desde una altura como a la que puede alzarse una gaviota. Era un puerto en el que embarcaban hombres, mujeres, niños, familias enteras, una masa enorme de gente a la que obligaban a subir a los barcos. Vi los rostros feroces de cientos de soldados, con uniformes desconocidos, ladrando severísimas órdenes, y los perversamente complacidos sacerdotes, que se encontraban allí supervisando, cerciorándose de que el mandamiento de alguien era cumplido a rajatabla, sin compasión por el conmovedor llanto de las mujeres y de algunos ancianos que sólo podían avanzar apoyados en sus familiares. La mayoría se cubría con andrajos, y muchos caminaban con los pies vendados, manchados de sangre oscura, reseca, de

113

haber recorrido leguas sin descanso. No importaba que estuvieran enfermos o moribundos; ninguno quedaría en tierra. Por último vi las naves saliendo de la bocana, con las velas descomunales henchidas por el viento. Comprendí o supe que habían sido escenas de dos tiempos diferentes, pero futuros, y que mi tierra, mi al-Ándalus, pasaba a ser propiedad de otras manos para siempre. Entonces, me desmayé.

—Pudieron ser desvaríos, espejismos, achacables a la debilidad de aquel momento —aventuró Gulzar.

—No —expresó, tajante, Bashira—, he utilizado mi ciencia y se ha corroborado. Además, el recuerdo era muy vívido y las sensaciones demasiado intensas. Tuve una visión que se realizará, fatalmente —aseveró entristecida.

—¿No es posible desviar el curso del destino hacia otros cauces? —preguntó Yumana.

—Si fuera el de una persona, difícilmente, pero, en dependencia de para qué... quizá; sin embargo, el de un reino, querida sultana, sólo es alterable por mandato de Allah.

La joven redobló su curiosidad.

—¿El sino de una mujer es susceptible de modificarse?

—Ya digo que depende de la intención y la importancia del cambio —la hechicera vaciló antes de resolverse a hablar con franqueza—. No deseo que pienses que soy descortés o arrogante; pero tu pregunta, tal vez, contenga la esperanza de cambiar el de alguien. ¿Es así?, ¿acaso el tuyo?

La jubilosa adivina estaba más dotada de perspicacia de lo que pensaba; pero la ocasión no era la idónea para sincerarse.

—Pese a tu fama, esta vez te equivocas y, en cierto modo, me alivia que no seas infalible. Mi labor consiste en servir a nuestro señor, el sultán, y procurarle hijos varones que lleguen a ser sus generales más leales, e hijas con cuyas bodas consiga nuevos aliados. ¿Se te ocurre mejor destino que ése?

Bashira notó que la sultana callaba la verdadera razón.

—Sí, me temo que me he pronunciado con demasiada ligereza, sin reflexión —mintió a su vez, mostrando la blancura de sus dientes—. No hay superior misión que la tuya, ni más honorable, ¿cómo ibas a desear otra distinta?

Yumana decidió pasar a otro asunto.

—¿Ese perfumista del que hablaste, es de confianza, sabrá ser discreto?

—De toda confianza, mi señora.

—Pues dile que venga a verme con un muestrario, para que yo elija.

—¿Al harén? —preguntó sobresaltada.

—No, lo recibiré en mis aposentos.

Bashira miró a Umm Abd Allah con manifiesto estupor en sus ojos.

—No se te permitirá ser visitada por un hombre, Yumana —le previno la principal esposa.

—No te preocupes, Gulzar, me autorizará el sultán y estarán presentes Haidar y Warda. Dime su nombre, Bashira.

—Abderrahmán al-Mekki, sultana. ¿Cuándo le digo que acuda a tu real presencia?

—Avísale esta misma tarde, y te quedaré agradecida, para que esté aquí dentro de dos días. Por la mañana.

—Haré según tus deseos —dijo Bashira, mientras pensaba que estaba ante una mujer de auténtico carácter. Igual no le duraba mucho la cabeza sobre los hombros; pero, en tanto no fuera así, la serviría con placer.

Avanzada la tarde, Yumana mandó que la bañaran, pero con jabones ordinarios, sin olor. Tampoco quiso esencias en el agua y se negó a ser frotada con bálsamos de ninguna clase. Pretendía que sólo fueran perceptibles al olfato las suaves emanaciones de su propio cuerpo. Sin embargo, sí se hizo aplicar kuhl, para que éste le confiriera su misterio y le embelleciera la mirada.

De noche, la muchacha acogió al soberano de pie, envuelta en coloridos velos, que dejaban transparentarse las sonrosadas aureolas y la rigurosa curvatura de sus senos. Anduvo hacia él con pasos elásticos, vibrantes, para que se acusaran en los pechos, causando el mórbido temblor de éstos y la inflamación del sultán, al que desnudó también de pie. Después lo sorprendió cabalgándolo sobre el lecho con un ritmo que, si al principio fue desesperadamente lánguido, pronto se transformó en vertiginoso, hasta el punto de que los velos terminaran por desprenderse solos.

Fue larga la madrugada, pues Yumana no consintió que el monarca se rindiera al primer goce. Con ayuda de caricias y provocaciones, logró que obtuviera el resultado de un joven pasional y enamorado, para admiración y orgullo de sí mismo. Al alba, exhausto, se le cerraban los párpados cuando reunió fuerzas para decir:

—Eres mi flor, mi rosa de la mañana.

—Sí —objetó ella—, pero una rosa sin olor.

Aquella respuesta espabiló al sultán, que cayó en la cuenta de que, en efecto, no había percibido ninguna fragancia durante el combate amatorio.

—En palacio hay perfumes. Sólo tienes que pedir a las servidoras que te los traigan —alegó al-Burtugali.

—Lo sé, pero ninguno es digno de mi real esposo. Yo quiero el mejor, el más seductor de los aromas. Que sea único. Que, cuando lo huelas sobre mi piel, te impida pensar en otra cosa que no sea poseerme, y que, si algún aroma te lo recuerda lejos de aquí, nadie iguale el galope de tu caballo por venir junto a mí. Que venzas en la batalla por acabarla, para correr a mi lado. Que mates, si es preciso, por hallarme dispuesta para ti, y tu nariz busque el olor en cada recoveco de mi cuerpo, hasta que mi nombre te huela a esa esencia —la sultana hizo una pequeña pausa, en la que aprovechó para mirarlo con intensidad—. ¿Me autorizas a comprarlo? —le requirió al fin, sentándose a horcajadas sobre su vientre.

—Haz lo que te parezca —concedió fatigado, empujándola cuidadosamente a un lado, necesitaba dormir con urgencia. ¡Qué extrañas son las mujeres!, pensó.

—Sabía que no te opondrías. He mandado que traigan a un perfumista de al-Attarine, pasado mañana.

El sultán levantó la cabeza para protestar.

—¡¿Un hombre en mi harén?!

La joven volvió a subirse sobre el gobernador de vidas, le cogió la cara con ambas manos y pegó su naricilla a la de él.

—Igual que tú reaccionaron, entre risas, las mujeres; pero las hice callar porque, primero, no será en el harén, sino en mis estancias, acompañada de Warda y el jefe de los eunucos, ya que no les daré la oportunidad, a las demás, de copiar mi perfume. Y, segundo, porque les grité que mi señor es el más poderoso de los hombres sobre la faz de la Tierra. Por tanto, no teme que ningún otro, un perfumista, en este caso —dijo, con desgaire—, se atreva a traicionarlo, y porque si fuera de mi, de quien torpemente sospechara, no sería merecedor de mi adoración y jamás volvería a obtener una caricia mía. Ni siquiera una mirada.

Al-Burtugali nunca había perdido un combate en tan poco tiempo, pero se rindió ante aquél adversario cautivador que, además, lo montaba sin reparos. Volvió a bajarla de sí y aún tuvo energía para claudicar con amenazas:

—¿Sabes que, si me engañaras, clavaría tu bella cabeza sobre una lanza, en los jardines del serrallo, para escarmiento de las demás?

—No te ofreceré esa posibilidad —le anunció, ambigua, con una frase que lo mismo valía para declarar su fidelidad como para entender que, siéndole infiel, huiría fuera de su alcance. Mas, lo importante, es que había conseguido su propósito: demostrar a todos su capacidad para subyugar la voluntad del sultán. Ése era su palmario triunfo y no la adquisición de un simple perfume.

El día que Yumana atendió a Abderrahmán, éste le ofreció sus mejores fragancias; no obstante, le propuso fabricar una exclusiva, tal como la sultana anhelaba, con la base que había elegido ella, más unos matices de ciertas maderas. A la muchacha le gustó la seriedad y el buen oficio del perfumista y así se lo comunicó a Bashira, mientras disfrutaban a solas del jardín de las celindas.

—Es un hombre muy respetado por todos por su buen hacer —contestó a sus comentarios la adivina—, no podía defraudarte.

La sultana miró a Bashira y a continuación paseó su vista por todo el jardín para prevenirse de cualquier oído importuno.

—¿Te sucede algo? —preguntó la avispada hechicera.

—Quiero hacerte una consulta; pero exijo tu silencio porque, de saberlo el sultán, me rondaría la muerte y, de la tuya, me encargaría yo. ¿Cuento con él?

La joven esposa no se andaba con rodeos.

—Te agradezco la advertencia, pero no era necesaria, mi señora; mis labios no repiten lo que escuchan mis oídos, sea quien sea quien me pida consejo o adivinación. La reserva, en mi oficio, es imprescindible.

—Entonces, óyeme bien: no errabas cuando dedujiste que yo deseaba cambiar un destino, el mío. No he nacido para ser una esposa más del monarca, depender de su humor o de su variable antojo y sostener una competencia constante, con las otras, por conservar su predilección o su afición por mí —la mirada de la sultana pareció posarse en las celindas; sin embargo, la realidad era que estaba muy lejos, en su más tierna adolescencia—. Yo soñaba con enamorarme de un hombre común, más o menos del rango de mi familia, tener hijos con él y envejecer juntos. —Yumana se aproximó al pequeño surtidor de la fuente que ocupaba el centro del jardín, seguida de Bashira. Así las palabras serían ininteligibles, al quedar imbricadas con el musical borboteo del agua—. Ni estoy enamorada, ni deseo un hijo suyo; como tampoco envejeceré junto a él. La ley natural me hará viuda y, si no es ésta, será una flecha, en una de las muchas batallas que tiene con los cristianos. ¿Qué me pasará después?

La adivina asintió y le hizo un gesto para que prosiguiera.

—Soy del parecer de Umm Abd Allah: estoy segura de que nada bueno —se respondió a sí misma—. Pero, durante el tiempo que eso tarde en acontecer, la infelicidad no aflojará las garras con que me tiene atenazada. ¿Esos son mi presente y mi mañana, por los que cualquiera me envidiaría?, ¡no los quiero! —la muchacha volvió sus ojos implorantes a la gran hechicera—. Si puedes, si es que es posible, enmiéndame el futuro... ¡hazme libre! Te corresponderé, satisfecha, con toda mi gratitud.

La sultana enmudeció y Bashira, de improviso, se percató del ruidoso gorjeo de los pájaros, que atronaban alborozados por entre las celindas. Quizás ello fuera signo de buen augurio.

¿Cuántas ambicionarían ser sultanas, aun por poco tiempo? —cavilaba la adivina—. No obstante, como prueba de lo contrario, y nada menos que junto a ella, se sentía desgraciada la esposa favorita del imponente soberano de Fez. ¡Qué verdad, que nadie está conforme con su suerte!

—Sería una imprudencia prometerte nada, mi sultana, porque te mentiría, dándote falsas esperanzas —expuso la mujer cuando salió de su ensimismamiento—. Mas... ¿existe algún motivo que nos cohíba de intentarlo?, ¿es que la audacia no es femenina?

Una ráfaga de renovado ánimo avivó la faz de la muchacha, al saber que la adivina no capitulaba.

—Podrás pedirme lo que quieras, si desbaratas el plan que el destino me tiene asignado —formuló Yumana.

—No pediré nada, eso lo encomiendo a tu generosidad —respondió Bashira, volteando la mano a ras de su cabeza, con el remilgo de quien desdeñara tratar prosaicas cuestiones crematísticas—. En cambio, mucho me halagaría contar con tu amistad, fracase o no, pues pondré mi conocimiento y mi empeño en tu anhelo.

—Desde ahora mismo la tienes —concedió la joven, entusiasmada.

—Bien, entonces vamos a proceder con precaución. Comenzaremos por averiguar si el sino que crees es el que te aguarda. No nos dejaremos engañar, creyendo que tu circunstancia de hoy se prorrogará en el tiempo hasta el fin de tus días, porque, si no es así, ¿no lucharíamos en contra de tu propia felicidad? Por confiarnos a las apariencias, podríamos obtener el resultado inverso al que deseas.

—Yo estoy pronta a obrar como me dictes —declaró Yumana.

—Basta con que seas testigo. No se requiere tu participación, pero no debemos ser molestadas. Es indispensable la más absoluta intimidad y que nadie nos interrumpa. Solas tú y yo. Voy a servirme del medio más eficaz que conozco: el *Libro de dichos maravillosos*.

—En la alcoba estaremos libres de intromisiones, pero Warda estará a mi lado, con la boca cerrada —agregó.

—¿Qué significa Warda para ti? —preguntó Bashira con su acostumbrada tendencia al fisgoneo inofensivo.

—Ella es la salvaguardia de mi vida. Debe permanecer siempre junto a mí, incluso si estoy con una amiga —aclaró, para confirmarle que ya la consideraba así—. Ordenaré que nos sirvan la comida en mi cámara y empezaremos cuanto antes, si aceptas la invitación de una amiga —condicionó sonriente.

—Será un honor, mi sultana. Entre tanto, diré a Nayiya que traiga de mi casa lo que necesito.

La servidora de Bashira hizo el recado en el tiempo que ellas tardaron en comer. Yumana había dado aviso a la guardia de su puerta para que negara el paso a cualquiera que no fuera Nayiya. La hechicera, durante la comida, se prestó a informar a la sultana del procedimiento a seguir.

—El *Libro de dichos maravillosos* llegó a mi poder hace años. Hasta entonces, mis vaticinios eran acertados, porque he sido agraciada con ese don; pero, a partir del estudio de ese libro, que en verdad es maravilloso, son indiscutibles y, en ocasiones, puedo facilitar detalles que, de otro modo, desconocería. Asimismo, no se reduce a las predicciones, también a la preparación y uso de talismanes, amuletos y recetas curativas.

—Supongo que, antes de poseerlo, ya tendrías noticia de su existencia y que lo perseguirías hasta hacerte con él —dijo la muchacha, a la vez que se aseguraba de que Warda, sentada a sus espaldas en una mesita cercana, saciaba todo su apetito.

—No fue así. Yo diría que el libro vino a mí, porque estoy convencida de que los hay que te buscan, que tienen sus finalidades y de que el propietario es un medio a través del cual las cumplen. Cuando éste ya no puede servirles, se procuran un nuevo dueño, un nuevo servidor, en suma.

—Pero... ¡eso es magia! —exclamó.

—¿Y quién es el sabio capacitado para sentenciar que los libros no la contengan? Éste ha viajado desde una población llamada Almonaziz, que perteneció a la taifa de Saraqusta, en el norte, ahora cristiano, hasta el sur; cruzó el mar y ha llegado hasta mí, en Fez. Lo encontré —rememoró, transportada años atrás—, lleno de polvo, en los estantes de una vieja librería. Estaba abandonado, debajo de otros. El comerciante me dijo que llevaba años en la tienda y que decenas de clientes lo habían tenido en sus manos, pero ninguno lo compró. Si no lo había tirado ya era porque, siempre que iba a hacerlo, se olvidaba. Pero allí, pacientemente, me esperaba. Los libros no tienen prisa, Yumana. Reclamó mi atención nada más entrar. Al librero le faltó regalármelo. Lo he limpiado y cuidado y ahora es mi más valioso tesoro.

—Estoy impaciente por contemplar ese mágico tesoro; pero, ¿cómo adivinará mi porvenir?

—Permite que primero puntualice que, en realidad, no es un único libro. Son varios, diez, reunidos en uno. Algunas de estas piezas parece que fueron rescatadas o extraídas de otras obras, y por más de un copista. Eso es fácilmente reconocible por las diferentes caligrafías y, en especial, porque no todo está escrito en árabe, también en castellano, que yo comprendo más o menos bien —le explicaba, mientras se limpiaba de migajas el caftán, en el exuberante pecho—. El inconveniente, que tuve que allanar, es que hace uso de otras lenguas, como la hebrea, la latina, la griega y la persa. Por fortuna, éstas son minoritarias en el libro.

—¿Entonces, no entiendes su contenido por completo? —interrumpió, inquietada.

La inteligente mujer la miró con incredulidad. ¿Cómo podía pensarse de ella, una hechicera de su categoría, que trabajara con un tratado que no comprendiera?

—Ése era el problema a resolver —respondió—. Copié yo misma las frases o palabras desconocidas y busqué a los mejores traductores de la madrasa de Abu Inania. Pagando generosamente, como prometí, se sortean contrariedades. Las traducciones las escribí en los márgenes; pero, por descontado, no llevé el ejemplar. No estaba dispuesta a quedarme sin él —dijo, con un mohín con el que delataba su astucia—. Y ahora, hablemos de lo provechoso. El *Libro de dichos maravillosos* nos previene de que debemos ayudarnos de un palito cuadrado, si bien éste tiene que ser alargado, para que al tirarlo caiga sobre una de cuatro caras y no de seis, como ocurriría con un dado. En cada una de esas caras hay que grabar una figura: un doble círculo, una luna creciente inserta en un cuadrado, una estrella de ocho puntas y una de seis, que es el sello de Salomón. Sin embargo, sólo anotaremos el resultado de tres tiradas, para buscar, luego, el significado de esa combinación en el libro que, a su vez, nos remitirá a una sura y una aleya del sagrado Corán. Está prohibido, mi sultana —observó, con el índice levantado—, repetir tirada para el mismo caso.

Nayiya, de vuelta, portaba un costalillo de piel de medianas dimensiones. Bashira se levantó a su encuentro, cogió la bolsa y extrajo de ella un tafilete verde de bordes dorados, el libro y tres pequeños estuches de cedro tallado, con dos hileras de rombos de marfil incrustados, en los que guardaba incienso, benjuí y alhucema. A continuación pidió a la servidora que colocara, en el centro del espacio libre, dos grandes almohadones, uno para la sultana y otro para ella misma, y tres infernillos situados en las esquinas de un imaginario triángulo que las encerraba.

Enseguida hizo acomodarse a Yumana en el almohadón próximo a la cabecera del triángulo, quedando el suyo entre los otros dos ángulos; repartió con esmero ritualístico un poco del contenido de los estuches en los infernillos y mandó salir a Nayiya, para que los oídos de ningún otro ser humano, a excepción de Warda, por la expresa voluntad de su ama, recibieran las claves del futuro de un miembro de la familia real.

Los melados ojos de la excelsa Bashira se cerraron en pos de la serenidad, restringida a las insondables simas de espíritus como el suyo, tocados por la mirada divina de los ángeles de Allah. Esperó que el ambiente se saturara del fragante olor de las resinas y así, concentrada, bajó la vista al libro, apoyado en su regazo. Se abrieron sus labios en tanto alzaba el rostro al cielo, murmulló unas palabras incomprensibles y luego dijo:

—«*Señor, esclaréceme lo que te pido, que está en Tu Libro verídico, el más Clemente de los clementes, oh Allah.*»

Yumana sintió, en el silencio exclusivamente roto por el crepitante chispeo de las ascuas, la pujanza de los latidos en sus sienes y los impetuosos saltos del corazón dentro de su pecho; pero, tras la invocación de la adivina, le pareció que eran rodeadas por fulgores y alígeras sombras que aspiraran desunirlas del mundo tangible. ¿Eran los nervios?, quizá su imaginación.

Desplegado el tafilete en el suelo, el palito rodó desde los dedos de su dueña hasta quedar estabilizado sobre el delgado cuero. En el lado superior mostraba el grabado de la luna creciente.

Por improbable que fuera, en las dos tiradas restantes, el palito volvió a exhibir idéntico símbolo.

—Tres veces la luna dentro del cuadrado —exclamó Bashira, pensativa—. Veamos qué augurios nos anuncia —y ante el semblante angustiado de Yumana, le acarició una mano para animarla, prometiéndole que, en caso de pronosticar una suerte aciaga, haría lo imposible por transformarla.

La compasiva adivina abrió el libro y leyó el veredicto correspondiente a la conjunción de los tres símbolos:

—*Su texto, ensalzado sea:* «*Un auxilio procedente de Dios y una conquista inmediata ¡Albricia a los creyentes!*».

»*Pues tú, oh demandante, albríciate con buenas albri-*

cias, que tú verás plazeres muchos prontamente cerca, y
ayuda de Dios, y favor; pues fes lo que querrás, que tú halla-
rás lo que codicias muy presto, si quiere Allah, ensalzado
sea.»

—¿Entonces? —cuestionó la sultana, sin atreverse a celebrar todavía el favorable agüero—. Dame tu consejo, te lo
ruego.

—Pues creo que debes alegrarte. Incluso yo estoy asombrada del vaticinio. Déjate llevar por el destino, porque va a
ofrecerte aquello que ansías y, además, pronto. Lo que igno-
ramos es el esfuerzo o el sacrificio que llevará aparejado.

Yumana reflexionaba sobre lo pronosticado. Las tene-
brosidades que había entrevisto momentos antes, desapare-
cieron con la última palabra leída, dando lugar a la claridad.
De nuevo veía a Warda. El mensaje era, decididamente, es-
peranzador, sin embargo...

—La dicha es demasiado grande como para no ser per-
turbada por las dudas, Bashira. ¿Seguro que el libro no se
equivoca, que ése es el mensaje y que tú no has intervenido
para consolarme?

—Es comprensible tu miedo a la decepción. Insisto en
que no me ha fallado hasta ahora, y que esa era su lectura,
pero eso es todo lo que puedo decirte. ¡Ah!, y que no hay
una sola palabra de mi cosecha. Si la predicción fuera dolorosa, te la habría comunicado igualmente, con la misma sinceridad con que te advierto que no sé cuánto tardará en
cumplirse.

Capítulo IV

El esclavo y la sultana

*U*mm Abd Allah meditaba sobre la variabilidad de los tiempos y en cómo las flaquezas de un hombre mayor se reflejaban en la indulgencia, pasmosa, con que al-Burtugali consentía las exigencias de Yumana. Cualquier monarca anterior, o éste, años antes, no habría querido ni oír hablar de que una de sus esposas recorriera la ciudad, por muy numerosa que fuera la guardia que la rodeara. Cierto que la silla de manos encortinada, que se había hecho construir, la reservaba de las miradas de los transeúntes; pero, ¿qué sucedía cuando se bajaba, sólo oculta por el velo?

El primer conflicto —recordaba Gulzar, si bien aún no se habían apagado los ecos de las voces en el harén— se produjo cuando Jalila quiso utilizar la silla y Yumana se lo prohibió, aduciendo su pertenencia y exclusivo uso, además de ser la única esposa con autorización para visitar la tienda del perfumista, en Fez al-Bali. A Jalila se la llevaban los demonios y, por primera vez, Ghita, a la que todo le era indiferente, apoyó las protestas de aquélla. A los gritos de cólera de las beligerantes adversarias, se unieron los de nerviosismo de sirvientas y esclavas, por lo que el serrallo, como por cebar la opinión de Haidar, semejaba un corral de gallinas en el que se hubiera colado una raposa. El eunuco entró hecho un basilisco y, arrastrando a Jalila por el pelo, pues bien sabía quién podría perjudicarle, la arrojó y encerró en sus habitaciones; pero ésta, en mitad del llanto provocado por la vejación y el dolor, halló coraje para pregonar que dedicaría todo el ahínco de sus entrañas a resarcirse del agravio, antes de cruzar la «puerta de las dos lunas». Después de este altercado, más que enemistadas, se odiarían eternamente. Si en la una eran características la maldad y el fingimiento, la otra estaba revestida de una terquedad propia de la indómita cerrilidad de las mulas. La joven no había girado un grado en su actitud. La evidencia residía en la nueva salida, que tenía prevista esa misma tarde, para presentarse en el establecimiento de Abderrahmán.

De esta salida —como de costumbre en las anteriores, en universo tan exiguo—, estaban todas enteradas, aunque no del asunto que realmente la llevaba allí. Y es que Yumana deseaba obsequiar con esencias a cada una de ellas, sin omitir a ninguna, también a Jalila, a modo de nota amigable, de embajada, que les acreditara que en absoluto anidaría, en su conciencia ni en su pensamiento, desprecio por sus hermanas; que reanudara sus buenas relaciones, si es que alguna se había agrietado, aparte de la de los ojos verdes, que, pues tan mal se inició, igual continuaría.

No obstante, la preferida se ocupó en su día de proteger la resolución tomada por el sultán, a instancias de ella, naturalmente, en cuanto a sus ocasionales paseos, tras el vasto escudo de orgullo y fatuidad de éste. De esta manera propiciaba una respuesta imperativa del soberano, frente a posibles desavenencias, por tal cuestión, con las demás esposas.

—Como mujer desposada con el varón de más alto rango del Magreb —dijo, después de satisfacerlo, aquella noche que logró la venia para salir de palacio—, creo que hay alguna materia en la que deberías ilustrarme, para que nunca tengas que avergonzarte de mi ignorancia.

—Acabo de concederte una libertad insólita, que espero que no defraudes, por la que se me criticará durante mucho tiempo, ¿qué más quieres? No abuses, Yumana. Contente antes de traspasar el umbral de mi paciencia —respondió al-Burtugali, casi arrepentido del consentimiento que acababa de dispensar.

—Precisamente por eso, mi señor. Porque no quiero incomodarte, me preocupo de tus pensamientos.

—Te prevengo —le atajó ceñudo—, que no compartiré contigo planes relacionados con tareas de gobierno.

Yumana sonrió y bajó la mirada. De rodillas sobre el lecho, desnuda, personificaba la imagen de la esposa obsecuente, ansiosa por complacer, hasta el ínfimo capricho, a un marido por el que su rendida admiración hubiera dado lugar al más profundo de los enamoramientos.

De súbito, tomó una punta de la sábana y veló púdicamente su rasurado pubis. Producto de la leve sacudida, los pechos se estremecieron, deleitosos, y los pezones se agitaron, sugestivos.

—No me aventuraría a tanto —respondió la muchacha—. De sobra sé que no son mis dominios. Sólo aspiro a conocerte mejor, como es legítimo en una esposa. A veces no sé qué puede irritarte y qué no, o con qué talante soportas la carga de ser responsable de un pueblo. En fin, incluso cosas cotidianas, comunes —dijo, como quien escarba entre multitud de ideas sin que, con antelación, hubiera escogido alguna—. Ni siquiera imagino qué valor concedes a la tradición.

—¿La tradición? —preguntó extrañado, incorporándose a medias sobre los codos. Esta mujer, pensó, le da demasiadas vueltas a la cabeza—. ¿Quieres saber la importancia que tiene para mí?

—Sí, claro que sí. Porque eres mi esposo y seré madre de tus hijos. Pero, como además eres nuestro soberano, también deseo conocer cómo crees que los hábitos, la tradición, afectan a tus súbditos.

El sultán la miraba desconcertado; sin embargo, razonó, son las hembras de la familia las que conservan celosamente las costumbres. En todo caso sólo se trataba de política interna, de régimen doméstico de segunda categoría.

—Las tradiciones son costumbres heredadas de nuestros antepasados —contestó, luciendo en el rostro la molestia que le producía exponer un postulado elemental—. Justamente por ello distingue a los pueblos, porque adquieren tal raigambre que, en algunos casos, se convierten en reglas colectivas cuando no en leyes. El gobernante debe respetar los hábitos de sus vasallos. De no hacerlo —añadió—, pueden llegar a originarse temibles revueltas. En resumen: si para ellos son valiosas, también deben serlo para mí.

—No obstante —perseveró la joven—, todas no permanecen invariables para siempre. ¿Quién las hace cambiar?

—El propio pueblo o sus dirigentes, si no son de gran importancia o si así lo aconsejan los tiempos.

—Es decir, que tú, como sultán, puedes alterarlas.

—No hay autoridad superior a la mía; pero no me entrometo en las de orden religioso. Para eso están los ulemas.

—Entonces, nadie puede interferir en las medidas que tomes respecto a las no religiosas.

—Nadie que quiera vivir —repuso el monarca.

—¿Ni tus esposas?

—¡Mis esposas estáis obligadas a obedecerme! Sin una palabra, habéis de acatar cuanto yo diga. ¿Es que tienes algo que objetar? —la interpeló, con dureza.

—¡De ninguna manera, mi señor! En realidad me preocupa que las otras protesten por el permiso que acabas de concederme para salir de palacio. Temía que, ante ellas, esa transgresión de las costumbres te perjudicase —argumentó, con la mirada más inocente de que era capaz.

—Mi palabra es ley y la mujer que se atreva a discutirla probará el látigo en su espalda. ¡Mujeres! ¿Qué saben las mujeres? —proclamó con menosprecio, mientras volvía la espalda para dormirse.

—Así las advertiré, mi sultán —dijo, sumisa y, en apariencia, obediente a transmitir una orden que no le había sido dada. Estaba contenta. El monarca, con el calor de la ira y la torpe ceguera del orgullo, había elevado a mandato propio el deseo de ella y lo haría cumplir como tal, sin posibilidad de retractarse. ¡Por fin atravesaría las puertas de la fortaleza! No era la auténtica libertad, pero se la recordaría.

٢

En ese momento en que la tarde aún es nueva y la actividad humana, anquilosada por el embotamiento de la digestión, disminuye perezosa, el viejo comerciante, Salîm, llegaba a la tienda con faena para el mijeño. De las casas todavía afloraban, agonizantes, las olorosas bocanadas que las impregnaran desde las cocinas.

—Estevan, coge tres mantas y vente conmigo, que hay que entregarlas a un cliente del otro lado de al-Qarawiyin; pero antes vamos a pasar por el mercado de los perfumistas. ¡Rápido, que tengo prisa!

El cristiano entró en el telar secundario, usado primordialmente como almacén, y se hizo con las tres primeras mantas del montón que allí se apilaban, las colgó de su brazo derecho y salió con la prontitud que el amo demandaba.

Enseguida aparecieron ambos en la Tala'a Kabira, en el pequeño ensanche que en ese punto se produce, a la altura del mercado de al-Attarine, justo frente a la puerta de la perfumería de Abderrahmán.

A la izquierda de ellos, a tal distancia que no se les oía, plantados en la esquina de al-Qarawiyin, como si regresaran del río, hablaban Rashid, el espía, y su cómplice, el soldado Mufid. A este último se le observaba envarado, con aquel manto que le cubría todo el cuerpo y la ancha caperuza que ocultaba una buena porción de su fisonomía.

—Entierra tus recelos, Mufid, son impropios de ti, mi valiente soldado —halagó, seductor, el solapado tunante—. Te repito que tengo cada movimiento minuciosamente planeado, así como comprado a unos cuantos —mintió—, que se encargarán de obstaculizar a los que te persigan y de facilitarte la huida. Tú cumple tu misión y después, como ya te dije, corre hasta Bab Abi Sufian. Allí nos esperan dos caballos. Ahora ve a ocupar tu lugar y no te vuelvas a mirarme. Piensa que, en un par de días, estaremos a salvo en Portugal y que, en menos de una semana, serás nombrado oficial —dijo, empujándole suave, pero firmemente.

129

Mufid, abocado a una suerte que ya creía irrevocable, para bien o para mal, pero insoslayable, fue a ocupar el puesto señalado en los planes, pegado a la pared, desde donde podía ver la puerta del perfumista y cuanta actividad se produjera. Mientras tanto, Rashid se aproximó a Salîm, en el centro de la calle. Quedaría muy natural saludarlo y conversar con él, además de que nadie que se fijara en su persona lo asociaría al soldado, sino al comerciante.

Los tres miembros que aparecieron de la guardia real, como de avanzadilla, miraron con prevención a los presentes y no apartaron las manos del pomo de sus espadas. Uno de ellos entró en la tienda para advertir la inminente llegada de la sultana y asegurarse de que en el establecimiento sólo estuvieran el dueño y su personal. Cuando salió, la gente, curiosa a riesgo de su integridad, se había parado en la calle.

El sonsonete de las armas precedió al resto de soldados, que defendían por los cuatro costados la silla cubierta que transportaba a la sultana.

Mufid no se tenía de los nervios con ver a los tres primeros guardias, pero cuando escuchó el repiqueteo de los correajes con hebillas de hierro, de las vainas metálicas, las voces de mando y los pasos rápidos y uniformes de la escolta, de más de veinte hombres escogidos entre los veteranos, le flojearon las piernas cual si se desmayaran por su cuenta, y las rodillas querían ceder, doblarse, sublevadas a tendones y músculos, para no sostenerle. Dejó caer la espalda contra el muro, por encontrar algo de calma en el apoyo, al tiempo que examinaba a los espectadores, esforzándose en adivinar quiénes le prestarían el amparo prometido por Rashid, pero no supo hallar ningún indicio en sus caras. Ahora sentía la humedad viscosa de sus manos frías, y el hormigueo que, como una enfermedad que lo minara, recorría acelerado sus extremidades inferiores.

Los fornidos servidores que soportaban las varas del transportable armatoste, uno en las anteriores y otro en las traseras, lo hicieron descender con suma delicadeza, hasta que los cuatro puntales descansaron estables sobre el pavimento. Warda se bajó sola del jumento que la joven preferida había reclamado para su aya, una burra lanosa de poca alzada, y se dirigió a la portezuela para abrirle a su señora.

La guardia, que rodeaba a silla y porteadores, a un sólo aviso del oficial se giró hacia fuera, de forma que cualquiera que mostrara la más leve intención de aproximarse o pasara demasiado cerca sería detectado con suficiente anticipación para, prevenida, repelerle sin conmiseración.

Entrecortado el respirar y con el rostro desencajado, el desgraciado cómplice notó que la ballesta, quizá por el sudor, resbalaba entre sus dedos, oculto el brazo bajo el manto; pero, más por miedo que por arrestos, consiguió sujetarla por el extremo de la cureña, a punto de caérsele. Seguro que, con aquel bullicio, con más y más gente por momentos, habría pasado desapercibido el golpe, pero se vería obligado a dar algunos empellones para recogerla y, entonces, le descubrirían con aquel instrumento mortífero, apostado allí, por donde pasaba la esposa favorita del sultán.

Warda ya había abierto la portezuela. Yumana, de la mano de aquélla, salía envuelta en un holgado hábito con capucha, encarnado y orlado de oro, que cubría cuerpo y caftán por completo e impedía distinguir sus formas. El velo, rojo también, pero de seda, sólo dejaba sus ojos a la vista. La joven dilató las aletas de su graciosa naricilla para saturar los pulmones de aire, acaso de libertad, y simultáneamente contempló dichosa el cielo azul, limpio de nubes. Mezclado con el olor de las viandas, la calle despedía el tibio aroma, entre picante y dulzón, de las especias, con vapores aislados de perfumes que pugnaban por delatar su existencia.

Abderrahmán había acudido al exterior del establecimiento para cumplimentar a tan insigne visitante. Debía corresponder, según sus posibilidades, a la extraordinaria distinción con que la realeza lo honraba. Inmóvil, junto a la puerta, esperaba encontrarse a discreta distancia de la sultana, para acogerla con una agradecida y profunda reverencia.

En las entrañas de Mufid se alumbraba el sentimiento

del verdugo, compelido a sacrificar a la víctima que sabe inocente; sin embargo, ya no había elección, tenía que actuar. A duras penas, con esfuerzo sobrehumano, sacó el arma de la oscuridad del manto y apuntó. La sultana dio un paso... dos... y el soldado no se decidía a tirar. Rashid dirigió una mirada apremiante a Mufid, pero en ese instante, Estevan había posado la suya en el espía. No tuvo más que seguir la dirección de la mirada, para descubrir al cómplice apuntando a Yumana con la ballesta. Entonces se hizo la luz en su cabeza y comprendió los planes homicidas que éstos venían forjando. A la vez, en un velocísimo impulso, lanzó al aire las mantas, para interponerlas en la línea de la flecha, en el segundo preciso en que ésta salía disparada. El virote penetró en los tejidos, rasgando las sucesivas capas que formaban los dobleces, atravesándolas; mas, cada una, le restaba ímpetu y, sobre todo, conseguía variar la trayectoria inicial, de tal modo, que la saeta acabó rebotando en las piedras del pavimento, a los pies de la sultana.

132   El oficial al mando no reparó en ballesta ni en ballestero, pero sí llamó su atención que el esclavo arrojara aquellas mantas al aire. Cuando vio que éstas eran traspasadas por un virote, y que éste caía en el suelo, inofensivo, delante de la esposa del soberano, interpretó que a su señora le habían salvado la vida y que el trance, si no reaccionaba, podía costarle la propia.

Con un ensordecedor grito de rabia, el militar saltó como un felino sobre las cabezas de los paralizados curiosos. La espada se hundió hasta la empuñadura en el pecho del agresor, que aún mantenía la ballesta en sus manos agarrotadas y la hoja, ensangrentada, apareció por la espalda. Todos pudieron escuchar el ruido seco que produjo el esternón al fracturarse. El oficial la recuperó de un fuerte tirón, dispuesto a propinarle un tajo en el cuello, pero no fue necesario, el crédulo Mufid, el iluso, con un quejumbroso ronquido, entregaba su aliento.

El cristiano fue testigo de la muerte del soldado; pero, si bien le sobrecogió, no por esa circunstancia se olvidó del instigador, el verdadero culpable. Se volvió a buscarlo y observó cómo, despacio, con disimulo, Rashid se apartaba de la gente, en dirección a al-Qarawiyin.

—¡A él!, ¡a él! ¡Ése es el intrigante! —proclamó, señalándolo.

El espía, al escuchar las voces, intentó correr, comenzando una huida que lo incriminaba, pero dos guardias, mucho más veloces, salieron tras él. Al cabo, lo traían a rastras, en tanto declaraba su inocencia entre alaridos y exclamaciones. El jefe de la guardia golpeó la cabeza de Rashid con el pomo de su espada, y éste calló, inconsciente.

—Lleváoslo, pero cuidado con él, necesito vivo al traidor —ordenó, y miró a la sultana, a la espera de sus deseos.

Yumana extendió el brazo, para referirse a Estevan.

—Quiero a ese esclavo en mi guardia —y, dicho esto, entró en la tienda del perfumista, sin dar lugar al buen hombre a efectuar la cortés inclinación que tenía planeada.

133

Muy temprano, en cuanto abrieron los mercados, el oficial se presentó en la tienda de Salîm, quien todavía andaba pensando en cómo obtener partido del acto heroico de Estevan.

—¿Eres tú el amo del esclavo que protegió ayer a nuestra sultana? —le interrogó, sin más preámbulos.

—¡Que la paz sea contigo, bravo militar! —contestó educadamente el comerciante—. Yo soy Salîm, dueño del esclavo que salvó la vida de la sultana, que Allah la guarde, y de las mantas, inservibles ya —dijo, con el gesto apenado del que se resigna a sus pérdidas— por los agujeros que la flecha les hizo, pero que, pues por ellas salió ilesa, doy por bien empleadas —agregó, concibiendo lograr alguna compensación.

El otro, como individuo de acción, ignoró los comentarios y pasó directamente a explicar su encargo.

—Vengo a comprarte el esclavo, en nombre de mi señora. ¿Cuánto quieres por él? —cuestionó, sin rodeos.

—Lo cierto es que no quisiera desprenderme de él; pero, perdona mi falta de hospitalidad, ¿quieres un té?

—No tengo tiempo para té, ni me interesan tus deseos, mercader. No me has entendido. He dicho que vengo a comprarlo, no a preguntarte si es voluntad tuya venderlo. Dime una cantidad que sea razonable.

—Créeme que nunca lo vendería. Es joven, sano, esforzado, y en cuanto a valiente... ¡ya lo viste ayer! Es como de la familia para mí... como un hijo. Me será muy doloroso separarme de él. Pero, en fin, siendo para la esposa de nuestro amado sultán, que el Profeta preserve de todo mal, me contentaré con mil quinientos dinares —expuso, con aire apesadumbrado.

—¿Me tomas por tonto, viejo estúpido? —dijo, y avanzó hacia él, amenazador—. Dime ahora mismo cuánto te costó, pero no mientas, porque lo averiguaré y te verás colgado de la muralla norte.

—Ten calma, te lo ruego. Yo sólo digo la verdad. Pagué quinientos dinares.

—¿Y piensas que puedes aprovecharte y cobrar el triple? —exclamó, exasperado.

—No es así como supones. En ese precio estoy incluyendo las mantas rotas y el año que ha pasado con nosotros. Lo he vestido y alimentado, es más fuerte que antes, a mis expensas, y le he enseñado nuestra lengua. El esclavo vale ahora mucho más. ¿No te parece justo que se me recompense por perderlo, después de tanto trabajo?

—Bien podría llevármelo sin una moneda, y requisar, además, toda tu mercancía, pero no quiero oírte una palabra más. Aquí tienes quinientos dinares —dijo, entregándole una bolsa—. Mañana lo llevarás a palacio. En caso contrario, acompañarás en su destino al otro mercader, tu amigo Rashid.

—Así se hará, buen oficial, puedes confiar en este humilde servidor.

El militar ya se iba, cuando Salîm lo detuvo.

—Disculpa mi atrevimiento, pero, ya que nos hemos entendido tan fácilmente, dime, ¿no interesarían mis mantas al ejército?, ¡su calidad ha quedado bien probada!

El hombre le dio la espalda, maldijo que le tocara tratar personalmente asuntos con un civil, y eligió el silencio, para fortuna del comerciante.

En la primera planta de la torre noroeste de la fortaleza, el jefe de la guardia real, repantigado confortablemente entre deslucidos cojines, revisaba cédulas y otros despachos que iba luego depositando, para ser archivados, sobre la mesita baja que le servía de escritorio. En la misma pieza, austera como es adecuado en una estructura militar, pero junto a la escalera, permanecía de pie un soldado al servicio del oficial.

El militar se retrepó en los almohadones y alzó la vista a la sobria cúpula de arcos entrecruzados, como solía hacer cuando acusaba molestias en los riñones.

—Hazle subir —dijo al guardia.

Encorvado, con la cabeza gacha, por no dar con ella en las ennegrecidas piedras de la bóveda de cañón, éste bajó únicamente los peldaños que había hasta el descansillo y desde allí transmitió la orden.

De inmediato, se escuchó el vivo ascenso del mijeño, que enseguida apareció sobre el último escalón. De él no se movió, confuso, dudando si avanzar o detenerse; mas optó por lo segundo y se limitó a saludar.

—La paz sea contigo.

—Silencio —respondió el jefe—. Te llamas Estevan Peres y eres el esclavo que salvó la vida a la sultana. ¿Es así?

—Así es, mi señor.

—Mi nombre es Fâtin ben Ammâr. Soy el capitán de la guardia real y estás bajo mis órdenes —informó, lacónico.

El esclavo no supo qué decir y afirmó con la cabeza.

—¿Has participado en alguna batalla o pertenecido al ejército cristiano?

—No, mi señor, ninguna de las dos cosas.

—¿Nunca has combatido, entonces, contra tropas musulmanas?

—Jamás he combatido contra nadie; ni musulmanes ni cristianos.

El capitán estudió atentamente al muchacho, antes de continuar el interrogatorio.

—¿Cómo y dónde te capturaron?

Estevan relató su cautiverio incluyendo los pormenores que Fâtin, interrumpiéndole a cada paso, le demandaba.

—¿Albergas deseos de venganza contra nuestro pueblo? Quiero que me digas la verdad. Hazlo sin miedo, porque comprenderé que tengas rencores, pero no te excusaría una vileza. Además —añadió, incorporándose, pues le cansaba estar sentado tanto tiempo—, me ha favorecido tu intervención. Si la flecha hubiera acertado en el blanco, yo habría sido ajusticiado.

Estevan vio que Fâtin se le acercaba; pero, al igual que en sus palabras, no halló ningún gesto de hostilidad en él.

—No os guardo rencor a los fesíes, ni al mercader que me trajo desde la costa, ni al amo que me compró; pero voy a serte sincero ya que no soportas a los traidores, aunque creo que este no sería el caso. He jurado matar al turco, aquél que mató a mi padre y me hizo cautivo y... ¡por mi vida que lo cumpliré! Tanto si es musulmán, como si fuera cristiano.

El oficial quedó en silencio, pero asintió repetidamente. El soldado de guardia, cuyas cicatrices en el rostro confirmaban su veteranía, miró al joven con apreciable aprobación.

—¡No seré yo quien te lo impida! —prometió—. Has probado que eres audaz. Si no me equivoco —dijo, abstraído—, ese turco tiene los días contados... a menos que él sea mejor luchador que tú. Pero, dime, ¿por qué un cristiano, un infiel, decide salvar la vida a la sultana de un reino que lo tiene cautivo?

—Porque yo también aborrezco la traición —respondió Estevan, sin titubeos.

El militar, con ambas manos apoyadas en las caderas, observó que el sol había abandonado el alféizar de la ventana saetera que, minutos antes, bañaba.

—Has de saber que has sido comprado a tu viejo amo, Salîm, para ser liberto. Ya no eres un esclavo. Eres un hombre libre, mas una sola cosa te ata: la joven señora te quiere en su guardia, cerca de ella. No sé por cuánto tiempo, pero por el momento no puedes marcharte de aquí. Necesitas su consentimiento. Sin embargo, eso beneficia a tus fines de venganza, puesto que serás adiestrado para ser tan duro rival como te propongas. Sólo dependerá de tu destreza y tenacidad —el capitán hizo una breve pausa—. ¿Tienes algo que decir?

—Nada, mi señor.

—Ahora bajarás al patio de armas con el guardia —dijo, señalando al veterano—, para que te provean de vestimenta, armamento y te den las órdenes del día.

En tanto Estevan y el soldado descendían uno tras el otro por la angosta escalera, Fâtin, con placentero orgullo, se daba a imaginar la cara de frustración de los portugueses al hallar en el cesto que se les había enviado las pútridas cabezas de Rashid y Mufid, de parte de al-Burtugali, como respuesta al osado desafío de los cristianos.

Por absurdos del azar o por un sencillo nexo entre pensamientos, el muchacho se interesaba por la suerte del falso mercader, mientras cruzaban el patio de armas.

—¿Sigue el traidor en los calabozos? —preguntó al guardia.

—No, ya cantó cuanto debía. Era un espía, una asquerosa rata a sueldo de los portugueses. El capitán se ha hecho un par de botas nuevas con su pellejo —dijo, soltando una carcajada.

—¿A quién nos traes, Kamîl?, ¿un nuevo huésped para las mazmorras? —quiso averiguar uno de los soldados.

—¡Callaos y escuchadme! Éste es el nuevo. Se llama Estevan y, por deseo de la joven sultana, desde ahora es uno de nosotros —anunció, a la vez que descansaba el brazo en el hombro de éste, como símbolo de camaradería.

El aludido inspeccionó las facciones de los que serían sus compañeros. Costaba trabajo creer que aquellos individuos

137

de mala catadura obedecieran a nadie, ni aceptaran disciplina alguna. Eran caras herméticas, con las huellas marcadas por el endurecimiento, a yunque y fuego, que proporciona el haberse codeado con la muerte en muchas ocasiones. El hambre, la sed, la lucha, el agotamiento hasta el punto de ser casi insensibles a las heridas superficiales, en el calor de las refriegas, les había provocado aquella extraña indolencia en la actitud y en la mirada, de las que se colegía una mínima apreciación por la propia vida y, por ende, de las ajenas. Sin embargo, era esa misma incuria la que, tras haber abandonado todo interés por lo común, les determinaba a atender una sola voz: la de su capitán, que los forzaba al orden, lo más parecido al contacto con la razón. Fuera de ella, nada más que podían sentirse atraídos por los despojos de la guerra, el botín, que les facilitaba saciar el apetito de sus depravados instintos. La guardia real, como cuerpo pretoriano, era temida por el resto de soldados del ejército.

—¡Vaya, el esclavo cristiano! —volvió a hablar el mismo, quizás el más bravucón—. ¡Poco durarías a mis manos, infiel! —presumió, desafiante, mientras enredaba con un cuchillo que acabó por guardar en una de sus botas.

—Pronto te daré la ocasión de comprobarlo —respondió Estevan.

Los demás pusieron atención al pendenciero. Una pelea conllevaba el castigo para los participantes, si bien era un entretenimiento celebrado por truncar, de improviso, la inactividad y la rutina.

—¡Hamza! —intervino Kamîl—, te advierto que tendrías un problema con el capitán y, tal vez, conmigo. Guarda tu bravura para cuando se necesite.

El reprendido calló al instante, aunque se tocó la frente, dándole a entender al muchacho que no se olvidaría de lo dicho, pero Kamîl arrastró de una manga a éste, para ir a buscar a Bassâm, el *nãzir*[5].

5. Suboficial con ocho soldados a sus órdenes.

—Bassâm, éste es Estevan. Manda el capitán que le proporciones vestimenta y armas y le procures un camastro, porque a partir de hoy forma parte de los hombres a tus órdenes. ¡Suerte, muchacho! —le deseó al liberto—. Yo me vuelvo a mi puesto en la torre.

Estevan se sintió detenidamente observado por el nãzir, quien le ordenó que lo siguiera hasta la estancia que servía de dormitorio de tropa, donde dio por señalado el del cristiano, echando una manta sobre uno de los lechos. Después desapareció unos momentos y volvió con el equipo necesario para convertir al mijeño en un miembro más de la guardia real.

—Cuando estés preparado, sal al patio de armas —fueron sus únicas palabras antes de marcharse.

Estevan se colocó la camisola, la cota de malla y, sobre todo ello, la chupa de paño. El color de ésta, escarlata, revelaba su pertenencia a la guardia. Tras ponerse los zaragüelles, se sentó en el camastro para atarse los cordones de las duras botas de cuero de media caña. Mientras tanto, se entretuvo en mirar los tiznados muros que, alguna vez, fueron encalados, como indicaba el disparejo descascarillado de las paredes. En cambio, se apreciaba que barrían a diario. La austeridad militar soportada hasta la carencia, pensó. En lo que se refería a la libertad, la había obtenido a medias; mas, en lo material, no podía opinarse que hubiera prosperado de manera ostensible, se dijo, encajándose el casco metálico encima de la cofia, que resguardaba la cabeza de erosiones. Finalmente, se colgó en el hombro derecho, en banderola, el tahalí con la espada, que desenvainó para sopesarla y sentir la calidad de su equilibrado, las cualidades básicas que la hacían manejable, y la bondad del acero y vaciado del filo, propiedades esenciales en un arma letal.

Conforme, enfundó la peligrosa hoja y atravesó la puerta, transformado en un guardia más. Las cabras, encarriladas por un soldado hacia los corrales, protestaron con balidos cuando Estevan tropezó con ellas; y las gallinas, que picoteaban libremente el suelo, parecieron unirse a las quejas con sus aterrados cacareos. La fortaleza era una ciudad en miniatura. Cada uno de los vigías hacía, despacioso, su individual y corta ronda por el adarve para, de vez en cuando, asomarse por las almenas a su cargo con un movimiento maquinal, por repetido. Los centinelas de la entrada daban paso a gente que, por la familiaridad de su saludo, era sobradamente conocida y que se encargaba del acarreo de materiales o víveres para personas y animales, y de oficios diversos, más o menos domésticos. El patio era un continuo deambular de carreteros, menestrales, campesinos y jumentos que, ruidosamente, entre rebuznos que apagaban gritos, y al contrario en ocasiones, descargaban allí mismo. Con ellos se cruzaban hombres con sacos, fardos, haces de leña o simplemente palos a la espalda, que también contribuían a la constante algarabía. Había quienes se dirigían a las cocinas, otros a los establos y aún algunos cruzaban el postigo de la gran puerta doble de remaches, que comunicaba con las dependencias palaciegas.

140   —¿Qué, estás sordo? Te estoy llamando para comer y no me oyes —le espetó Bassâm—. Espabila o te quedas sin rancho. Vamos, sígueme. En el ejército —prosiguió, encrespado—, tienes que estar despierto y pendiente de las órdenes.

Estevan, desprevenido por la súbita aparición del nãzir, obedeció sin replicar. Los golpes del martillo contra el yunque se hacían más audibles cuanto más se aproximaban a las cocinas de la guarnición. La herrería, pues, se encontraba cerca de ellas.

Las dos mujeres habían pasado bajo el «arco de la hermosura» y paseaban por el jardín de las celindas. Bashira no se había recuperado de la impresión e insistía en las mismas preguntas:

—Pero, mi señora, ¿a cuánto de ti quedó la flecha?

—Ya te digo que cayó a mis pies, Bashira.

—¡Por Allah que te has salvado por un pelo! ¿Y no tuviste miedo?

—No fue por un pelo, sino gracias al esclavo cristiano y... ¡bueno, algún miedo tuve!, pero si las predicciones de tu *Libro de dichos maravillosos* son acertadas, no estaba escrito que yo muriera. ¿O es que no estás completamente segura?

—Sí, sí. Mas no descuides el proverbio que dice: «Confía en Allah, pero ata tu camello».

—Por eso mismo he reclamado al cautivo para mi guardia personal.

—¿Y nuestro amado sultán qué ha dicho? ¿No se ha encolerizado contigo?

—Sí, y Jalila creyó ver una oportunidad para aprovecharse; pero llegó tarde con sus intrigas. Yo ya había serenado a mi esposo oponiéndole las ventajas del incidente. Lo único que logró fue que al-Burtugali la calificara de «estúpida nulidad» y le prohibiera continuar hablando, para terminar por expulsarla de su presencia.

—No encuentro qué beneficios puede tener que atenten contra ti, Yumana. Cuéntame, te lo ruego.

141

—Pues varios: en primer lugar se han desenmascarado y eliminado a dos espías, sin darles ocasión de ejecutar un plan más ambicioso, porque ¿habría tenido auténtica importancia que me matasen? Yo sólo soy una débil mujer; pero, ¿quién aseguraría que no hubieran agredido a su regia persona o a uno de sus hijos varones? Eso sí habría revestido gravedad. En cambio, como consecuencia de mis censuradas salidas, pensaron en mí como víctima y no en él. Además, Portugal sabrá de su fracaso y supondrá que nuestros espías son mejores que los suyos, que han fallado en la cobarde misión de matar a una mujer. ¡Qué vergüenza para los portugueses!, ¿no? Ahora soy más libre que antes, pues no creo que nadie ose repetirlo.

—Me parece, y dispensa mi franqueza, que tú tienes poco de débil mujer —dijo, entre carcajadas, la adivina—, más bien piensas como un hombre, un gobernante. Pero, dime, uno era nada menos que un soldado del ejército del sultán, ¿no? ¿Y el otro? —preguntó.

—El otro se hacía pasar por comerciante. Él era el jefe; el soldado, un simple ejecutor.

—¿Era de Fez? ¿Estaba casado con una fesí?

—No, de la ciudad no era, y casado... ¿yo qué sé?, ¿qué más da?

—¡Ah!... ¿Y tenía dinero, vestía con ropas elegantes?

—¿Qué me importa si tenía dinero o si se cubría con una manta alguien, cuya cabeza, hoy, viaja en un cesto? ¡Qué preguntas haces, Bashira!

—¡Es que nunca he visto a un espía! No te enfades, es pura curiosidad —dijo, exponiendo las manos abiertas, como pidiendo calma, sin perder su sonrisa habitual. Y agregó—: ¿Y el esclavo, es apuesto además de valiente?

La sultana escrutó el rostro de la hechicera, por si era blanco de alguna sutil burla, pero sólo percibió lo que realmente había: espontaneidad.

—¿Crees que en tal circunstancia podía detenerme a considerar el aspecto de un esclavo? ¿Me tomas por una desquiciada? Hice lo sensato: me apresuré a entrar en la tienda del perfumista, para retirarme del gentío, en tanto la calle no quedara dominada por mi guardia. Además, necesitaba un asiento para sosegarme y pensar en lo acontecido —Yumana hizo una pausa, como para recrearse en el embrujo de las plantas y de los arbustos de celindas—. Detrás de mí venía Abderrahmán, pálido —dijo, recordando—, con la desazón pintada en la cara. Viéndolo así, le concedí venia para sentarse. Fue entonces cuando el buen hombre me contó cómo conoció al traicionero impostor, que se presentó respaldado por un viejo tendero, amo de mi salvador, al que supuso tan inocente como él mismo. ¡Había sido trazado un plan para matarme, utilizando la involuntaria información de dos honrados comerciantes! Le mandé callar; pero, para su tranquilidad, garanticé sus vidas, segura de su integridad y su nobleza. Después he relacionado cosas y, ¿sabes?, estoy persuadida de que ese cristiano desconfiaba del farsante. De otro modo, no habría podido actuar tan velozmente... como si se esperara algo. Me enteraré —dijo, resuelta—. Debe de ser más listo de lo que creía su dueño.

—¿Quieres que hable con él? —se ofreció la mujer.

—No. Seré yo quien lo haga esta noche, pero quiero que estés conmigo. También vendrá Haidar, es forzoso que sea así —aclaró, como excusándose.

La adivina hizo una mueca con la que exteriorizaba la repugnancia y la animadversión que le tenía al jefe de los eunucos, a la que la muchacha respondió con un encogimiento de hombros, que denotaba resignación, y continuó.

—En fin, después de todo, cumplí con lo que me había propuesto, aunque el perfumista no quería aceptar dinero por los perfumes que fui a comprarle, pero no se lo consentí. No se puede admitir, como regalo, aquello que se piensa regalar. No obstante, obtuve un buen precio.

—¿Todavía te quedaron bríos para escoger perfumes? —la interrogó, estupefacta ante el temple de la joven.

—Permitir que se me trastornara la tarde, por el lance, hubiera supuesto un rasgo de debilidad. Debía saberse que no sólo soy sultana por elección de mi esposo, sino que mi esposo me eligió porque nací con carácter para serlo.

—Si alguien no estaba convencido, ya lo está. Ninguna posee tus cualidades y, sin embargo, tú no quieres serlo. Pero, volviendo a los perfumes, ¿dices que has comprado varios para regalarlos?, ¿a quiénes? —preguntó, indiscreta.

—¡Qué curiosa eres, Bashira! A mí me basta con usar un único aroma, ése es mi gusto. Los demás eran obsequios para las otras esposas, excepto éste, que es para ti —dijo, extrayendo un frasquito azul de entre las sedas que la envolvían.

La adivina tomó el frágil recipiente de vidrio finísimo, conocedora del privilegio que esa cortesía simbolizaba.

—Me siento abrumada por tu atención para conmigo, Yumana. No he hecho nada especial que merezca ser gratificado con este reconocimiento.

—No es más que un pequeño detalle, una deferencia con la que pretendo testimoniarte mi afecto. Soy yo la agradecida, Bashira, por escucharme y tenerte a mi lado como amiga. Aquí la soledad es mucha.

El olor de la esencia se expandió por su nariz, como un

143

fresco y florido torbellino, en cuanto destapó la preciosa ampolla.

—¡Jazmines! —exclamó la mujer, halagada aunque no del todo sorprendida.

—Claro, es la fragancia que te recuerda a tu abuela. ¿Cómo podría olvidarlo?

—¿También atinaste con el gusto de las demás mujeres? —quiso averiguar.

—Sí, menos con una: Jalila. Pero algo así me suponía, si bien ha colmado mis expectativas. Rechazó el perfume sin ni siquiera tocarlo, a la vez que declaraba no querer nada que de mí proviniera. Umm Abd Allah vino a suplicarme, en beneficio del sosiego del harén, que no se lo tuviera en cuenta, y me plegué a su deseo con agrado, mas le regalé el aroma a Sahar, la esclava muda de piel canela.

—Tenías medida su reacción, ¿no es así?

—Pues no, pero de eso se trataba, de medirla. Ahora sé hasta qué punto es irreflexiva. Yo, de ser ella, habría aceptado el obsequio. Ha descuidado el favor del sultán; con lo que Haidar, que la soportaba menos que a ninguna, porque a todas aborrece, no le tolera la menor queja ni le admite órdenes, y lo que yo he ganado en concordia con las mujeres, ella lo ha perdido.

—Últimamente ha sufrido humillaciones y todas tienen que ver contigo. Ten cuidado, yo creo que es peligrosa —advirtió Bashira.

—Cierto. Pero es burda y grosera, y se supedita a su propia vehemencia —respondió Yumana.

—Puede tener suerte —insistió la adivina.

—Puede.

Estevan, más que comer, devoraba su comida. Como desconocía el tiempo que le darían, decidió zamparse cuanto antes la pitanza, aunque para ello fuera necesario poco menos que engullirla. Entre bocado y bocado se entretenía contemplando el trabajo en la forja, sentado en el suelo, con la escudilla en la mano izquierda, bien cerca de la boca, para evitar que nada que, por funesto accidente, escapara a su voracidad fuera a dar en otro sitio que en el metálico platillo, mientras con tres dedos de la derecha iba atrapando, de entre el caldibache, los trozos más consistentes. El herrero, un hombre no muy alto, pero de vigorosos brazos, había reparado en el guardia que, con evidentes ganas, comía a dos carrillos sin apenas masticar, en tanto exteriorizaba con sus constantes ojeadas, aparente interés por todo lo que allí se hacía.

Desde luego, en cuanto apartaba la vista de la escudilla, el mijeño estaba pendiente de los manejos del aprendiz, todavía un chiquillo, que manipulaba el fuelle de la fragua, o del martillo, cuando golpeaba el hierro que en el yunque se transformaba, observando cómo las escorias incandescentes que salpicaban, marcaban el largo y viejo mandil de gordo cuero de vaca, que preservaba al herrero de quemaduras. Algunos de estos fragmentos quedaban adheridos al tostado delantal, ofreciendo el peculiar aspecto de estar guarnecido de ellos. Pero, con lo que Estevan quedaba deslumbrado, era con la nubecilla de vapor que se elevaba al introducir el hierro al rojo vivo en el balde de agua, y el siseante sonido que la colisión de ambos elementos producía.

El artesano detuvo su faena y encaró al muchacho:

—¿Has sido herrero o es que estás vigilando si hago bien mi trabajo? —dijo con hosquedad.

—Ni lo uno ni lo otro —contestó el joven—. Me gusta ver lo que haces con el fuego, pero no quería molestarte. Ya me voy —anunció, levantándose del suelo para irse.

—Eres extranjero... No recuerdo tu cara, ¿acabas de llegar destinado a la guardia?

—Sí, hoy mismo y no conozco a nadie —respondió Estevan, sin más explicaciones.

—Por eso comes solo. Haces bien, es mejor que primero sepas cómo es cada cual y después escojas con quién te juntas. Ahora tienes que lavar la escudilla en aquel pilón —dijo, señalándole el que había detrás, parcialmente cubierto a la

145

vista por su propio tenderete—, luego tráemelo, y probaremos a quitarle algunas abolladuras —le propuso en tono más amistoso, y añadió—: Me llamo Rabah.

Efectivamente, tras la pasable limpieza que el muchacho administró al plato, el herrero allanó el fondo de éste con suaves golpes de martillo.

—Más te vale guardarlo donde no te lo roben. Hay quien, cuando se le rompe el suyo, coge el ajeno; y tú, ese día, no tendrás donde comer.

El mijeño asintió con una leve inclinación, con la que mostraba su agradecimiento.

—Nos veremos, Rabah. Mi nombre es Estevan. Me voy a buscar al nãzir antes de que vuelva a montar en cólera.

Bassâm, el nãzir, junto a sus ocho hombres, acudió a reunirse con los demás soldados de la guardia a la explanada sur, al otro lado de la fortaleza, donde bajo la atenta vigilancia del capitán se ejercitaban primero en el tiro con arco tradicional y con ballesta, y después en la lucha cuerpo a cuerpo, con adarga de cuero, puñal de orejas y espada corta.

Estevan, que jamás había usado un arco y aún menos una ballesta, erraba todos los tiros en su primer día. Sólo uno acertó y en la parte baja del monigote, a modo de espantajo, que le había tocado en suerte a su grupo. Su absoluta bisoñez e inexperiencia no le permitían tensar debidamente el arco, con lo que las flechas se clavaban a pocos pasos y cuando, puesta a prueba la energía de su musculatura, lograba la tensión adecuada de la cuerda, el esfuerzo era tal, que temblaba el arco por completo y las saetas parecían ignorar al deforme maniquí de leña y paja.

Como de ordinario sucedía ante los desatinos de un nuevo camarada, las pullas le llovieron en cada nuevo intento, persiguiendo triturar la paciencia del neófito; pero el joven las aguantó a pie firme, a pesar de las descarnadas mofas que de él hacía Hamza, que le auguraba una corta vida.

A continuación del adiestramiento en el tiro, llegó el turno de la lucha por parejas. Para prevenir serios acciden-

146

tes se utilizaban armas de madera, que podían producir magulladuras, lesiones e incluso provocar alguna herida, pero rara vez la muerte. Cada soldado elegía un contrario de complexión y destreza semejantes, pero Estevan asombró a toda la guardia cuando designó al bravucón como oponente. El propio Hamza quedó desconcertado un momento, rumiando si el muchacho no sería más ducho en la lid de lo que aparentaba; mas, al punto, se reafirmó en su ley. Él era un hombre templado en multitud de combates y, de ello, podrían dar fe sus numerosos enemigos, si no estuvieran paseando por los jardines de Allah o consumiéndose en el fuego de la gehena. Por su parte, al capitán también le extrañó la osadía del mijeño, pero pensó que acaso éste tuviera más pericia de la prevista o bien confiaba demasiado en sus aptitudes, error frecuente en los principiantes jóvenes, que acostumbraban a purgar con dolor.

Hamza avanzó un paso, se puso en guardia y esperó a verlas venir, mientras observaba la postura de Estevan.

El novato, si bien adoptó la posición de costado, análoga a la del veterano, y adelantó pierna y brazo de la espada, dejó el pie atrasado en paralelo, en lugar de colocarlo en perpendicular con el otro para ganar en estabilidad, revelador descuido que no le pasó desapercibido al bravucón.

—Cristiano, eres un loco al que esta noche dolerán todos los huesos —aseveró con desdén, al tiempo que cruzaba su arma con la del muchacho, aplicando una intensa pero controlada presión.

Estevan, que creyó que trataba de medir sus fuerzas, lo que no era del todo incierto, aplicó la suya con ardor, inmoderado ardor por excesivo, pues el adversario «sobrecompensó», apartando de súbito su espada. La inercia hizo su efecto y el joven perdió el equilibrio, desventaja que instantáneamente aprovechó Hamza para asestarle un golpe con el escudo en la cabeza. Estevan cayó vergonzosamente al suelo; pero el casco, que bien le había defendido, fue mucho más allá y atravesó las líneas del corro de soldados, que no quisieron perderse el espectáculo. Aun así no se dio por vencido el testarudo y, aunque medio atontado, se levantó a recoger su casco, hostigado por los retos del fanfarrón.

—Vamos, infiel, vuelve aquí, que todavía no he terminado contigo —decía, en tanto se desprendía de la adarga, por expresar con esto que, para vencer a semejante contrario, no la necesitaba.

Despacio, volvieron a cruzarse las espadas, pero en esta ocasión el neófito había experimentado a su costa el valor de dominar la presión ejercida. Ahora supo que aquello no se hacía por comparar las respectivas fortalezas, sino que lo que interesaba era sentir al enemigo, adivinar la acción de éste para adelantarse a ella. No sería, pues, su próximo fallo, pensó, pero no hubo tiempo de más reflexiones. La espada se retiraba y volvía a la velocidad del rayo, dispuesto el rufián a castigar en el mismo sitio, para que se repitiera la ridícula caída del casco; pero no contó con la agilidad de Estevan, que se agachaba, dejándola pasar por encima de su cabeza, a la vez que su arma encontraba la pantorrilla del rival. Se escuchó un gruñido de dolor; mas, como si ignorara su propio sufrimiento, el veterano embistió rotando en sentido opuesto y aplastó la hoja plana contra el costado del joven, que notó cómo la cota de malla se le clavaba en la carne a pesar de la camisola, y de nuevo daba con sus huesos en tierra.

—¡Basta ya! —ordenó, rotundo, el capitán—. No quiero bajas. Volved a la lucha por parejas. Y vosotros dos id a refrescaros a la fuente; pero, oídme bien: he dicho que se acabó vuestra contienda. ¡Vamos!

Doloridos y en silencio, se dirigieron a la pila junto a la fragua. Ambos mitigaban el dolor con el frescor del agua que, además, disminuiría las hinchazones. Hamza, como siempre jactancioso, se dirigió a Estevan:

—¡Estarás arrepentido de escogerme como contrincante, cristiano del diablo! ¿O no has tenido suficiente?

—Tú no eres mi enemigo. No soy tu adversario —contestó tranquilamente el mijeño—, sino tu discípulo.

—¡¿Mi discípulo?! —exclamó el soldado, tan atónito como boquiabierto.

—¿No eres el mejor? —preguntó, mirándole a los ojos—. Pues el mejor quiero que me adiestre. Mañana te volveré a elegir, y repetiré al siguiente. Una a una, aprenderé tus maniobras, las meditaré y hallaré la forma de mejorarlas.

—Pero... te reventaré a palos, infeliz. Rezarás a tu dios para que te mate cuanto antes o no te deje lisiado.

—Por eso no te preocupes. Te superaré y rezarás tú.

—En verdad estás loco, cristiano.

Los maliciosos ojillos del arrogante bravo miraban al muchacho sin dar crédito. ¿Tras qué objetivo andaba el desdichado que, por tal de alcanzarlo, se dejaba moler las costillas? —especulaba Hamza, apuntándole displicente, a la vez que reflexivo, con su aquilina nariz de puente elevado.

El joven iba a responderle, pero vio venir de nuevo a Fâtin, el capitán.

—Estevan, en palacio nos espera el jefe de los eunucos. La sultana quiere tener una conversación contigo.

Juntos se adentraron en la fortaleza, pero en la zona noble de la misma, la que formaba el conjunto palaciego, por un auténtico laberinto de pasillos que, a través de puertas de dinteles arqueados, desembocaban en salas que volvían a dar a corredores, hasta que al final de uno de ellos pudieron distinguir a la mantecosa figura que les aguardaba: Haidar.

Al reciente guerrero se le embrollaba el caletre con los posibles propósitos de la joven señora. Nada pernicioso debía acontecerle, después de haberla librado del fatal desenlace. Probablemente sólo deseaba darle las gracias; sin embargo, ¿en persona?, ¿a él, un simple guardia, un esclavo manumitido, y no por medio de un intermediario de más categoría, como el capitán, sin ir más lejos? Demasiada sencillez para corte tan refinada, como podía inferirse de aquellas salas tan esmeradamente acicaladas que hasta el interior de los arcos estaba labrado con dibujos vegetales —se decía, refiriéndose a los atauriques del intradós, muy del agrado almohade, que los meriníes conservaron y que los wattasíes, el último linaje, respetaron—. ¿Dónde se ha visto una reina, sultana en este caso, conversar con un soldado?

149

—¿Tú eres Estevan Peres? —preguntó, con una ceja levantada en actitud soberbia, el gran eunuco, y ante el asentimiento unísono del guardia y de Fâtin, continuó—: Entonces, sígueme. Tú, capitán, puedes regresar a tu puesto.

Haidar se giró, abrió la puerta que tenía a su espalda y se encaminó a los aposentos de la sultana con el joven detrás, que veía aquella masa desplazarse con el aplomo de la autoridad y escuchaba los susurros que engendraba el roce de los brillantes ropajes del importante servidor. Al aproximarse a una puerta sorprendentemente pequeña, éste hizo un gesto para que el muchacho esperara, la atravesó, no obstante su estrechura, y cerró tras él. Al momento salió una esclava e hizo pasar al cristiano, mientras ella permanecía fuera.

Tamizada por cortinajes, la tenue luz estorbaba la nítida visión de la cámara hasta que las pupilas se habituaban. Estevan identificó fácilmente al eunuco, pero no a las dos mujeres que, de pie, flanqueaban a una tercera, que se mantenía sentada en una jamuga. Por las posiciones dedujo que ésta última sería la sultana, y que la primera, menuda, cenceña y vieja, y la segunda, grande, ricamente ataviada, sin velo, y sonriente, debían de ser, por su porte, servidoras de desigual categoría.

—Estevan Peres, mi señora, nacido en Mixas, población que formaba parte del antiguo reino musulmán de Granada y hoy vasalla del rey Carlos I de España; llegado a Fez como cautivo, y más tarde esclavo del comerciante Salîm, a quien mi señora adquirió para convertirlo en liberto y miembro de su guardia personal —informó el responsable del harén, y acabó por puntualizar—: Habla y entiende nuestra lengua.

El aludido inclinó la cabeza a modo de tímida reverencia.

—Yo soy Yumana, a la que tú has salvado. Por esa noble acción te he reclamado para mi guardia. En recompensa ya eres un hombre libre, como ha dicho Haidar.

El cristiano miró al eunuco, pero por la expresión de éste, entendió que no estaba autorizado a romper el silencio.

—Estás aquí para hablar —le facultó la sultana, al reparar el cambio que se había ejercido en el rostro del castrado—. Puedes hacerlo cuando quieras, pero antes, quiero saber cómo fuiste tan rápido... tal diligencia sólo se explica si estabas preparado. ¿Sospechabas de ellos? ¿Acaso conocías sus intenciones?

—De haberlas sabido, mi sultana —dijo, respetuoso—, habría dado cuenta a mi amo y él, sin duda, a la guardia. Sin embargo, ese hombre, Rashid, no me gustó, nada más verle; pero lo que imaginé es que quería engañar a Salîm y, como ignoraba cuál sería la encerrona, procuré no perderlo de vista. Un día, por casualidad, lo encontré con el soldado por la calle y pude acercarme, sin que ellos se percatasen, lo suficiente como para oírles hablar de una «misión». Cuando te bajaste de la silla de manos les descubrí una mirada de inteligencia, comprendí que algo peligroso tramaban y vi la ballesta que te apuntaba. Tiré las mantas, esperanzado en que el virote mudara su trayectoria, con tan buena fortuna, que dio resultado. Así sucedió, mi señora.

Con la atroz fugacidad que caracteriza al tiempo, el brillo luminoso de la única lámpara del fondo del aposento, o de no se supo dónde, vino a reverberar en los oscuros iris de la joven. Fue sólo eso, un breve relampaguear, nada, un destello; tan sólo eso, un instante, pero que arrobó el alma del muchacho para toda su existencia, a quien únicamente se le alcanzó pensar: «Dios mío, ¡qué ojos tiene!».

—Sí, las mantas que lanzaste al aire se interpusieron entre el arma y yo —aceptó la muchacha—; pero, ¿por qué un vasallo de otro reino, que en el mío es retenido como esclavo, se arriesga, equiparándose con el más fiel de mis súbditos?

—Eso me preguntó el capitán. Pero la verdad es que, en aquel momento, no pensé en que eras una sultana, ni a qué reino pertenecías. Me rebelé a una traición, a que una mujer muriera víctima de las tretas de un renegado, un vendido.

—¿Y qué te importa a ti la vida de una mujer desconocida? —planteó brusca—. Repito que, para ser tan veloz en tu reacción, debías de conocer sus intenciones, como tú admites, al menos en parte. ¿Cómo sé que todo lo ocurrido no es sólo una pieza de un proyecto más astuto y ambicioso, en el que los dos muertos no sean sino dos peones cuyo sacrificio se da por bien empleado?

Estevan buscó las caras de los presentes, por si en ellas se revelaba algo del enigma que planteaba la sultana, pero se topó con la misma desorientación que él padecía.

—No entiendo nada —se atrevió a balbucir.

—¿Estás seguro? Pues yo te lo aclaro —dijo, arrimando el torso al mijeño, por mejor apreciar la repercusión, de lo que a continuación expondría, en las facciones del soldado—. Si hubieras fallado, mi muerte ya habría sido un logro; pero con mi salvación consigues mi confianza y, con ésta, tu entrada en palacio. Ahora estás muy cerca del sultán. ¿No será él tu auténtico objetivo? ¿Por qué Portugal y no España?

El joven, aún más perplejo, volvió a observar a los tres acompañantes. Sus miradas se habían tornado suspicaces y llenas de recelo.

—Mi señora, ante esa duda sólo caben dos soluciones: matarme o devolverme a mi tierra, de la que no salí por mi voluntad. Con cualquiera de ellas cesaría el peligro, aunque te agradecería la segunda, pues la primera sería una extraña manera de recompensarme. Yo no necesito ni quiero nada, puedo marchar ahora mismo, si así lo deseas. Bastaría, para asegurarte, que me custodiara una escolta mínima hasta el puerto que tú determines.

Bashira aproximó la boca al oído de Yumana, para que nadie oyera lo que tenía que decirle:

—¿No crees que es demasiado joven e inexperto para ejecutar un plan tan elaborado?

Yumana tardó en responder a Estevan. Ensimismada tras lo escuchado, a lo que se sumaba el comentario de la adivina, pensaba deprisa, pero sin articular una palabra y sin abstenerse de escudriñar el semblante del soldado. La tensión se acumulaba, pues de lo que dijera dependía la vida del muchacho.

—¿Y si vuelves para consumar tu misión? —preguntó, por poner a prueba su inteligencia.

—Sólo podría volver por una razón, la que tú has indicado. Mi vuelta sería la prueba de que soy un asesino a sueldo. Sería fácil apresarme, pero no existe tal misión.

—Está bien. El hecho cierto es que respiro por tu intervención. Lo demás son elucubraciones sin fundamento. Sería una despreciable ingrata si te destierro o te mando degollar, sólo por albergar dudas. Confiaré en ti. A partir de hoy quiero que, junto con otro soldado, hagas guardia a mi puerta, cada noche, desde la llamada de *Isha*[6] del muecín. Haidar te dará instrucciones —decretó, para finalizar, remitiéndole al jefe de los eunucos.

—Ya que me has permitido hablar, ¿puedo hacerte una pregunta, mi sultana?

—Hazla.

—¿Cuándo seré libre para regresar a mi pueblo?

—Yo misma me encargaré de decírtelo. Por ahora cumple con las órdenes que acabo de darte.

Ya al otro lado de la puerta, Haidar le reconvino por atreverse a hacerle preguntas a la sultana. Lo trató de insolente y deslenguado, y lo amenazó con enviarlo a la mazmorra más lóbrega, si la inconveniencia se repetía.

—Nadie puede traspasar el umbral de la cámara de Yumana, salvo el sultán —le dijo, una vez que lo hubo increpado—; ni siquiera las demás esposas. Únicamente Warda, a la que se advertirá de las visitas. Sólo pasarán cuando ella, después de avisar a la sultana, dé su consentimiento.

Mientras, en el interior de los aposentos, Bashira había tomado asiento en un escabel y conversaba con Yumana, a sus pies.

—¿Realmente desconfías de la nobleza del cristiano o son otras las causas por las que le has tratado con frialdad tan áspera? —cuestionó la mujer.

6. Última llamada a la oración.

—Yo no soy, si es que lo es alguien, su blanco. De haberlo sido, habría bastado con que no obstaculizara el tiro. No desconfío; pero, si me equivocara y atacara al sultán, quiero tener un testigo, como Haidar, de que declaré mis prevenciones contra él, ésto no demostraría mi inocencia, pero ayudaría a creer que no soy su cómplice. ¿A ti, qué opinión te merece? —quiso saber, a su vez.

—A mí me parece sincero y noble. Sus palabras eran valientes, espontáneas, sin temor a declarar que su deseo es volver a su tierra; así como noté que su mirada era limpia. Por cierto que te miraba como hechizado. ¿No lo habrás enamorado? Yo lo he encontrado muy apuesto —aseguró risueña, en tanto se ahuecaba la abundante cabellera negra.

—Me parece curioso su afán por retornar a su pueblo, pudiendo permanecer en nuestro ejército. ¿Qué o quiénes lo esperarán allí? No ha dicho nada de que tuviera esposa ni hijos —pensó en voz alta la sultana, con las manos cruzadas en el regazo—. No me concierne su apostura, pero descubro que a ti sí, Bashira. Pues... podría ser tu hijo, mi estimada amiga —opinó burlona.

—En ese caso no lo sería de una madre ciega —proclamó con jolgorio y picardía.

—Creo que seguiré investigando sobre él —determinó.

—¿Has concebido cómo hacerlo? —preguntó interesada.

—¿Hay algún otro modo más efectivo que interrogarle? —dijo Yumana, apartándose el velo.

—Lógicamente se me ocurre que puedes servirte del mío: hacer uso del *Libro de dichos maravillosos*. Su destino, como poco más o menos el de todos, derivará del presente, aunque no es una regla inexorable, pues muchas vidas cambian de repente sin causa visible; pero, tal vez, conociendo aquél, averigüemos éste por indicios. No obstante, ambos métodos son compatibles.

—Eres buena consejera, Bashira. Así se hará. Yo propiciaré las conversaciones. Será fácil, ahora que lo tendré a mi puerta; pero, ¿no se requiere que el cristiano desee conocer su futuro? Porque habrá que convencerlo, si no muestra disposición.

—¿Y quién mejor que tú? —murmuró a su oído, misteriosa, la hechicera.

Estar de pie toda la noche apoyado en una pica, delante de aquella puerta, que más se emparentaba con un postigo, representaba un suplicio al que paulatinamente se habituaban los miembros de la guardia; pero que, además, a Estevan le impusieran de compañero a Hamza, era un castigo deliberado del capitán, por convertir en riña lo que debiera limitarse a la estricta ejecución de los ejercicios de adiestramiento. Las rivalidades se admitían, pues colaboraban en el perfeccionamiento de las técnicas de lucha, pero la enemistad no era sana ni aconsejable para quienes se verían obligados a combatir, hombro con hombro, contra un enemigo común. Mantener la instintiva predisposición de defender al camarada constituía un principio castrense fundamental, del que no podía prescindirse, en beneficio del conjunto de la tropa. Unidos las veinticuatro horas, o se hacían leales amigos o uno de los dos sería trasladado a otra compañía.

La tanda de palos que a diario cosechaba Estevan del compañero, por mucho que fuera el resultado de una elección escogida por él mismo, no favorecía precisamente la relación de leal camaradería que, de ellos, se demandaba. Y si a eso se le añadían las burlas que, durante la guardia nocturna, tenía que soportarle a Hamza, a solas, se necesitaba gozar de un alto nivel de subordinación a un fin y de una férrea confianza en sí mismo, para no renunciar a la carga que se había impuesto.

Quizá fuera esa tozudez suya la culpable del resquebrajamiento de la actitud del bravucón que, allá por la cuarta jornada en dolorosas condiciones para Estevan, y seguramente debido más a la curiosidad que a la compasión, se resolvió a husmear en el enigma. De cualquier modo, tampoco había allí nada mejor que hacer hasta el alba, que los liberaba de la guardia, excepto asegurarse de que las sombras que se movían eran proyectadas por la única antorcha que, sujeta al muro por aros metálicos, escasamente iluminaba el pasillo, y no a un nuevo esbirro que atentara contra la integridad de la sultana.

—*Cristianito*, suelta la verdad de una vez. ¿Por qué tienes ese empeño en que cada día te dé una paliza?

—Ya te respondí a eso. Necesito aprender a luchar, ser el más hábil —contestó el muchacho.

—Pero, ¿hasta dónde quieres aprender? ¿Es que esperas destacar?, ¿ascender? Ten valor y dímelo. Explícamelo y te guardaré el secreto. No te engaño.

—No es ningún secreto, se lo dije al capitán. Quiero matar al hombre que acabó con la vida de mi padre, y sé que no valen intentonas. Es el mismo que me trajo como esclavo, junto con otros pescadores de mi tierra.

—¿Lo conozco?, quizá yo pueda ayudarte.

—Lo estás haciendo con tus enseñanzas. Sigue así, no tengas piedad de mí, porque él no tendrá ninguna —se volvió a mirarlo—. Es un corsario turco, Ashkura de Smyrna.

—¡Por Allah que lo he visto alguna vez! —Hamza se detuvo a reflexionar—. Te matará, seguro. No podrás tú solo contra él. Es una mala bestia —dijo, bajando la voz—, a la que yo temería enfrentarme.

La pequeña puerta se abrió inesperadamente, interrumpiendo la conversación de los guardias. Por ella asomó la vieja Warda.

—Se han escuchado dentro ruidos sospechosos. Entra tú —dijo, señalando al mijeño—. No será nada, pero más vale asegurarse.

—¡Nada menos que ese carnicero pirata! —dijo Hamza, en un murmullo, cuando ya estaba solo—. Hay que ser un lunático o estar endemoniado para desafiarlo —pensó, sintiendo la fría sacudida que recorría sus vértebras, por haber oído mencionar al corsario—. Claro que, si matan a tu padre y te venden a ti como esclavo en un país enemigo, ¿qué más se puede perder?

Todavía sin percatarse, el desprecio que profesaba al muchacho se desmoronaba por momentos.

El centinela pegó la oreja a la puerta, por si se percibía el alboroto que acompañaba a la agitación de la lucha, pero nada se oía.

En la cámara se reproducía la escena de la visita anterior, salvo que la mujer grande no estaba y el eunuco tampoco, pero la joven ocupaba la misma jamuga, la luz era igual de insuficiente y el suave aroma, que parecía emanar o flotar alrededor de ella, lo reconocía también como el mismo. Lo extraño es que no se la veía alarmada, sino serena, como si no le preocuparan los ruidos por los que había acudido.

—Tranquilo, no hay peligro alguno. Te he mandado llamar porque quería hablar contigo. Quiero saber cómo era tu vida en tu tierra —se sinceró Yumana.

Al joven se le desencajó el rostro.

—¿Te molesta hablar con tu sultana? —preguntó, alzando la barbilla.

—No, mi señora, pero yo soy hijo de un pobre pescador. Nunca he conocido sultanas o reinas, ni siquiera a miembros de la nobleza. Tengo miedo de no darte el trato al que estarás acostumbrada y que, por sentirte ofendida, acabe cargado de cadenas en un celda.

—Pasaré eso por alto, descuida. Puedes responder a mis preguntas con entera libertad, como hablarías con un compañero. Eso sí, recuerda que soy una mujer y estás obligado a la delicadeza.

—No podría olvidarlo, por más que lo deseara —confesó el soldado. Ojos como aquéllos, sólo podían pertenecer a una mujer.

—Aunque estoy informada por el capitán, cuéntame con detalle cómo te hicieron cautivo y las circunstancias por las que viniste a parar aquí. Es por tu boca por la que deseo enterarme.

Estevan refirió una vez más su historia, pero extendiéndose, como le había compelido la sultana, en cada una de sus peripecias. No omitió el salvajismo del turco, la impiedad con los cadáveres, abandonados como perros en la arena de la playa, ni la saña con que fueron tratados los prisioneros a bordo de la galera. Tampoco disimuló el odio que le corroía las entrañas, ni el juramento que se había hecho de vengar la inútil muerte de su padre, su dolor y el que estaría sufriendo su familia.

A Yumana le conmovió la aflicción que encerraba el relato. Si bien era cierto que contenía mucho desconsuelo, no lo era menos su ausencia de malicia, pues proclamaba sin tapujos quién era su enemigo, sin considerar, o ignorando, que los turcos eran aliados del sultán. Ese hombre, con los sentimientos a flor de piel, no podía estar mintiendo. Se leía en la contundencia de sus palabras y en los enérgicos aspavientos con que las secundaba.

El discurso del cristiano, si al inicio fue templado, brotó sin trabas a medida que éste notaba la humana comprensión de la preferida, que lo alentaba a sincerarse. Entonces las gesticulaciones se hicieron tan vivas que suscitaron el sobresalto de Warda, que adelantó un paso para interponerse. Estevan la miró confundido, pues sólo se apartó cuando la joven la mandó sentar a su derecha, y todo el tiempo conservó las manos escondidas bajo el sencillo ropaje negro que llevaba.

—¿Me tienes miedo? —preguntó, extrañado, el mijeño a la enjuta anciana.

Dos gélidos puntos le observaron, a su vez, entre irónicos y perversos; pero ningún sonido salió de la desdentada boca.

—Warda desconoce esa emoción. Fue educada para cuidarme, hasta matar por mi vida, y lo haría callada, sin alterarse, con la indolente eficiencia de un áspid. Mas también yo mataría por ella. Ahora, es toda mi familia —dijo Yumana—. Pero continúa, no te distraigas. Dime cómo es tu pueblo, tu madre, tus hermanos.

—Como ordenes, mi sultana —contestó, digno pero reverente—. Mixas es un pueblo alto, en una sierra, entre lomas de piedra caliza. Se ve el mar desde los oteros. Siempre paraba a contemplarlo, mientras las cabras pastaban entre encinas y acebuches, o me sentaba a verlo en tanto me fabricaba una honda con el esparto de las laderas, que despedían olor a tomillo y romero.

»Del pueblo a la playa hay casi dos leguas en pendiente. Por eso llevaba el mulo con los serones, para cargarlos con el lote de pescado que le tocara a mi padre, en pago de su trabajo en la barca. Otros, mucho más pobres que nosotros, subían a pie, con grandes capachos a la espalda y seguidos, en el invierno, por lobos hambrientos. Esos hombres infatigables dejaban caer, a lo largo del trayecto, algunos puñados de pescado, para que los lobos se entretuvieran, en lugar de atacarlos.

—Una penosa vida —exclamó Yumana.

—Penosa, sí, pero honrada y libre, como las águilas que se remontan por aquellas cumbres.

—Jamás he conocido tan vasta libertad y no hago más que perseguirla. Desde que soy sultana tengo menos que nunca y, sin embargo, soy la única esposa que puede salir de palacio. Tengo poder y esa es toda mi libertad —expuso la muchacha, que no acababa de creerse cómo podía estar compartiendo una explicación de tal intimidad con el guardia—. ¿Cuántos hermanos tienes? —dijo, por cambiar de tema.

—Yo soy el mayor de cinco hijos, mi señora. Tengo dos hermanos varones: Felipe y Andrés, y dos hembras: Joaquina y Ana, que es la pequeña. No sé cómo sobreviven —expresó, con tristeza—. Ellos cuatro, y mi madre, ignoran si estoy vivo o muerto.

La joven, consciente de la genuina congoja del soldado, pretendió derivar hacia aspectos más triviales.

—¿Son bonitas tu madre y tus hermanas? ¿De qué color tienen el cabello? ¿Hay mujeres bellas en tu pueblo?

—Una madre siempre es bonita para un hijo, sultana, y las hermanas, siendo pequeñas, como las mías, si no lo son, tienen la alegría y la gracia de los niños. El pelo... en mi familia todos tenemos el pelo castaño —el cristiano se demoró unos segundos, antes de proseguir—. Hay mujeres bellas en mi pueblo o a mí me lo parecían; pero, si tú no has conocido la libertad, yo no he conocido una mujer como tú —y añadió con rapidez—: Ojalá esto no sea una falta de respeto.

Uno de los picos del velo, por los que se retenía, se desprendió de repente y Yumana, negligente, dejó que resbalara.

—Lo sería en presencia de cualquiera, pero estamos solos y he consentido que hables con llaneza. Mas, responde, ¿lo dices por halagarme o en verdad me ves así?

—Jamás estuve ante mirada semejante a la tuya, no sé con qué compararla —titubeó—, pero ver tu rostro sin velo es un regalo divino.

Aunque nunca lo habría confesado, Yumana no era inmune a los elogios del cristiano. Acaso fuera el efecto de las primeras palabras amables e ingenuas que recibía, pero ahora empezaba a reparar en él.

—Está prohibido —le advirtió— que un varón me vea desprovista de velo, pero nadie lo sabrá —le aseguró sonriente.

—Comprendo que esté prohibido. Una cara así no debería ser mostrada. Cualquier hombre se arriesga a la locura —y afirmó, como si hiciera memoria de repente—: ¡Eso pasa con las sirenas!

—¿Las sirenas?, ¿quiénes son? —preguntó incrédula, pero divertida.

—Yo no lo sé, pero los marineros de la costa cuentan que son mujeres bellísimas de cintura para arriba, con largos cabellos que adornan con perlas y conchas marinas, y que el resto del cuerpo es como el de un pez. Ninguno de ellos las ha visto, pero sostienen haber oído hablar a otros que juraban que sí, o que éstos, a su vez, supieron que existían por boca de terceros, que las contemplaron, y a los que ya nadie embarca, pues no trabajan, agarrados día y noche a la borda, por si avistan una. Dicen que lo peor es que canten, porque los marineros no se resisten y se tiran al agua para seguirlas; pero, como no pueden respirar como ellas, se ahogan.

»Viven en ciudades de nácar o en enormes castillos de

160

piedra y de coral, en el fondo del mar. Nadan a la par que los delfines, y salen a la superficie, con los pechos desnudos, buscando a los hombres para hechizarlos con sus cantos y llevarlos a sus profundas moradas. Sin embargo, a los tres días flotan, muertos, sobre las olas.

Yumana había escuchado al joven con los ojos muy abiertos, absorta en las palabras y los gestos de éste, que unas veces dibujaban en el aire las formas de una concha, el movimiento de un delfín o de las olas y otras señalaban la profundidad abisal del mar o marcaban la línea del horizonte. Incluso imitaba la escrutadora vigilancia, fija en la lejanía, de aquellos posesos que, desde la cubierta, trataban de reencontrar a las bellas criaturas. El muchacho contaba las historias de manera que contagiaba a quien le oyera.

—Esas son leyendas —dijo la sultana—. ¿Para qué quieren a los hombres, si no pueden respirar bajo el agua?

Estevan se encogió de hombros.

—Es lo que cuentan los marineros. La vida está llena de historias, ¿cómo saber cuáles son verdaderas?

—Bueno, yo no he vuelto loco a nadie; no sé qué tengo que ver con las sirenas.

—Si no fueras la sultana...

—¿Qué?

—Nada.

Ambos se miraron. La joven pretendió no entender, pero la vista baja y el indiscreto rubor, que se extendió por sus mejillas, la contradecían.

—Es tarde, debes volver a tu puesto —musitó, al fin—. Pero, espera. Mañana estará conmigo Bashira, la mejor adivina de Fez, ¿querrías saber qué destino te aguarda?

—Si conocer el futuro vale para algo, sí.

—Entonces ven a la misma hora que hoy. Ella se ocupará de explicarte para qué sirve. Ahora vuelve con tu compañero y ten presente que nada de lo que aquí se diga, o veas, puede ser contado fuera.

Estevan salió de la cámara, no sin antes ofrecerle una cumplida inclinación y desearle que Allah la protegiera. Al

161

otro lado lo esperaba el segundo centinela que, aunque extrañado por su tardanza, no hizo pregunta alguna.

Al día siguiente, cuando se iniciaba el adiestramiento y el cristiano ya había elegido como rival a Hamza, igual que en las cuatro jornadas anteriores, uno de los guardias, por congraciarse con el valentón, se dirigió a él con socarronería.

—¿Le vas a dar su paliza de hoy? —dijo, soltando una estentórea carcajada.

—¡Aparta, mostrenco, y cierra esa boca, si no quieres que te la rompa yo! —contestó Hamza, propinándole un empujón.

Algo se había transmutado en el interior del veterano.

Estevan se puso en guardia, pero su contrincante le corrigió.

—El pie atrasado no está en su posición, perderás el equilibrio. Fíjate bien en la postura de los míos y recuerda: se mata con los pies.

El muchacho se concentró en ellos. El supuesto rival inició una progresión de evoluciones despaciosas, todas circulares, para hallar la situación más ventajosa, descargando el peso en una u otra extremidad, según simulara atacar o defenderse, mientras el joven giraba sobre sí mismo, pasivo, sin perderse una sola de las acciones del guerrero.

—Ahora tú, y levanta bien la guardia —exigió.

Estevan reprodujo a la perfección el ejercicio. Entonces comprobó la sensación de estabilidad que causaba el correcto emplazamiento de los pies. Una nimia alteración del tobillo, insignificante, y el cuerpo se desequilibraba, quedando a merced del contrario. La estrategia radicaba en impulsar al otro a perder su estabilidad, y con ello su potencia. Ese era el momento de dar el tajo mortal. Habilidad en una lucha vertiginosa, que se solucionaba en segundos.

—Bien —opinó el hombre—. A ver cómo te defiendes de verdad.

Cruzaron las armas de madera. El cristiano adoptó la posición recién aprendida y ponderó la presión de la espada del otro contra la suya. En cuanto el adversario la separó, supo por dónde vendría el ataque y lo paró a tiempo. Los dos contendientes emprendieron entonces el extraño baile circular; pero, a los intentos de cerrar línea e introducir la espada por algún resquicio indefenso del mijeño, éste oponía una efectiva guardia. De súbito, Hamza osciló sobre la punta del pie izquierdo, dándole la espalda a Estevan por décimas de segundo, y clavó su codo violentamente contra la espina dorsal de éste. El cristiano cayó al suelo de bruces, con la espada enemiga en las costillas.

—Habrías recibido una herida irremediable, antes de la puntilla. Tienes que estar pendiente del contrario, para reaccionar como el rayo y tomarle la delantera.

—Nada sé todavía —respondió Estevan, en tanto se incorporaba palpándose el malparado lomo—; pero me ha parecido un movimiento innoble.

—¿Innoble? ¿Es que esperas nobleza del turco? —preguntó, rojo de indignación—. ¿Jugará contigo a caballero el corsario? ¡Estoy desperdiciando el tiempo con un idiota! —exclamó, arrojando al suelo las armas, en un arrebato de furor y de impaciencia.

Más tarde, cuando acudió a su puesto nocturno, después de la llamada del muecín, Estevan se mostraba taciturno y reflexivo. Reconocía que Hamza había atinado con su mordaz advertencia. Tendría que instruirse para esgrimir todas las argucias posibles, pues el perverso pirata, llegada la ocasión, no perdería la oportunidad de emplear las suyas.

El aguerrido bravucón, a su lado, parecía montar guardia solo. Ni lo miraba, como si individuo tan cándido no fuera respetable o lo diese ya por desahuciado. En definitiva, ¿para qué conversar con alguien que sería cadáver; un fulano que accedía a sacrificarse por su propia necedad?

—Hamza, he recapacitado —soltó el joven—. Quizá sea más vil, pero más prudente tu postura. El infame al que retaré no se mira en usar cualquier treta. Igual proceder es lo ajustado. Me plegaré a tu enseñanza sin rechistar —concluyó, volviéndose hacia él.

El veterano también lo miró, pero no llegó a respon-

163

derle. Antes de que pudiera, si es que iba a hacerlo, chirriaron los goznes del portillo que custodiaban, apostados cada uno delante de una jamba. La fiel Warda sólo sacó la cabeza y con una sacudida de ésta, tan ligera como elocuente, ordenó a Estevan que la siguiera al aposento.

Dentro de la estancia halló de nuevo a la mujer grande, que sería la adivina a quien se refirió Yumana, y una servidora que debía de pertenecer a la primera. Warda ya se había sentado sobre una alfombra, con ese aire suyo ausente, pero del que lograba vislumbrarse, no obstante, absoluta concentración en el propósito que le incumbía: estar alerta a lo que ocurriera alrededor de la joven.

Yumana apareció inmediatamente, sola, sin el jefe de los eunucos, lo que comportaba otra entrevista a hurtadillas, y se acomodó en su jamuga.

—Deja la pica y la espada en el suelo y siéntate —dispuso—. Ella es la gran Bashira —le indicó, señalándola—, y sabrá pronosticar tu destino, si no te opones; porque debes saber que no puede invocarse su lectura, en contra de tu voluntad. Pero yo espero que consientas —dijo, con una sonrisa sólo a él dedicada—; porque, ya que me has honrado haciéndome partícipe del relato de tu vida, sería muy de mi agrado conocerlo yo también.

—No tendría por qué negarme. Daño no puede hacerme, creo yo. Además, aunque no me sea favorable, ¿quién puede dar fe de que se cumplirá? —preguntó, sin esperar respuesta, sentado en el suelo—. Asimismo, si a ti, señora, te place, será razón suficiente.

—Adelante, pues, Bashira —apremió la joven.

La adivina pidió a Nayiya el costalillo de piel y sacó los útiles que éste guardaba, mientras la servidora colocaba un almohadón, frente al soldado, para asiento de su señora. Después le hizo emplazar los infernillos, encendidos, en las puntas del hipotético triángulo que siempre formaba, y le entregó los estuches de cedro para que vertiera en el fuego de aquellos, las resinas aromáticas. Sin embargo, de extender el tafilete verde se hizo cargo ella misma.

Prontamente se adensó la atmósfera, impregnada de las bienolientes emanaciones. Dentro de aquella nube balsámica, que gravitaba sin acabar de elevarse, repitió el ritual efectuado el día que lo celebrara para Yumana. Como en tal ocasión, cerró los ojos e impetró el auxilio de Allah:

—*«Señor, esclaréceme lo que te pido, que está en Tu Libro verídico, el más Clemente de los clementes, oh Allah».*

Con suma delicadeza tiró tres veces el palito sobre el delgado tapetillo de cuero, y luego buscó en el *Libro de dichos maravillosos* el dictamen perteneciente a la conciliación de los tres símbolos en el orden de caída: la luna inserta en el cuadrado, la estrella de David, o Sello de Salomón, y de nuevo la luna inscrita en el cuadrado.

—*Su texto, ensalzado sea: «Dios llama hacia la casa de la paz y conduce a quien quiere al camino recto».*

»Pues tú, oh demandante, abe albricias, que á tornado la buena ventura a tú y se te ha ido la tristeza, y abrá plazer quien con tú y quien vendrá a tú después d'ello. Y venirte á onra y adereçamiento cumplido, y sustento lícito, que lo fallarás en el fecho, si quiere Allah, ensalzado sea.

El augurio prometía ser tan propicio, que tanto Yumana como Estevan esperaban que Bashira saliera del mutismo en que se había sumido tras leer la última palabra, para que expusiera su interpretación; pero una y otro observaron cómo resbalaba de sus dedos el libro que le servía de oráculo, hasta, descuidado, caer junto al palito, delante de ella. Pero aún habían de sorprenderse más, cuando percibieron cómo se le cerraban, apretados, los párpados, y el cuerpo se le tensaba. Nayiya, pendiente de su ama, se acercó a ella con la suficiente rapidez como para sujetar su nuca oportunamente, pues de improviso la clarividente mujer cayó de espaldas, mientras se sucedían temblores y violentos espasmos recorrían todo su cuerpo. La sultana y el mijeño no osaron moverse, paralizados, y todavía menos por cuanto el aromático nublo, transformado en nimbo viviente, comenzó a replegarse sobre sí mismo, a envolverse y, por último, a rotar endiabladamente, cual un tornado que absor-

165

biera tiempo, en vez de materia, pues nada de lo que allí había era incordiado por la atracción del fenómeno.

En unos segundos, que semejaron siglos, la nubecilla regresó a la normalidad y, con ella, la propia hechicera, que pareció acongojada o perpleja, como si surgiera de una consistente pesadilla tupida y viscosa. Sin embargo, sus expresiones no fueron ajustadas a su aspecto aterrado.

—¡Bashira!, ¿qué te ha pasado? —preguntó, preocupada, la sultana.

—¡Ha vuelto la gaviota! —replicó, enigmática.

—Pero, ¿qué dices?, ¿qué gaviota? —se interesó la joven favorita.

—Bueno, no es una gaviota, quizá sea yo misma en espíritu, mas veo las cosas como si volara, igual que una de ellas, de manera similar a lo que me pasó aquella vez en el barco. En fin —dijo, totalmente repuesta e incorporada—, lo importante es que tu destino, Estevan, es volver felizmente a tu tierra. He visto cómo pasabas por algunas calles del que supongo tu pueblo, saludado por tus paisanos. También te vi contento, a galope por tu playa, seguido de otro caballo... Era muy de mañana... Pero ya basta, estoy cansada. Ahora, si no mandas lo contrario, mi sultana, preferiría que el centinela ocupara su puesto, pues tengo que tratar contigo otros asuntos que requieren una conversación a solas.

A Estevan se le quedaban cuestiones sin desentrañar. La adivina no había mencionado cuándo sucedería, que para él era vital, ni quién cabalgaba en la otra montura que le seguía, si bien esto último no era demasiado importante. ¿Sería algún hermano o, simplemente, un vecino amigo? Acaso habría más posibilidades de hacerle éstas y otras preguntas cualquier día —pensó, mientras salía del aposento.

La experta desgranadora de incognoscibles futuros, aprovechó para librarse también de su servidora.

—Nayiya, recógelo todo y espérame en la puerta de entrada a palacio.

Yumana contemplaba la diligencia de la adivina, cuando

vio cómo ésta le dirigía una interrogativa mirada, que se posó en Warda y después en ella. Negó con la cabeza, corroborando, una vez más, la confianza depositada en su vieja y querida aya.

Sólo cuando Nayiya partió, cerrando el portillo, Bashira se aprestó a la confidencia.

—Yumana, he visto más y es muy grave. Gravísimo. El caballo que sucedía al del soldado, era negro por entero y muy nervioso —dijo, y aguardó el comentario de la muchacha, a quien sólo le bastaron unos segundos para caer en la cuenta.

—¿Mi caballo? ¿Se apropiará de mi caballo o se lo regalaré yo? ¡No puedo regalárselo, porque es un presente del sultán!, estaría loca si lo hiciera. Eso indica que me lo robará. Pero, si tanto le place, ¿cómo es que no lo monta él mismo? ¡Ah, se lo obsequiará a la mujer de su corazón! ¿Es así?, dímelo, ¡te lo ruego!

—Nada de eso. Es más espinoso. Se trata de tu caballo, sin duda, pero el jinete o, mejor dicho, la amazona, no es otra que tú. ¡Huirás con él, Yumana! Vivirás lejos de este harén, que tú consideras una jaula, y del sultán; pero, ¿sabes los peligros que habrás de arrostrar? No quiero ni pensarlo. En cuanto se te eche de menos, y será pronto, tendrás toda la guardia persiguiéndote y, una vez conseguido vuestro propósito, que parece que sí, aún puede asesinaros algún agente encubierto del reino en tierra cristiana. Va en ello el honor del monarca fesí. No te podrás fiar de nadie, ¡por Allah!

—Nunca lo hubiera imaginado —respondió, en los aledaños de la enajenación—. Es difícil creer que escape de aquí con un cristiano, ¡un simple guardia que ha sido esclavo! No obstante, percibo en él algo fuera de lo común que lo hace atractivo. Pero, ¿se enamorará de mí o únicamente me utilizará? ¡No sé qué pensar, ni qué me digo, con tal disparate!, ¡qué locura! De todos modos —razonó, en otro aspecto del asunto—, aunque me rapte para lograr sus fines, terminaré siendo libre, pero, ¿cuándo?

—No es un rapto, estoy segura, porque a ti se te veía dichosa, galopando detrás de él. Además, le sería más fácil escapar solo que en tu compañía, ¿quién se preocuparía de él? En cambio, sí buscarán a la esposa preferida del sultán. Si huye contigo arriesga su vida y eso sólo se hace por amor.

—Sí, es más juicioso lo que tú dices. Lo siento, ahora estoy confusa, no puedo ordenar mis pensamientos.

—Es natural —contestó, comprensiva, Bashira—. Estremece saber que, siendo una la favorita de entre las sultanas, huirá del harén burlando al soberano, y que, por si esto fuera poco, lo haga junto con un cristiano que ni siquiera es noble. ¡Tienes un destino asombroso, Yumana! No estoy segura —añadió—, pero debe de ser un caso único en la historia. Desde luego, sólo podría realizarlo una mujer tan fuerte como tú —dijo, admirada—. Te convertirás en una leyenda. Serás «la sultana que se fugó por amor» —exclamó, soñadora.

—Todo eso es muy sugestivo... o espeluznante, según se mire; mas todavía no me has dicho para cuándo.

—Es que con exactitud no lo sé, pero presiento que no tardaréis mucho. Es posible que dependa de vosotros; pero, por esa razón, precisamente, deberíais ir trazando algún plan cuanto antes.

—¿Crees que sería acertado comunicarle a él, de inmediato, el vaticinio completo o esperar la coyuntura ideal? —preguntó, abstraída.

—He preferido que estimaras tú esa circunstancia, o bien que la pensáramos entre las dos. Por eso callé una parte ante él. Porque, ¿y si se asustara?, ¿qué pasaría? Ignoro si no podría estropearlo todo.

—Temo que quisiera escapar solo, sin mí. A cualquiera se le ocurriría que conmigo la huida será más lenta y más perseguida. Sin embargo, el proceder honesto es ponerlo al tanto de lo que sabemos. Si es un hombre que me amará, no le esconderé la verdad. Las falsedades que se emplean aquí, aquí se quedarán, como si pertenecieran a un mal sueño.

—Alguna decisión había que tomar, y la que has elegido transcurre por el camino recto, pese al riesgo que conlleva

—aprobó, levantándose para marcharse—. Es tarde. Volveré mañana, si te parece bien, para que vayamos contemplando las líneas maestras del plan. ¡Que Allah te bendiga!

—Te espero mañana. Pasearemos por el jardín de las celindas, mientras hablamos. Estoy harta de estar encerrada entre estas cuatro paredes. ¡Que Él guíe tus pasos, Bashira!

La fiel adivina se reunió en la puerta con Nayiya y, en el exterior de palacio, la servidora se sinceró:

—Es gallardo el guardia —dijo, sonriente.

—¿Qué guardia? —preguntó, arrugando el ceño, que daba cuenta de su alarma.

—Estevan, el cristiano que entra en la cámara de nuestra sultana.

Bashira se paró en seco y se revolvió como un gato, para encararse con Nayiya.

—Jamás cuentes a nadie, ¡a nadie!, esas entrevistas —le advirtió con el índice alzado— y, aún menos, que el soldado tiene acceso al aposento de Yumana. No vuelvas a mirarlo siquiera.

A Nayiya no le quedaba rastro de la sonrisa.

—¿Por qué no? —articuló, asustada.

—Eso a ti no te importa; pero, si aprecias tu vida, obedece. Y te prevengo, si no eres discreta en cuanto a lo del aposento, yo misma te mandaré matar —concluyó, retomando su trayecto.

—Pero, ¿por qué estás tan enfadada? —inquirió, mientras manoteaba y, sorprendida, la seguía.

—Hemos acabado esta discusión, Nayiya.

Entre tanto, otra conversación se desarrollaba en la alcoba de la sultana. La negra figura de Warda, de pie, acariciaba el suave óvalo del rostro y el cabello de Yumana.

—¡Pobre niña mía! El destino no quiere que mueras, ese es mi consuelo; pero, ¿cuántas peripecias te reserva hasta alcanzar la vida que quieres?, ¿a costa de cuántos sufrimientos?

—No lo sé, aya —contestó, refugiándose en el hombro de aquélla—. Sin embargo, las penalidades, las renuncias, la

169

ansiedad y las privaciones, que seguro las habrá, quedarán compensadas al paladear el aire fresco, el dulce gusto de la libertad.

—¿Y qué va a ser de mí? Una vieja es una carga que os retrasaría en vuestra fuga. ¿Me abandonarás aquí?

Yumana se apartó de su hombro para mirarla fijamente.

—Tú vendrás conmigo, Warda. Irás a donde yo vaya.

Adentradas en la noche, Bashira y Nayiya porfiaban en las discrepancias, profiriendo reniegos y lamentos, atrincheradas en su polícromo caudal de aspavientos y gesticulaciones. Avanzaban entre los desiertos ringleros de las casas que, enmascaradas por la oscuridad, semejaban yertos caparazones, hueros tegumentos relegados al olvido por una tropa de fabulosos animales. No obstante, si de algún prodigioso modo pudiera observarse, su agitación interior desmentiría esta imagen con la atareada actividad de sus habitantes, tras las fallebas corridas de los portones.

170

Capítulo V

La huida de Fez

*E*stevan estaba redimido de faenas hasta ser avisado a la hora del sustento, toda vez que tenía asignadas las noches de guardia, excepto que la favorita necesitara escolta; pero últimamente no franqueaba los portalones de palacio. Por lo general dormía desde la salida del sol, acabado su cometido de centinela, con profundidad de marmota, o más aún, inerte como un leño, a condición que una contrariedad no se enredase en sus barruntos con la queda, pero implacable, tenacidad de la hiedra. Entonces no conciliaba el sueño y prefería levantarse del camastro, hastiado de que se le arrollara la polvorienta y tosca manta, aunque luego se pasara aletargado el resto de la jornada. Y es que tenía que reconocer que la emoción que emergía, pujante, desde el fondo del alma, no tenía nada que ver con admiración, deslumbramiento, devoción, ni afecto alguno. Era, claramente, amor. ¿Qué, si no, era aquel desbocado palpitar, cuando Warda lo llamaba, para que acudiera al aposento? ¿Y ese arrobamiento, ese rendido descender, ante la presencia de la joven sultana, que hasta el aire estorbaba a sus pulmones? ¿Y el efecto de su sonrisa? Con que ella la esbozara, él se sumía en un mórbido estado de paz, en un estanque seráfico e inmaculado, y sentía que todo estaba bien y en orden la inmensidad del cosmos. Pero, ¡por Dios, esos ojos! ¡Qué tormento de dulzura en la mirada!, ¡qué luz de estrellas, estrellas hurtadas, privadas al firmamento, doliente a perpetuidad por la nostalgia!

Enzarzado a la inquietud deambulaba por el patio de armas, obsesionado y con el desasosiego propio del peligro que, de enterarse alguien, engendraban sus sentimientos; además de la mala fortuna, de la desesperanza asociada a ellos, pues, aunque no fuera sultana, sino una muchacha casadera de la nobleza, ¿cómo iba a fijarse en un soldado, poco antes esclavo, sin posesiones ni nada que ofrecerle? Para terminar de redondear el número de barreras, sólo había que añadirle su condición de cristiano, pues lo de extranjero era insustancial, comparado con lo anterior.

El cadencioso martilleo en el yunque, del maestro forjador, cesó por unos instantes.

—¡Eh, mijeño! Andas como alma perdida por el patio —dijo el herrero—. ¿Estás dormido o algo te preocupa? No parece que estuvieras vivo —manifestó, dejando el martillo.

—¿Eh? Nada, nada, Rabah. Sandeces. Será que estoy cansado.

—Para estar dando vueltas por aquí, más valdría que te fueras a pasear las calles. ¡A ver si encuentras una bonita muchacha que te quite esas ideas que dices! No hay mejor solución que una mujer para espabilarte.

—Pues voy a seguir tu consejo. Será la primera vez que las recorra como hombre libre.

El cristiano se alejó del recinto fortificado y se introdujo, en confluente inmersión, dentro de la tumultuosa zambra humana, en la avalancha de rostros y colores, entre la que pasaba desapercibido a pesar del uniforme. Sin embargo, ni el voceo de reclamo de los vendedores ambulantes, los gritos de aviso de porteadores, o las teatrales protestas de los comerciantes por el duro regateo de los compradores, sacaban del ensimismamiento al joven, no obstante el serpentino pandemónium.

Estevan carecía de pretensiones en su caminata. Simplemente recorría la Tala'a Kabira hacia la cuesta abajo sin más aspiración que andar, por si el aturdimiento que ocasionaba lugar tan abigarrado le liberara de ideas fijas; pero era inútil, a los anteriores obstáculos había que sumarle el nada despreciable de que Yumana no sólo estaba casada, sino que el esposo fuera nada menos que el sultán. Mas, al amor, ¿qué podía oponérsele?, ¿y a la esperanza? ¿Qué podría extinguir las llamaradas de aquella hoguera y la hoguera misma? ¿Cómo haría para viajar, para vivir en su Mixas, con el desgarro del amor imposible en las entrañas? ¿De qué manera sobreviviría si, ahora lo sabía, llegada la hora, su mayor contento sería agonizar plácidamente bajo la caricia de aquella mirada? Ya nunca compartiría su existencia con otra mujer y, si lo hiciera, no estaría motivado por un sentimiento como el que lo poseía. ¡Qué sinsentido, retornar a la libertad encadenado a un recuerdo!

—Estevan, tengo que contarte algo —dijo la sultana, cuando tuvo al mijeño en su presencia y una vez sentado en la alfombra, por orden de ella—. Bashira no mintió sobre lo que había visto de tu futuro, pero se calló una parte hasta consultarme, por saber si estaba en mi voluntad que tú estuvieras enterado de todo...

—Discúlpame, mi señora, pero, ¿sucede algo malo? —le interrumpió un tanto atemorizado.

—Depende de cómo te parezca a ti. Sea como sea, creo que lo justo es que lo sepas. No estamos seguras, pero es posible que puedas decidir y que cambies tu destino... y el mío.

—Te ruego, mi sultana, que no aplaces más la noticia. Dime qué ocurrirá y estaré prevenido para lo que venga.

—Bien. Recordarás que Bashira te había visto a caballo y que otro te seguía, ¿verdad? —el cristiano confirmó con la cabeza—. Pues quien montaba ese otro animal era yo —Yumana hizo una pausa para observar a Estevan—. ¿Comprendes el significado? Tú y yo... huiremos juntos, a menos que lo desapruebes, pues estoy dispuesta a respetar tu albedrío.

La joven enmudeció, expectante, impaciente por conocer la opinión del guardia. Si decidía irse solo, las probabilidades que tendría ella de escapar disminuirían notablemente. Para el muchacho, en cambio, el cielo se despejaba de nubarrones. Darse a la fuga juntos, encarnaba el más grande de sus anhelos, aunque también el mayor de los disparates. El problema, superados los peligros y penalidades de una marcha perseguida, que no era decir poco, se reducía después al interrogante de cómo mantendría, una vez en su tierra, a una mujer habituada al lujo; porque, si bien ella podía tener otros objetivos, él intentaría retenerla, luchando con todas sus fuerzas por enamorarla.

—¿Tú lo deseas así? —preguntó de pronto—. ¿Quieres escapar con un soldado que, en su pueblo, sólo tiene escasos medios para comer? ¿Por qué? ¿O, tal vez, ya cruzado el mar, tienes otros planes? ¿Sólo quieres mi ayuda? Saberlo es de gran importancia para mí.

—Demasiadas preguntas a un tiempo, para no haberme respondido tú. Dime, con sinceridad, ¿consientes?

—Consiento, desde luego, con independencia de tus miras. Pase lo que pase, seré el hombre más feliz por llevarte a mi lado.

—No tengo más plan que fugarme, puedes creerlo. Si me admites en tu casa y respetas la libertad que ansío, no tendrás que preocuparte por conseguir el medio de mantenernos a los dos. De ese asunto ya me encargo yo. Estoy segura de que tu rey me acogerá como es debido.

—¿Piensas convertirme en un hombre mantenido? —dijo, escandalizado.

—No, Estevan, no te avergüences, no es así. Aún me falta una cosa que decirte: Bashira nos vio alegres, gozosos, como una pareja de enamorados. Supongo, por tanto, que seré tu esposa. Si obtuvieras una dote por tu mujer o ella recibiera una herencia, ¿habrías de considerarte agraviado? Nadie tiene por qué saber de dónde proceden nuestros bienes.

—Pero...

—Nada de peros. Contribuiré con lo que disponga, porque he de reparar mis deudas contigo, si bien sé que el oro no es suficiente: me has salvado, aceptas el peligro de fugarte en mi compañía y, finalmente, te casarás conmigo, ¿has pensado que yo... no soy virgen? —preguntó, arrebolado el rostro—. Para la mayoría de varones, esto sería un impedimento insoslayable.

—Lo imaginaba, claro, pero no me incomoda. Me haré a la idea de que eres viuda, si eso me permite tocar la gloria con mis dedos.

—Entonces, váyase una cosa por la otra, aunque no sé a qué gloria te refieres.

—A la de pasar mis días junto a la mujer de la que me he prendado, la más bella del mundo, pues eso me pareces —respondió sin dudarlo—. En modo alguno alimenté la esperanza de tenerte; no obstante, mi organismo entero se goza sólo con verte y jamás oí mejor canción que tus palabras. Has obrado en mí el efecto de las sirenas. Estaba desesperado —expuso cabizbajo— porque, al irme, perdería lo que me dabas. Dios es grande, sí, y extraña la vida. Vine como esclavo y me llevo a la más hermosa de las reinas; pero sólo te desposaré si tú lo deseas —concluyó, atreviéndose a coger la mano de Yumana, para besarla. Ella se avino, benévola y afectiva, y lo recompensó con su acariciadora mirada.

—Contaba contigo, sabía que no me decepcionarías. Bashira y yo hemos comenzado a pensar en el modo de huir.

Yumana sonreía, encantada, pero al joven no le gustó lo que acababa de escuchar.

—Si crees que yo no tengo nada que decir, me has juzgado mal, mi señora. Quiero estar al tanto de cada idea, de los propósitos uno por uno. Nadie decidirá por mí. No pagaré más errores que aquellos en los que caigamos tú y yo. Fuera de tu reino, soy un hombre humilde, pobre, pero no un mandado —dijo, con absoluta resolución.

—Eres orgulloso y valiente. Eso me place y ratifica que estaré en buenas manos. Se hará como demandas —aceptó, después de una breve pausa—. Pensaremos juntos y, en el caso de que Bashira haga alguna buena propuesta, te informaré hasta del menor detalle. Quiero su opinión —explicó—, porque es inteligente y astuta, y la creo leal. No hay que subestimarla.

—No vendrá ella con nosotros, ¿no? —preguntó Estevan.

—Ella no, pero a cambio de tus condiciones, me llevaré a Warda. Es como una madre para mí —alegó, implorante—. Si es necesario, te lo suplicaré y si no basta... te irás solo.

—¡Pero es una anciana y nosotros deberemos correr como el viento! —protestó.

—Escucha: consiguiendo que se nos persiga en otra dirección, dispondremos de tiempo para ir más despacio.

Estevan hizo una mueca con la que expresaba discrepancia. Las cosas eran de distinta manera.

—Todo el mundo imaginará que huir conmigo es dirigirnos al norte, para cruzar el mar.

—Te obceca la vanidad. En realidad —aseveró—, pensarán de otro modo: supondrán que me acompañas tú, obligado a defenderme, y que busco refugio en casa de mi padre, al oeste. Esto es más concebible. ¡¿Una sultana escapando con un guardia cristiano a terreno enemigo?! Es absurdo, ¿no?

—Sin embargo, es lo que quieres hacer.

—Sí, pero ellos nunca lo sospecharían. ¿Quién creería tal cosa de una mujer que lo tiene todo?

—Nadie, desde luego. Hasta el punto que yo mismo me pregunto por qué no regresas al hogar paterno.

—Las consecuencias serían terribles, Estevan, porque estaría de vuelta aquí inmediatamente y, conociendo a al-Burtugali, después de ser destrozada a latigazos —si no con la cabeza en una lanza, como ya amenazó—, se me trataría peor que a una esclava, tanto por él como por Haidar, que sería castigado como responsable del serrallo, y por las mujeres que me odian, especialmente Jalila. Las que, por el contrario, me quieren bien, serían advertidas, en orden a que no se apiadaran o me facilitaran la existencia, bajo la pena de seguir mi suerte. A Warda la sacrificarían, para que yo no tuviera el menor apoyo y me sintiera culpable de su muerte, igual que de la de mis padres, si me dieran cobijo. En cuanto a ti y a tu compañero, sin duda no volveríais a ver la luz.

—Pues, ya que esto parece un juego, en el que te mueves de forma inusitada para una mujer, ¿qué te parece si creamos otro ardid, una segunda alternativa? Les haríamos perder más tiempo, que obtendríamos nosotros para compensar los percances imprevistos del camino —propuso, con sagacidad, el cristiano.

—No es un juego —repuso la sultana—, aunque quizá fuera mejor tomárselo así, sino estrategia imprescindible, ya que no solamente en él van nuestras vidas. Por otra parte, mi vanidoso varón, deberías saber, o aprender, si no es demasiado tarde, que las mujeres, a falta de fuerza, han utilizado todas las tácticas a su alcance para someter a los hombres, desde el principio de los tiempos. El refinamiento en la práctica del engaño y el arte del disimulo o la sutileza, es patrimonio femenino.

—Es la segunda vez, hoy, que me llamas vanidoso —observó, jocoso, el joven.

—Tú solo te has hecho acreedor de ello, con tus comentarios —respondió la muchacha que, al rebullirse en la jamuga, hizo perceptible la gustosa fricción del tejido limpio y fibroso, y agregó—: Pero, retornemos al caso, ¿en qué consiste esa segunda alternativa?

—Es únicamente una idea, por entretener a nuestros perseguidores; pero no sé si es hacedera, porque me es preciso el conocimiento de tu tierra, que no poseo. La cosa es proporcionarles una segunda pista falsa, al oeste también, pero más al norte, donde igualmente haya mar, porque para enviarles al sur o al este no encuentro excusa convincente.

—Tal vez Asilah, al noroeste, que está en poder de los portugueses —especificó Yumana, pensativa—. Sí, justamente porque parece descabellado que, después de su atentado, me escape a esa nación. Pero, si van primero a casa de mi padre, ¿cómo los dirigimos o quién les da aviso para que nos busquen allí?

—Tengo a la persona cabal, pero alguien, en nombre de palacio, tendría que estar interesado en cierto comerciante para que éste creyera que podría convertirse en proveedor real o del ejército —dijo Estevan, pensando en su reciente amo.

—Eso es fácil. Dime para cuándo, quién es ese comerciante y qué puede servirnos. Por supuesto, también quiero saber cómo se desarrollará tu plan y, si bien has dicho que saldríamos por el norte, exactamente el lugar.

—El Peñón de Vélez de la Gomera, naturalmente, que es posesión española. Desde ahí podremos embarcar sin excesivas dificultades, particularmente desde el momento en que se sepa quién eres. No obstante, como no creo que tuviéramos la suerte de que hubiera una nave dispuesta a zarpar, he discurrido otro engaño, para sumarlo al tuyo, haciéndole llegar al comerciante una misiva en la que yo me despediré de él, revelándole el falso punto por donde huiré. Mi anterior amo, Salîm, pues de él te hablo, por procurarse el agradecimiento del sultán y asegurarse el negocio, actuará con fidelidad y se presentará al capitán para delatarnos —razonó, evocando la cicatería y la afición por el prestigio social del viejo mercader.

—Pues probaremos, aunque al-Burtugali puede mandar un nuevo grupo de hombres y, en ese caso, no nos aprovechará la maniobra.

—¿Y qué perdemos? Nada. Pero, si consiguiéramos que el recado fuera entregado poco después de que partiera la guardia hacia tu casa, igual sería enviado un mensajero tras ellos. Enseguida se descubrirá que Warda viene con nosotros y supondrán que no podremos ir muy deprisa.

—Calcular el momento justo es imposible. Si da resultado, se lo deberemos al azar —expuso la muchacha, sombría su tez, como si en ese instante hubieran mermado sus arrestos.

—No temas, mi señora, saldremos bien del lance. ¡Lo

dice el *Libro de dichos maravillosos*, y ha sido confirmado por una visión de la gran Bashira! Hay que confiar en Allah —comentó, para fortalecer el espíritu de Yumana, mientras tomaba de nuevo la diestra de la joven.

—¡Que Él te oiga! De todos modos, tu estratagema es brillante. Eres más hábil y animoso de lo que esperaba —dijo, mirándole a los ojos con dulzura y sin retirar su mano.

Aquella mirada, el calor y suavidad de los deliciosos dedos, o el valle y eminencias de su palma, angélicos prodigios de sedosidad, de lisura, le desquiciaban como a un perturbado la causa de su locura. Y el perfume que, tras haberse fusionado a la epidermis, ahora, como partículas de su ser, parecía desprenderse por los poros, en un vaho invisible e impalpable, que se deslizaba, insolente, y se introducía en el pecho de él para, después, remontarse a la conciencia con la resuelta audacia del sosiego, y anillarse a sus pensamientos, transformado en la misma sustancia que éstos. Una parte de ella, sí. Y él la respiraba.

—Tampoco hay que descartar la magia —dijo, de improviso.

—¿Estás sugiriendo que Bashira realice un encantamiento para nosotros? —preguntó Yumana.

—Seguro que sería de provecho, pero no. Quiero decir que la vida tiene magia y no hay que despreciarla, sino tenerla presente, porque puede ayudar.

—¿Y qué sabes tú de eso? —cuestionó con una sonrisa, al tiempo que se acomodaba contra el respaldo de la jamuga, como para contemplarlo mejor.

—No hay que saber, sólo hay que mirar. Cuando salía con mis cabras —explicó—, las vigilaba, claro, pero también observaba lo que ocurría a mi alrededor. A veces, de repente, revoloteaba una mariposa, que venía a posarse en la cabeza o en el hocico de un cabritillo y los dos jugaban, mostrando su gracia natural. ¿Acaso la mariposa elegía al animal porque era una cría retozona?, ¿cómo podía saberlo? ¿No es esto magia?

»Tú no habrás estado a solas en un bosque, ¿verdad?

Pues yo puedo decirte que, junto a las fuentes, se siente la presencia de unos seres que no son de carne y hueso. Son criaturas transparentes, como el agua; pero, si crees en ellas, te es dado presentirlas y pedirles algún deseo.

—¡Me estás hablando de las náyades! —exclamó perpleja—. Los griegos decían que eran las diosas de los manantiales y los ríos, pero son leyendas, Estevan. Nadie ha dado testimonio auténtico, con pruebas, de su existencia ¿Me dirás, además, que te han concedido alguna petición?, ¿cuál?

—No son leyendas, Yumana. Te digo que las he sentido; pero, contarte lo que me concedieron, sólo serviría para que me tacharas de loco.

—No lo haré. Preferiré pensar que eres un inocente.

—Está bien —accedió—. Me otorgaron la habilidad de poder besar en los labios a cualquier mujer, sin que ella lo note, a mi voluntad.

—¡Eso es completamente imposible!, ¿me tomas por tonta? Tendría que estar profundamente dormida, para que lo lograras.

—No, no, despierta. Totalmente despierta.

—No te creo.

—Podría demostrártelo.

—Bien, besa a Warda.

La imperturbable doméstica salió de su aparente letargo, al escuchar tal disparate. No lo consentiría, decidió para sus adentros.

—No es voluntad mía. Además, ¿quién te asegura que no estoy de acuerdo con ella? Lo mejor es que, si tienes curiosidad, lo compruebes por ti misma. Te ofrezco un trato. De momento no tengo ni un dinar, pero lo pediré prestado. Si gano, me pagarás una moneda; si pierdo, te la daré yo a ti en cuanto la consiga. Tienes mi palabra.

—Te juegas poco, ¿eh?

—Justamente porque sé que no seré yo quien pierda, y no quiero valerme de mi don para embolsarme tus dinares. Pero, gane o pierda, no te enfadarás conmigo ni tomarás represalias, ¿cuento con ello?

—Sí. Al fin y al cabo, es sólo un juego y, tal vez, pronto serás mi esposo.

Estevan tomó entre sus manos el rostro de Yumana, como si se tratara del objeto más valioso y delicado del mundo, mientras ella lo miraba, sometida, dejándose hacer, y besó los sensuales labios con la mezcla de pasión y dulzura del enamorado que era. La sultana, movida a su vez por la amorosa calidez de aquel sincero beso, que experimentaba hasta en la última fibra más íntima, no pudo sino cerrar los ojos rendidos, definitivamente seducida. La ternura del mimo en sus mejillas y la placentera holganza con que el soldado se detenía en ella, la transportaban a un territorio paradisíaco y atemporal del que nunca querría volver; un lugar hasta ahora desconocido y del que, sin embargo, sentía nostalgia. Por eso, cuando el cristiano juzgó que debía reprimirse y finalizar, fue ella quien lo retuvo, por demorarse en la deliciosa enajenación de la felicidad.

Los salvó de la pendiente del desenfreno, por la que ya resbalaban, el colérico estallido de Warda:

—¡Basta, lunáticos! ¿Pretendéis ser descubiertos?

Estevan, perturbado por la acuciante voz, reaccionó con urgencia, separándose de la sultana.

—He perdido, mi señora —dijo, con una sonrisa que revelaba lo contrario—. Te debo una moneda.

La abierta risa de Yumana, que comprendía la artimaña del mijeño, preocupó aún más a la vieja aya. Hacía mucho que no era tan alegre. Su preciada niña estaba enamorada.

—Vamos, regresa a tu puesto —ordenó la servidora, autoritaria, en tanto lo acompañaba. En la puerta, fuera del aposento, le advirtió—: Si tu sentimiento no es noble, si mientes a mi ama, no tendrás la oportunidad de vanagloriarte de tu maldad.

No articuló una palabra más, pero Estevan descubrió en ella la frialdad de una asesina, como la joven le había asegurado.

Los días pasaban, a la espera de la coyuntura apropiada y, sobre todo, de que los planes estuvieran perfectamente meditados. No debía quedar fisura alguna que diera al traste con ellos, por falta de previsión. Contrastaban los puntos a diario, con la participación de Bashira, para que no quedara el menor cabo suelto, pues debían resolver problemas que, en teoría, podrían parecer simples, pero que, en la práctica, se complicaban. Escapar del palacio con dos mujeres, de noche, y cruzar las puertas cerradas de la ciudad, no era fácil; pero, salir con tres caballos, suponía una dificultad de mayor envergadura. Más aún si uno de ellos tenía que ser el potro negro, no sólo por antojo de la sultana, sino porque lo exigía la visión de la hechicera.

¿Alguien, en su sano juicio, se aventuraría a sustraer tres corceles del soberano y pasar con ellos por delante de las narices de toda la guardia? Los palafreneros y los mozos detendrían al necio antes de que llegara, siquiera, a atravesar los muros de las cuadras.

¿Quizá valdría originar un incendio «accidental» para, en medio del tumulto, hacerse con los animales? Demasiado expuesto para no garantizar eficacia, pues los equinos, azuzados por el miedo, se volverían incontrolables. Seguramente algunos perecerían y más de un hombre resultaría herido.

Por otra parte, el empleo de justificaciones ordinarias, como sacarlos para que se ejercitaran, o la excusa, débil e indemostrable, de que estaban enfermos, no serían escuchadas por nadie, y acaso lograrían despertar recelos innecesarios, puesto que para lo primero ya estaban los caballerizos y, para sanarlos, existía la figura del albéitar real.

Pese a todo, había que conseguir hacerse con los caballos dos días antes de la huida y encomendarlos, mediante un pretexto verosímil, al propietario de alguna casa que dispusiera de cuadra, fuera de la muralla de Fez, que, por colmar la escarcela de dineros, se hiciera cargo de los cuadrúpedos sin excesivas preguntas y los tuviera listos y ensillados la noche escogida. Salvado ese escollo, evadirse con dos mujeres, aun con ser escabroso, ofrecía menos complejidad. Era cuestión de estrujarse el cerebro, para hallar una solución válida al mayor de los problemas.

Ahora, Estevan compaginaba las guardias con las reuniones secretas, con su aprendizaje en la lucha, en la que se había revelado como el discípulo que igualó al maestro y que pronto superaría, de lo que Hamza se ufanaba, y con dulces veladas dedicadas al amor; si bien Warda sólo les permitía besarse y entrelazar las manos castamente, pero las interminables miradas traslucían el sentimiento que ambos se profesaban, incapaces ya de vivir el uno sin el otro. El joven, para distraer a Yumana, así como por evitar la fuerte tentación a que se sometían, le contaba mil historias del mar y de su tierra, en las que flores, objetos o animales insignificantes cobraban vida o se transmutaban en elementos de holgada trascendencia, contemplados desde la distinta visión y significancia que él les atribuía. Gracias a su habilidad para la narración, que recordaba la de los contadores de cuentos orientales, se abría un maravilloso y cromático mundo de imaginación, de fantasía, por donde el enamorado la hacía viajar y la arrullaba.

—Podemos simplificar el molesto inconveniente de los caballos —anunció la muchacha una mañana—. Resolverlo será más fácil si, en lugar de tres, nos llevamos sólo uno de las caballerizas: el negro.

—Disminuir un problema es el mejor camino para solventarlo, desde luego —dijo Bashira—. Pero, ¿qué más da uno que tres, si, de todos modos, hay que sacarlos de la cuadra?

—Es que ésa no es la cuestión, aunque lo parezca —replicó la sultana—. La verdadera traba es obtener la autorización del soberano; pero el negro es mío, puedo hacer con el animal lo que desee, incluso venderlo. Ahí está la solución. Informaré al sultán de que quiero deshacerme de él. Además, no levantará sospechas, porque nadie pensará que voy a fugarme sola y con el caballo que, justamente, habré apartado de mí.

La adivina la miraba, sonriente y admirada; mas todavía quedaban aristas que limar.

—Es una buena idea. ¿Y con qué justificación pretenderás venderlo? —dijo, moviendo suavemente las manos en el aire, como acostumbraba.

—Por envidia. Pero habrás de ayudarme Bashira.

—¿Cómo? —quiso saber ésta.

—Creándola. Colaborando para que se manifieste, encizañando, si es preciso. La primera que caerá en la trampa será Jalila que, en uno de sus frecuentes arrebatos de ira, protestará. Entonces yo, cansada de discusiones, querré librarme del objeto de esa envidia.

—¡Perfecto! —exclamó la mujer, entusiasmada.

—Muy bien —concedió Estevan—. Ahora, el problema es que necesitamos dos más —dijo, pensando en que la componenda remediaba en parte, pero se creaba uno nuevo.

—Tú te encargarás de comprarlos al mismo que le confíes el mío, o a otro, si no es posible —respondió, pronta; lo que era señal de que no improvisaba—. Por la cantidad no te preocupes; pero procura que no te engañen, porque han de ser rápidos y resistentes, en razón al esfuerzo que les vamos a exigir.

—Pues, hallada la medida al impedimento principal, podéis ir poniendo en práctica el inicio de los planes; pero, en ese caso, y esto me parece absolutamente necesario, se debería fijar ya un día determinado en el que converjan —comentó Bashira.

Yumana y Estevan hicieron un somero cálculo del tiempo que se requeriría para orquestar las acciones y acordaron que huirían el doce de Rabi al-Awwal del 926, que coincidía con el doce de marzo de 1520 del calendario cristiano. Esa sería la fecha prevista para alcanzar la libertad deseada por la joven y el comienzo del cumplimiento del sueño del centinela.

Estevan empezó por visitar a su antiguo amo, con la embajada que le invitaría a morder el anzuelo. El viejo comerciante lo recibió con aire templado, hasta conocer sus intenciones. En cuanto supo que formaría parte del grupo de proveedores reales, su actitud cambió, para volverse calurosa.

—Mañana me presentaré al capitán; pero, ahora, prescindamos de conversaciones de negocios, ¡que todo no es el dinero! —aseveró, farsante—. Es una alegría para mí volver a verte, porque, aunque no lo hubiera expresado, tras comprobar tu lealtad y valentía, dejé de mirarte como un esclavo para considerarte poco menos que un hijo, que ya sabes que no tengo —aseguró el hipócrita, mientras le echaba un brazo por el hombro, sentimental—. ¡Aisha, sírvenos una buena tetera, que compartiremos mi querido Estevan y yo, y trae los mejores vasos de cristal! ¡Ah, mi mujer sabe cuántas veces me he acordado de ti, con la tristeza de haberte perdido! Pero ahora eres hombre libre y podrás venir aquí cuando quieras, a ver a este pobre viejo —masculló Salîm, con los ojos acuosos.

A Estevan, las torpes lisonjas del comerciante no le afectaban, incluso contaba con ellas, ya que lo había visto actuar en infinidad de circunstancias. No obstante, debía hacerle creer que hacían mella en él, y que los sentimientos eran mutuos, para que no se preguntara cómo demonios, un esclavo, habría querido recomendarlo en palacio. Por fortuna, la vanidad del fatuo promueve su descuido.

—No dudes que lo haré. Quedé muy preocupado por qué te pasaría a ti, si llegaban a pensar que eras cómplice del traidor. Hubiera venido antes, de no ser por mis nuevas obligaciones como guardia real —declaró con aspecto sincero, en tanto acababa el sabroso té—. Espero que repitamos pronto este encuentro. Ahora tengo que marcharme —y, después de una larga y pesada despedida, a la que se entregó el mercader, se fue camino de la fortaleza.

Salîm, a pesar de su contento por la noticia recibida, se lamentaba en su fuero interno, por verse obligado a fingir ante un vulgar bellaco cristiano; pero la salud del negocio exigía tales sacrificios. ¡Qué dura es la vida de un honrado comerciante! —pensó, sin abandonar un momento la persistente fricción de una mano contra la otra.

El mercader había reaccionado según lo previsto; pero, la siguiente, era la encomienda más comprometida, ¿de quién fiarse para confiarle el magnífico caballo de Yumana, comprarle otros dos y que tuviera preparados los tres la noche de la fuga? Quizá lo más sencillo sería preguntar por los tratantes de caballos. El más serio, de los que vivieran fuera de la muralla, sería el elegido.

El muchacho iba tan enfrascado en sus pensamientos que para cuando oyó: ¡«rumí»!, sólo pudo percibir cómo un pequeño bulto saltaba hacia sus brazos.

—¡Nasîm! Pero... si has crecido, ya no se te caen las babuchas. Estás hecho un hombrecito.

—Tú ahora eres soldado, ¿a que sí? Me lo dijo mi abuelo. Ven, vamos a su tienda —dijo el niño, bajando al suelo y arrastrándole de la mano.

Estevan tenía tiempo de sobra y le gustaba ver el trabajo del artesano. A lo mejor, el anciano podría informarle. No perdía nada con intentarlo, de modo que se dejó llevar por la Tala'a Kabira hasta la tienda de Tayyeb.

—¡Abuelo, traigo al «rumí»! —exclamó, a la vez que tocaba, abría y cerraba las cajitas de cedro, con mayor rapidez de lo que la vista era capaz de seguir.

El hombre, sentado en la banqueta baja, y con su gorro blanco, parecía no haberse movido de allí desde la última vez que se vieron. Lo contempló con los ojos azules e inocentes del artesano, al que sólo importa desmenuzar los secretos de la madera, lo saludó y se interesó por su nueva ocupación.

Estevan le respondió, dándole explicaciones de lo acontecido hasta su manumisión, aunque era consciente de que éste estaba enterado, como toda la ciudad. De súbito, intuyó que podía confiar en aquel personaje entrañable y se decidió a consultarle, si no con toda, al menos con más franqueza.

—Tayyeb, he obtenido autorización para regresar a mi tierra, pero hay un problema: necesito de un hombre discreto, de confianza, que tenga una casa en las afueras, donde pueda dejar un caballo y comprarle otros dos. Me acompañarán dos personas que quieren pasar desapercibidas. ¿Sabes de alguien así?

—¿Asuntos de mujeres? —preguntó el anciano, mientras Nasîm enredaba por la tienda, ajeno a la conversación.

Estevan se limitó a asentir con la cabeza.

—Acércate a la Mellah[7] y busca a David Cohen. Vive junto al cementerio judío, dentro de la ciudad, pero junto a la muralla. Allí mismo hay un postigo. Dile que vas de mi parte y no te preocupes, no dirá una palabra, pero asegúrate de ser generoso o me cobrará el favor a mí.

—¿Me dejarás tu espada un día? —interrumpió el chiquillo, encandilado por la atracción de las armas.

—Te la dejaré cuando puedas tenerla sin hacerte daño. Las espadas son peligrosas, Nasîm —dijo el muchacho, y se volvió de nuevo al abuelo—. Te lo agradezco, Tayyeb, y tendré en cuenta lo que me dices. Sé que para obtener discreción, hay que ser pródigo en la recompensa. Ahora mismo iré a verle.

—Que Allah te proteja del peligro, Estevan, y que se realicen tus ambiciones —le deseó el amable anciano.

—Que Él te cuide, Tayyeb, y siga guiando tus manos.

Estevan se acercó al niño y se acuclilló para estar a su altura.

—Cuando yo esté seguro de que puedes manejar una espada, Nasîm, te regalaré una, para que seas invencible —dijo, apretándolo contra su pecho. Después se levantó, para dirigirse al sur, mientras el crío lo despedía con la mano.

El mijeño, desde la Tala'a Kabira, tomó una calleja perpendicular hacia la Tala'a Saghira, que recorrió casi completa, y de la que salió atravesando una red de calles y adarves, por los que anduvo sin extraviarse, gracias al conocimiento anteriormente obtenido de la ciudad, por los numerosos recados que había tenido que hacer para su amo, el comerciante Sa-

187

7. Barrio judío de Fez.

lîm. Enseguida hubo de rodear unos jardines para cruzar Bab Lahdid, la puerta del hierro, y entrar a Fez al-Jédid por Bab Jiaf. Dejó a su derecha la gran Bab Sanhaja Uyune, dispuesta entre dos torres, y tan profunda que, en su interior, se ubicaban las oficinas administrativas de la nueva villa meriní. A esta gran puerta de dos arcos, que conducía a los silos, algunos gustaban llamar Bab Semmarine. De inmediato, a su izquierda, penetró en la travesía de los orfebres, ya en plena Mellah.

La fisonomía de las casas y de los habitantes cambió por completo. La gente vestía con atuendos negros y largas capuchas del mismo color, y en las fachadas se abrían grandes balcones azules, en contraste con los impenetrables muros musulmanes. Las tiendas, talleres a la vez, de estos artífices, se agrupaban a ambos lados de la calle, donde podían encontrarse candelabros cincelados en oro y plata, jarras, bandejas y objetos de tocador. El martilleo era cuidadoso y constante y obligaba a la mirada. El cristiano observó a los oficiales y maestros. Unos se encargaban de las láminas de metal, con el mazo de aplanar, otros golpeaban sobre las bigornias con los diferentes martillos; éstos se ocupaban en el acabado y aquéllos en la última de las fases: el escrupuloso bruñido, que conseguía que las piezas devolvieran la luz como si fueran espejos.

Estevan, embobado, se hubiera quedado allí todo el día, pero no podía perder más tiempo. Se aproximó a una de las tiendas y preguntó por David Cohen. El atento empleado salió al exterior y le dio las indicaciones para llegar a su casa. No era nada difícil. Como le adelantó Tayyeb, había que llegar al cementerio.

El joven percutió, con la argolla que hacía de aldaba, en la puerta de cuarterones. Al poco, le abría un hombre de aspecto huraño, que lo miró en silencio.

—¿Es ésta la casa de David Cohen? —preguntó el muchacho.

—Sí.

—Vengo a hablar con él, de parte de Tayyeb, el artesano.

—Pasa y espera —dijo, conduciéndole hasta un patio con una pequeña fuente central.

El servidor desapareció por una escalera que subía al piso superior y, de vuelta, le anunció:

—Mi señor tiene una visita, pero te recibirá en cuanto termine —explicó, marchándose por un corredor.

Estevan, que no halló dónde sentarse, se dedicó a observar el patio de columnas, hasta que vio bajar a otro que, a modo de saludo, hizo una leve inclinación y salió a la calle. Enseguida escuchó el sonido de una campanilla y el criado reapareció para subir de nuevo las escaleras. En breve, éste lo llamó desde una ventana de la galería.

—Sube, mi señor te atenderá ahora.

El mijeño penetró en una holgada sala, aun cuando se la advertía muy recargada por la multitud de objetos, pergaminos y papeles que se distribuían, desordenadamente, entre armarios acristalados, encima de muebles y mesas de diversas proporciones y formas. Presidía el despacho un escritorio de madera de cedro, colocado sobre una alfombra que, pese a su vetustez y continuidad de uso, todavía reflejaba la calidad de materiales y tintes con que fue confeccionada. Adyacente a los útiles de escribir se alineaba una pequeña balanza de precisión. Aquel hombre no era un tratante de caballos, sino un cambista o un banquero.

El judío aún tenía posada la mano junto al reducido artilugio de bronce que, con aspecto de hongo, se apoyaba sobre una base compuesta de tres hojas de parra, que se alternaban con racimos de uvas, y que cumplía las funciones de campanilla.

—¿Qué necesita mi buen amigo Tayyeb? —le interrogó el hebreo desde su sillón, ofreciéndole el único otro asiento de la habitación.

Estevan, por la apariencia del hombre, que ya había superado la frontera de los sesenta años, dedujo que estaba frente a un notable miembro de la comunidad judía. Cubría la coronilla de una cabeza completamente cana, con un bonete adornado de hilos de oro y plata. En la mano, que jugaba distraídamente con el vástago del llamador, destacaba un anillo de oro con la estrella de David; pero lo que realzaba su distinción era el manto oscuro de excelente paño de lana.

—Nuestro amigo, felizmente, no necesita nada. Soy yo el que precisa ayuda, señor, y él me ha recomendado que venga a ti, a pedírtela.

—¿Y cómo puedo ayudar a alguien del que ni siquiera sé su nombre? —quiso saber el anciano, con la encubierta reconvención a los modales del muchacho.

—Mi nombre es Estevan y...

—¿Cómo están los nietos de Tayyeb? —le interrumpió sin ceremonia.

—Sólo conozco a uno, Nasîm, y sigue tan revoltoso como siempre —aseguró el soldado, molesto por la obligada digresión.

—Sólo tiene uno —confirmó, lacónico—. Continúa ahora. ¿Cuál es ese problema? —se interesó después de la pequeña prueba, con la misma actitud impasible, pero sonriente, que adoptó desde el principio de la conversación.

—Mi problema se solucionaría si me permitieras dejar en tu cuadra un caballo, comprarte dos o que los adquirieras por mi cuenta, y que una noche, fijada de antemano, estuvieran ensillados para salir con ellos y dos personas que vendrán conmigo por el postigo de la muralla, el que está contiguo a tu casa. Desde luego, contando con tu total discreción.

—Te gusta ser directo. Lo seré yo también. Ese caballo que dices, ¿no será robado?

Esta vez, al cristiano no se le pasó por alto la nueva prueba; a su inteligencia, en esta ocasión.

—Si fuera un ladrón de caballos, ¿para qué comprar dos? —contestó, descalificando la pregunta con la obviedad, lo que provocó una sonrisa más amplia en el rostro del judío.

—Es cierto. Sin embargo, lo que me cuentas es, a todas luces, una huida que, cuando sea descubierta, puede perjudicarme y todavía no he oído en qué me beneficia. Pero, antes de entrar en esos detalles, respóndeme a una pregunta. Yo sabré si me mientes —advirtió con el índice izquierdo en alto y apuntándole con la sobresaliente nariz—. Estos dos fugitivos que te acompañarán, ¿son criminales?

—Son dos mujeres, señor, y no han cometido jamás ningún crimen —especificó, si bien no muy seguro en lo que se refería a Warda.

—De acuerdo, entonces. No obstante, aunque sí dispongo de cuadra, no tengo caballos a la venta ni me dedico a esos menesteres; pero sí puedo negociar en tu nombre y tenerlos en menos de tres días —señaló—. Como supongo que los querrás ágiles y fuertes, llamaré al mejor tratante que conozco. No nos engañará, pues me debe algunos favores, y guardará la debida reserva.

—¿Y qué calculas que me costará todo? —solicitó saber, por prudencia, el joven.

—Dos buenos animales —expuso, con la lentitud en el hablar de quien ajusta una operación—, con sus respectivas sillas y guarniciones, más la manutención de los tres y el silencio del vendedor, te costará... mil dinares —concretó, al fin.

—¿En esa cantidad, has incluido tu beneficio?

—Sí, no te sorprendas, ya sé que es mínimo, pero no me importa si el asunto complace al buen Tayyeb —comentó, haciendo un gesto de la mano en el aire, como restándole gravedad—. ¿Con qué garantías cuento? —añadió de inmediato—. Piensa que deberé adelantar el pago al tratante y hacerme cargo del sustento de las monturas.

—Precisamente, por Tayyeb, no voy a regatear contigo, aun a sabiendas de que lo esperas, porque con ochocientos cincuenta estaría bien pagado. Tampoco necesitas garantía, porque vendré mañana a pagarte por adelantado. Además, si todo es conforme y a mi gusto, la noche de mi partida, te entregaré cien dinares más.

—Eres espléndido. Pero, ¿qué hace que confíes en mí?, ¿la recomendación del artesano? ¿Cómo sabes que no te traicionaré esa misma noche? —dijo, por divertirse, el anciano.

—Porque veo, por la calidad de lo que te rodea, que le tienes aprecio a la vida y, en ese caso, la tuya valdría...

—Sí, no sigas —atajó el judío—. Lo mismo que la tuya si te capturaran y saliera a relucir mi nombre.

—Justamente —dijo Estevan, sin inmutarse, pero levantándose para marcharse—. Los dos quedamos advertidos y de acuerdo en lo demás. Nos hemos entendido a la perfección.

—En efecto, y te ayudaré con placer —confesó el viejo David Cohen.

Cuando el muchacho ya franqueaba la puerta del despacho, se volvió a preguntar:

—¿Podrás abrirnos el postigo de la muralla?

—Dalo por hecho. Mi criado os lo abrirá y luego borrará las huellas de los caballos.

Entre tanto, Yumana y Bashira aplicaban la maquinación ideada por la primera, embaucando a la impulsiva Jalila para que diera rienda suelta a su resentimiento y se caldearan los ánimos de las demás esposas. Ambas aparecieron en el gineceo hablando fuerte, por que las oyeran, sobre la belleza del corcel negro.

—¡Gran regalo te hizo el sultán! Nunca había visto caballo igual —afirmó Bashira.

—En realidad fue un presente de mi padre al soberano, como ofrenda de esponsales; pero, apenas le dije que me gustaba, me entregó el animal —dijo la joven sultana, pavoneándose, para que de las palabras brotaran todos sus envenenados frutos.

Su proceder pomposo, más aquellas declaraciones, faltas de tacto para con las demás mujeres, bastaron para que la envidiosa saltara. Comenzó por querer ridiculizarla, alegando que ella, Jalila, supo cómo era de jactanciosa y arrogante desde que la viera entrar en el serrallo, pese a su cara de inocente campesina virgen; pero, según se exaltaba, fue aumentando la virulencia de ofensas y acusaciones, acabando por culparla de los desprecios de que había sido objeto, por parte del monarca, y la trascendencia de éstos con Haidar, el jefe de los eunucos, y añadiendo que eso mismo sucedería con todas.

Hasna no se sintió aludida, pero Ghita sí se hizo eco de las protestas, aunque sólo para otorgarle la razón, en un tono más moderado que el empleado por Jalila.

Umm Abd Allah, resignada a moderar, recurriendo a su proverbial longanimidad o, si era forzoso, a imponerse en las controversias femeninas, pretendió terciar, pero Yumana se adelantó.

—Jalila, se terminó la discusión —exclamó, expeditiva—. No comprenderé nunca tus envidias; pero ten por seguro, que no muevo un dedo por provocártelas. Sé que no me crees, mas yo hubiera escogido ser amigas, aunque veo que es imposible. Sin embargo, con tal que siquiera un ápice se aclaren tus pensamientos, he tomado una decisión: ¿te molesta mi caballo? Pues bien, renunciaré a él. Lo venderé en la ciudad. Esta misma noche daré conocimiento a nuestro señor, para informarle de que mi deseo es terminante. Y no te alarmes, no habrá represalias.

Ante aquella resolución, para la que no se admitirían objeciones, Jalila calló; si bien la incredulidad se combinaba con el desconcierto, en la viveza verdemar de su mirada.

Al oscurecer, en el aposento real la sultana le relató lo sucedido al soberano y la medida que estaba dispuesta a tomar. Al-Burtugali, aunque bastante desinteresado de los problemas del harén, mientras él no fuera molestado, quiso convencerla de lo inútil de desprenderse de cuadrúpedo tan soberbio, llegando incluso a ofrecerse para comprarlo; pero Yumana arguyó que eso se entendería como un engaño en provecho propio, gracias al cual podría seguir disfrutándolo, y que prefería tener un gesto audaz, desinteresado y sin resarcimiento alguno, en bien de la paz y buena convivencia del serrallo.

—Si esa voluntaria privación crees que beneficia al harén, no la estorbaré. Tú sabrás lo que conviene a las mujeres. Pero ahora acércate, que goce de ti —dijo el sultán, mientras pensaba que si las hembras se mantuvieran calladas y quietas, excepto para cumplir con aquello para lo que fueron creadas, dar placer e hijos a los hombres, la vida sería la antesala del paraíso.

La jornada siguiente sería laboriosa y ardua, pues el joven tendría que llevar el caballo a la cuadra del judío e ingeniárselas para hacerle llegar la misiva a Salîm, el día oportuno, con la falsa ruta que emplearía en su fuga. De este modo, Yumana habría de escribir personalmente el mensaje, dado que Estevan no sabía leer ni escribir en árabe —y tampoco en castellano, por otra parte—, y no podían servirse de la amistosa cooperación de Bashira, en prevención de que, por el estilo de sus caracteres, quedara implicada como cómplice.

Así, pues, la preferida hizo llamar a Haidar para ponerle al tanto de su voluntad, sancionada con la conformidad del sultán, que condujera a Estevan a las caballerizas y transmitiera las órdenes pertinentes al caballerizo mayor, para que no se obstaculizara la salida del corcel, que el cristiano no debía montar, sino guiar de las bridas, e igualmente las repitiera en las puertas de la alcazaba.

Sellada con cera de abeja mezclada con cinabrio, que le aportaba color, y estampillada con el pomo del puñal, el mijeño guardó la esquela en los zaragüelles y salió de la fortaleza para encaminarse a la casa de David Cohen. El nervioso animal lo seguía, dócil, aunque por momentos estiraba el cuello para olisquear al guardia, dilatando los negros ollares.

Confiado en la honestidad y buen hacer del judío, Estevan dejó el caballo en la cuadra y abandonó la Mellah para buscar a Yúsuf, el servidor de Salîm experto en sedas, en el mercado de los tejedores y al que no tardó en hallar.

Después de saludarse debidamente y responder a todas las preguntas del joven Yúsuf, el cristiano se acercó a su oreja, con disimulo, y le dijo en voz baja:

—Tengo que hablar contigo en secreto. Además, también he de darte algo.

Yúsuf miró en derredor y señaló una casa.

—Entremos en ese patio de almacenes. Sé que no hay nadie ahora en él y la vivienda de arriba está deshabitada. No habrá oídos indiscretos.

Primero entró el servidor, tocando previamente el hombro del soldado como si se despidieran. En breve, y tras asegurarse de que los transeúntes ya tenían rostros nuevos, Estevan cruzó el arco de puertas abiertas.

—Me manda el capitán para que le sea entregada esta misiva a Salîm pasado mañana, nunca antes —dijo, sacando de los zaragüelles el billete sellado, para dárselo a Yúsuf, con gesto imperativo—. Ha de ser por la mañana. Ignoro su contenido, pero, como ahora el viejo es proveedor de palacio y tiene que tratar con él, imagino lo que será cuando se le hace llegar con tanto misterio.

—¿Y qué crees que puede ser? —preguntó el muchacho, con cara preocupada.

—No lo sé, Yúsuf, pero si fuera un negocio limpio no harían falta precauciones, ¿no te parece? Ni quiere hablar con Salîm, ni que a mí se me vea dándole el mensaje. Será por que no aparezca, en este caso, ninguna relación con la guardia. Por eso le anuncié que recurriría a ti. Por eso y porque estos dinares, sin embargo, son para tu bolsa. Nadie se enterará, descuida. Otra cosa: cuando se lo entregues indícale de mi parte que no hable del mensaje. No tengo que advertirte del peligro que correrías si lo abrieras, lo perdieras u olvidaras el recado, ¿verdad?

—¿Le dijiste al oficial que yo me haría cargo? —interrogó, consternado.

—Naturalmente. Le aseguré que eres de confianza —contestó Estevan—. Pero no te asustes. Como sospecho, sólo será una cuestión de, digamos «comisiones». Ningún crimen, traición ni nada que se le parezca. Tú haz las cosas como te he dicho y olvídate.

Con el hombro apoyado en una columna del patio, el

195

militar observó cómo se marchaba Yúsuf, con la desolación pintada en el rostro y reflejada en sus pasos, ahora inseguros. Le habría gustado no engañarlo, pero no era aconsejable dejar flecos al azar. Por lo menos, la mentira, resultaba inofensiva para el fesí —se consoló, mientras echaba a andar hacia palacio.

Por entre el prolongado callejeo, Estevan reflexionaba sobre las tareas ya cumplidas, verdaderos desafíos, en realidad. Habían quedado resueltos problemas como el de los caballos, la convicción del viejo comerciante en su nuevo estado de proveedor real, que originaría, por hipócrita fidelidad al ejército, la inmediata delación del soldado en cuanto leyera su «ingenua» despedida, y la entrega de la propia misiva en el momento oportuno; pero faltaba uno que, por más vueltas que le daban, parecía quedar sujeto a la improvisación: ¿por dónde y cómo saldrían las dos mujeres, y él mismo, del recinto de la alcazaba?

Sorteando animales y el confuso tropel de los menestrales y mozos de la explanada, el soldado avanzó hacia el tenderete de Rabah, por ver si con la distracción que para él representaba la herrería se le esclarecía la mente y encontraba solución al atolladero, pero vio que el maestro forjador se retiraba de su puesto.

—¡Rabah!, ¿te marchas? —preguntó, alcanzándole.

—Sí, pero vuelvo pronto. Necesito una herramienta que guardo en casa. Me las llevo a diario. Aquí pueden desaparecer fácilmente —explicó el hombre.

—¿Y cómo te vas por aquí? —dijo el joven, al observar que iban en dirección contraria a la salida de la fortificación.

—Pocas veces uso la puerta, a no ser que traiga alguna bestia cargada. Entro y salgo por una grieta que se formó hace tiempo junto a uno de los contrafuertes de la muralla, por la que cabe un hombre, pero no un mulo. Así corto camino.

Ciertamente, ¡Dios es grande! He aquí, caída del cielo, la respuesta al asunto, exclamó para sí. La otra opción era vestir a Yumana con las ropas de Nayiya y que saliera con Bashira, como si fuera la servidora, pero esa alternativa podría enredarse si la reconocían. Además, aún faltarían Warda y él por escapar.

—Te acompaño un trecho —se brindó el soldado, en realidad por hacerse con el conocimiento del trayecto. Tendría que recordarlo en la oscuridad.

Ambos centinelas se apoyaban en las picas, por relajar los músculos de la espalda, mientras Hamza hacía comentarios sobre los ejercicios de instrucción en la lucha. Algunos no se daban cuenta de lo importante que era para ellos, opinaba.

—¡Qué extraño, no has abierto la boca! —dijo, de pronto—. Esas conversaciones secretas con la sultana...

—Tú, soldado —casi vomitó Warda, señalando a Hamza—, llena este cántaro y luego déjalo aquí, junto a la puerta. No llames ni molestes, yo saldré a recogerlo.

—Ésa es labor de sirvientes —respondió el guardia con brusquedad—. No me voy a mover de mi sitio, esclava.

—Es una orden de la sultana. Obedece —porfió.

El guerrero miró a la mujer y después a Estevan. Éste asintió y de improviso cuando Hamza se giraba dispuesto a cumplir la orden, el mijeño le apretó afectuoso uno de los hombros; acción que, sin embargo, el centinela interpretó como una vaga advertencia de peligro y salió al patio con el puñal desenvainado.

La vieja aya esperó a que el hombre se fuera.

—Vamos, entra, es la hora. Yumana ya está preparada. Tenemos poco tiempo, el que tarde tu compañero en llenar el cántaro —dijo, abriendo la puerta.

Detrás aguardaba la joven, disfrazada con ropas masculinas. Al muchacho no le pareció muy convincente su apariencia, pero ya no había lugar a cambios. De todas formas, con esa cara era imposible confundirla con un ser que no fuera un ángel. Le pidió que cubriera mejor el rostro con la capucha de la chilaba y salieron a los pasillos, pisándole los talones a Hamza.

Al llegar al patio se pegaron al muro, teniendo buen cuidado de no hacer ruidos. Estevan iba delante. Los centinelas recorrían los adarves y, de vez en cuando, miraban inútilmente por entre las almenas. Gracias al tiempo, nuboso, la noche, oculta la luna, colaboraba en la huida.

Justo al hallar la abertura de la muralla, Hamza regresaba con el cántaro lleno. No le chocó la ausencia del cristiano, ya estaba habituado a que fuera requerido a los aposentos de la favorita. De eso precisamente iba a hablar con él, antes de ir por agua. Cualquier día esas visitas le darían un disgusto.

Estevan hizo pasar a Yumana y a Warda al otro lado, mientras se aseguraba de que nadie les veía. Después cruzó él y se hizo seguir a paso tan rápido como le permitía la oscuridad de la noche. Demasiado para la aya, que trastabilló, cayendo al sendero. El joven se apresuró a ayudarla. Los ojos de ella reflejaban su sorpresa.

Al poco pudieron distinguir Bab al-Amr, que no debían traspasar, y doblaron a la izquierda para internarse en la Mellah. Las calles estaban desiertas, excepto un par de transeúntes solitarios, silenciosos como sombras, que no mostraron ningún interés por los tres personajes. Tal vez, con la esperanza de que tampoco repararan en ellos.

Frente a la puerta de David Cohen, Estevan les indicó a las mujeres que se retiraran donde no fueran vistas, por si les esperaba algún ardid insospechado. Golpeó la argolla discretamente y echó una ojeada alrededor. Enseguida abrió el servidor que ya conocía.

—Avisa a tu amo de que estoy aquí.

—No es necesario, te aguarda. Pasa —dijo, y fue a cerrar, pero el muchacho se lo impidió.

—Deja abierto un instante. ¿Quién más hay en la casa? —preguntó inspeccionando el patio.

—Nadie, sólo mi señor y sus familiares, y ellos ya descansan en las habitaciones de arriba.

—Si me mientes... —comenzó a amenazarle el mijeño, pero una tranquila voz sonó a su espalda.

—Cálmate Estevan. No soy un traidor —afirmó el judío—. Diles a esas otras dos personas que pueden entrar. Aquí no hay peligro.

—Más vale que así sea —avisó, en tanto llamaba a las mujeres, que acudieron deprisa, para que la puerta fuera cerrada tras ellas cuanto antes.

—Venid. Bajemos a la cuadra —propuso el anciano.

A pesar de que el caballo negro destacaba sobre los otros por su bella estampa, los dos animales que había comprado el judío estaban en perfectas condiciones. Los tres estaban ensillados, tal y como pactaron. No obstante, el soldado los examinó y dio su aprobación.

Entonces, el servidor salió hacia la puerta del cementerio tirando de las bridas, acompañado por los tres viajeros y del propio David, al que le fueron entregados los cien dinares prometidos; pero sólo cuando atravesaron el portillo, subieron a las monturas. El hebreo, sonriente, acaso por su bolsa, los despidió deseándoles la más favorable de las suertes en su aventura.

Distanciados de la muralla, pero en paralelo, galoparon hasta encontrar el camino que salía de la Bab Abi Sufian, la puerta por la que entró Estevan como esclavo. Habían superado lo más difícil: salir de la ciudad. Desde allí, pareció absorberles la tenebrosidad de la noche.

A la mañana siguiente, Haidar abrió con tanta violencia la pequeña puerta del aposento de la sultana, que Hamza saltó hacia atrás, con la pica en posición de ataque. El eunuco lo miró a él y al cántaro y le interpeló:

—¿Dónde está el otro centinela?

—Lo llamaron dentro, porque se escucharon ruidos extraños —se inventó el soldado.

—¡Da la alerta! Ni las mujeres ni tu compañero están en la alcoba. Buscadlos por toda la fortaleza y dile a tu capitán que se presente a mí. ¡Rápido!

El revuelo fue colosal. El alboroto de guardias, esclavas, servidores y eunucos, sobrecargados de ansiedad, escudriñando todos los rincones, convulsionó las vidas de palacio y alcazaba. Fâtin se presentó en la «puerta de las dos lunas», donde le esperaba el jefe de los eunucos. Ambos sudaban.

—Ven conmigo —dijo Haidar, con el rostro demudado.

La guardia del sultán abrió la puerta del gran salón. Abu Abd Allah Alí Muhammad ben Muhammad «al-Burtugali» se movía por la estancia como el león burlado, al que han sustraído su presa. El visir estaba de pie, pálido, embutido en su rica indumentaria amarilla, en la que se incrustaban perlas y piedras preciosas, y no retiraba la mirada del suelo. La tensión del momento tornaba ridícula tan desmedida elegancia. Umm Abd Allah también estaba presente, para sorpresa del eunuco, sentada, pero en silencio. Nadie más. El monarca había expulsado de la sala, que ahora aparecía como desnuda, a las esclavas y a los miembros de su guardia personal. Estaba claro que iba a mostrar sus reacciones sin testigos indiscretos.

Cuando los vio entrar, se plantó delante de ellos con las manos abiertas, crispadas, y estalló:

—¿Cómo es posible que dos mujeres, una de ellas vieja, y un soldado, escapen de mi palacio y de mi fortaleza —decía, golpeándose el pecho a la vez que nombraba sus posesiones—, sin que nadie sepa nada? ¿Qué clase de guardia tengo? Decidme, ¡perros inútiles! —profirió a gritos.

Los dos hombres se postraron a sus pies, en señal de respeto.

—¡Oh sultán, soberano del mundo... ! —comenzó a decir Haidar, pero Abu Abd Allah no le dejó continuar.

—¡Déjate de zalemas y dí algo inteligente que me haga perdonar vuestras vidas! ¡Levantáos y miradme a los ojos!, quiero saber si también vosotros me engañáis.

Al-Burtugali, furibundo, tenía la cara congestionada, del color violáceo de la púrpura; los ojos, enrojecidos, a punto de salírsele de las cuencas e inflamadas las venas del cuello, que parecieran querer reventarse allí mismo. No hacían falta esfuerzos para notar, a simple vista, el latir de sus sienes. Era la imagen del desquiciado; pero de un desquiciado muy poderoso, en pleno ataque de cólera.

Las sedas del jefe del harén se traslucían, humedecidas por la abundante transpiración que manaba del miedo.

—Mi señor, jamás te engañaría —protestó, pero ante la impaciencia que se leía en el rostro del sultán, decidió dejar a un lado la adulación y ser práctico—. Sólo acierto a pensar que haya regresado a casa de su padre. ¿Quién, si no, se atrevería a acogerla?

—¿Y tú?, ¿qué es lo que piensas tú? —bramó, dirigiéndose a Fâtin.

—Estoy de acuerdo con él, mi señor.

El omnipotente dueño de los fesíes se volvió a su visir, quien, lento y dubitativo, hizo un gesto con el que concedía que pudieran estar atinados, pero sin comprometerse.

—Elige a diez hombres —dijo al capitán— y cabalgad a la casa de Sidi Kadar al-Fahd ben Hafid, al sur de Salé. Si se niega a entregarla, manda un correo y me pondré al frente del ejército para matarlos a todos y que no quede piedra sobre piedra. Entiende bien esto y explícaselo a su padre: me dolerá por él, que goza de mi afecto, pero no voy a tolerar que por culpa de una mujer mi honor quede en entredicho. Ella morirá de todas formas, pero tráemela viva, para que sirva de advertencia. ¡Sal ya!

Por lo inesperado, los presentes, entre los que ya no se contaba el capitán, miraron a la puerta, que se había abierto con brutal rudeza. Uno de los guardias sujetaba a Jalila, que pugnaba por entrar.

—¡Déjala pasar! —ordenó el sultán.

La impetuosa mujer avanzó, como una exhalación, en la sala, y no paró hasta situarse en su centro. Desde allí se encaró al soberano.

—¡Te advertí sobre ella! —exclamó, apuntando al sultán con el brazo extendido.

—¡Jalila! —quiso increparla Umm Abd Allah, al tiempo que Haidar, recobrado, dio una zancada para enfrentársele.

—No, no, dejadla. Es verdad, me avisaste. Ven a mi lado, junto a mí, mi fiel Jalila —la requirió, sonriente.

—Te lo dije, mi señor —repetía la insensata.

—Cierto, me lo decías —confirmaba el sultán, mientras la apretaba contra su pecho—. Debí escucharte. Pero, ¿no es verdad, también, que rechazaste sus regalos y su amistad, incluso recientemente cuando vendió el caballo por darte gusto? ¿Puede que una de las razones, por las que ha vuelto a casa de su padre, sea que tú, Jalila, le has amargado la vida en el harén hasta lo insufrible?

—Pero ella... la adivina... —balbuceó, buscando evasivas, en tanto comprobaba cómo la presión del abrazo se hacía más fuerte, inmovilizándola.

—Tal vez, sí. Quizá no. Cuando la haga hablar, y después de matarla, Jalila, iré a contártelo... a tu tumba —le garantizó, hundiéndole el áureo puñal de orejas entre las costillas, en mitad del corazón, hasta el fino recazo.

El chorro caliente envolvió la mano de al-Burtugali y descendió como un arroyo sobre las losas de mármol. Umm Abd Allah ahogó un grito. El despiadado monarca dejó caer el cuerpo, ya exánime, de la esposa. Goteándole la sangre, se aproximó a la fuente, para lavarse las manos.

—Aparta de aquí esta escoria —exigió al seboso jefe de los eunucos que, inmediatamente, arrastró el cadáver fuera de la estancia, entre resoplidos de fatiga—. Manda que vengan esclavas y limpien el suelo. Y tú, Gulzar, vuelve a tus aposentos —pidió a Umm Abd Allah.

Entretanto una de las esclavas vertía agua, otras dos iban secando las baldosas. En unos instantes no quedaban vestigios del luctuoso incidente. Y es que, para el sultán, nada había pasado, salvo que, en parte, saciaba su sed de sangre y calmaba la rabia gracias a la importuna intrusión de la deslenguada Jalila. Pronto necesitaría dos esposas nuevas.

Al mando de Fâtin, diez hombres cabalgaban ya a más de legua y media de Fez, cuando Salîm entraba al taller, comentando a Aisha la noticia que a esas horas corría por toda la ciudad: la joven sultana se había fugado en compañía de su aya y sólo escoltada por un guardia.

Yúsuf se fue al patio y desde allí lo reclamó con una excusa tan endeble, que el comerciante salió con ánimo de reprenderlo por interrumpir su charla con tonterías; pero el muchacho le dio el mensaje con mucho misterio y lo advirtió del peligro.

—Me lo ha dado Estevan para ti. Dice que no hables de su contenido con nadie.

El viejo rompió el sello de cera, desdobló la hoja de papel y se dispuso a leer.

En el nombre de Dios, Clemente
y Misericordioso.

Respetado amo, pues siempre te consideraré así:
He entregado esta misiva a Yúsuf, para que llegue a tus manos en el momento en que parto para mi tierra, pues el afecto me impediría despedirme de ti.
Ahora mismo cabalgo en dirección a Asilah, en donde me embarcaré, junto con las dos personas que me acompañan, en una nave portuguesa que nos llevará a la villa de Faro. Desde allí, no me será difícil encontrar los medios que me llevarán a reunirme con mi familia, que con tanta ansia he deseado.
Siento que has sido un padre para mí, y como tal, espero tu silencio. También te pido que sepas perdonar mi cobardía, por no sentirme capaz de ir a abrazarte.
Cuento con tu bendición.
Que Allah te colme de venturas.

Salîm sólo tuvo que casar la noticia del día con el mensaje para sacar las conclusiones apropiadas, convenientes a los planes de Estevan.

—¿Será estúpido? —dijo en voz alta y en presencia de Yúsuf—. ¿Tú qué miras?, ponte a trabajar —espetó al joven.

¿Silencio?, pensó. Si lo guardara por un esclavo no ganaría nada y sería tan estúpido como él. En cambio, si declaro lo que sé, se valorará en palacio el gesto de lealtad, y reforzará mi posición como proveedor.

El viejo, determinado en su ruindad, se apresuró a correr hacia la fortaleza, sin dar más explicaciones. Una vez en ella, aunque sofocado por la carrera, pidió hablar con el oficial que estuviera al frente de la guardia y le enseñó la misiva. Éste se la llevó a Haidar y el eunuco al visir, quien consideró que el sultán debía de ser informado.

A la vista del mensaje, el monarca se quedó pensativo.

—¿Ha sido tan infame como para escaparse con un guardia a territorio cristiano? Esto lo pagará con creces, ¡por mi vida! Dile a esos dos que pasen, visir.

—Mi señor, el soldado fue esclavo en casa del comerciante que espera fuera. El mismo que le salvó la vida a Yumana y que ella manumitió y reclamó como guardia personal —expuso.

—¿Enamorados? —preguntó, atónito.

El visir se encogió de hombros y encargó que les franquearan la puerta a los dos hombres.

—Oficial —dijo al-Burtugali, sin otorgarles tiempo para terminar las reverencias—, envía un correo a Fâtin y que los busquen en Asilah.

En cuanto quedaron solos, el sultán se dirigió a Salîm:

—Cuenta, mercader, qué más sabes.

—Todo lo que sé está en ese papel, mi sultán. En el momento que lo he recibido he venido a transmitirlo.

—Según me ha sido dicho, el soldado fue esclavo tuyo —observó, por primera vez interesado en el guardia—. ¿A quién se lo compraste?

—A Ahmad, el mercader de esclavos.

—¿Y él cómo lo obtuvo?

—Lo ignoro, mi señor; pero recuerdo que ese día tenía seis a la venta, todos blancos y cristianos.

El monarca dio cara al visir.

—Hazle venir cuanto antes. Quiero averiguar en qué población vivía y cómo llegar hasta él. Si se creen libres de mí, por huir a tierra de infieles, están equivocados.

—Él nació en Mixas, ¡oh amado sultán! —habló, sin ser preguntado, el viejo.

—¿Y tú cómo te llamas? —le preguntó.

—Mi nombre es Salîm, tu humilde y fiel vasallo —dijo, haciendo la genuflexión que antes no pudo.

Al-Burtugali sonrió, mirándolo detenidamente. El comerciante empezaba a tocar, con las puntas de los dedos, un futuro prometedor, demostrada su voluntariosa participación. Sin duda esto lo haría merecedor de confianza.

—Pues bien, Salîm, probarás mi hospitalidad. He de ser cauto, ¿sabes? —exponía el sultán, como si el interlocutor fuera digno de oír sus conjeturas—. Primero, nos dirigimos a casa de sus padres; ahora, apareces tú con un nuevo destino. ¿Y si no son más que planes para desorientarnos? En tal caso, no sería bueno dejarte libre, porque podría ser que alguien, en contacto contigo, les informara de nuestros pasos. Prefiero que te quedes aquí, con nosotros. Tenemos unas mazmorras magníficas, en las que te pudrirás, desde luego, si nos estás engañando. De otro modo, serás recompensado respetando tu libertad y tu vida. ¡Lleváoslo!

El visir disimulaba su hastío. Un asunto doméstico no debía convertirse en una cuestión de estado, con la cantidad de problemas que tenían en unas fronteras que, dada su constante movilidad, ni siquiera podían ser calificadas así. ¿De qué vale recuperar a una mujer para luego matarla, mientras los enemigos tomaban grandes extensiones de territorio que, después, con inmenso empeño reconquistaban, cuando no eran derrotados, gracias al sacrificio de incontables soldados? Los monarcas anteponen el orgullo a sus objetivos, sin respeto por las verdaderas prioridades.

Los caballos se habían comportado bien. Durante la noche, que para suerte de ellos se había despejado, la luna iluminó el rocoso camino, lo que les permitió galopar en algunos trayectos. Al amanecer hicieron un alto, para que los animales se alimentaran de las pocas hierbas que crecían junto a las piedras; bebieron en la multitud de arroyos que cruzaban y continuaron el viaje, pero fuera de la senda y a pie. Separados prudentemente, aunque sin perder de vista la ruta, podían vigilarla para no extraviarse, y permanecer advertidos de todo el que pasara por allí, sin que fueran descubiertos. A mediodía ya habían recorrido más de catorce leguas. Estaban cansados, sudorosos, no obstante haber pasado frío, y sobre todo, hambrientos, mas a poca distancia de los bosques, en donde lograrían esconderse mejor.

Yumana demostró que sabía cabalgar como un hombre. Estevan contaba con que, acostumbrada a una existencia entre almohadones y comodidades, la agotaría la dureza de la empresa y que tendría que darle ánimos, pero ni una queja salió de sus labios. Warda, pese a su edad, aguantaba igualmente.

Como era inimaginable pensar que no se hubieran percatado de la ausencia de la sultana, el hecho de no haber sido alcanzados ya, sólo apuntaba a que, tal como previeron, la buscaban en casa de sus padres. Eso les daba margen, quizá todo el tiempo necesario para llegar. Si, además, surtiera el efecto deseado la misiva a Salîm, cuando quisieran reaccionar estarían en Mixas, pensaba el cristiano.

Esa noche debía dejarlas descansar unas horas. El rostro de Yumana acusaba la tensión y el cansancio. Él haría guardia y luego partirían. Los animales también lo precisaban y no era cosa de reventarlos, pues sin ellos los planes podían irse al traste. Ahora, por lo que refirieron Bashira y la muchacha, no debían de estar a más de jornada y media del Peñón de Vélez. La distancia era similar a Al-Yebha, sólo que más al oeste. Gran parte de los carriles y cañadas, pues, coincidían con los que pasó a su llegada.

Al oscurecer ya habían dejado atrás la población de Taunat, evitándola. Los bosques de cedros serían el sitio apropiado para detenerse.

Se apartaron de la vía y se internaron en la frondosidad de la exuberante arboleda. Las dos mujeres se sentaron, una vez trabados los caballos, tras un promontorio que las ocultaba. Estevan tenía que conseguir comida, pero se resistía a cazar, puesto que el fuego delataría su situación.

—Esperadme, pero no os mováis de aquí —dijo, dejándole el puñal a Warda—. Iré a ver si encuentro algo que sea comestible.

El joven se esfumó por una estrecha vereda, penosa de seguir, difusa, por poco frecuentada, no sin antes observar bien el lugar que abandonaba, para orientarse a la vuelta. Pensaba buscar semillas o frutos secos que consolaran, al menos, el mordisco del hambre.

Con la espada en la diestra, caminó por el borroso sendero. Pronto escuchó ladridos. Un grupo de perros le había olfateado. Ahora restaba por saber si era una jauría salvaje, en cuyo caso peligraba su integridad física, o si se trataba de animales que guardaran ganado o la propiedad de algún labriego. Cuando la senda se aclaró lo suficiente, acertó a ver una débil lucecita a lo lejos. Conforme se acercó, pudo distinguir una casita de adobe con una pequeña ventana, poco más que un orificio por donde cabría la cabeza de un niño, de donde partía aquel tenue resplandor, el fuego del hogar. Antes de aproximarse más, envainó el arma, para no provocar el temor de los habitantes. Enseguida se oyó el chirrido de unos goznes y salió un hombre provisto de un palo, alarmado por los insistentes ladridos, inspeccionando desconfiado a su alrededor, por si había jabalíes, peligrosos y abundantes en aquellos pagos.

Estevan surgió de la maleza y procuró colocarse donde se le pudiera ver, levantó las manos abiertas, deseó la paz al hombre y se mantuvo inmóvil. El otro contestó al saludo y preguntó:

—¿Quién eres y qué quieres a estas horas?

—Somos tres viajeros que descansan en la noche, pero la bolsa con nuestro sustento se desprendió de la grupa del caballo, sin que nadie se diera cuenta —improvisó—. Vengo a solicitar de tu hospitalidad que nos vendas algo, de lo que te sobre, para aplacar el hambre.

—Poco sobra aquí; pero acércate más que pueda verte bien —dijo el campesino, acallando a los perros que, prestamente, se arrimaron a olisquear al forastero, meneando los rabos, jubilosos.

El muchacho obedeció y adelantó tres o cuatro pasos.

—¿No dices que sois tres? —interrogó, escrutando en derredor—. ¿Dónde están los otros dos?

—Se han quedado en el campamento. Yo buscaba frutos, cuando vi tu casa. No temas, basta con que me digas que no tienes nada y me volveré por donde vine.

—Espera ahí mismo —respondió.

Al rato regresó con su mujer, que sostenía dos fuentes de arcilla, con queso, carne seca de chivo, pan y rosquillas con sésamo cocidas al horno. El mijeño reparó en que ambos andaban descalzos por los guijarros, con toda naturalidad.

—¿Serán suficientes estas monedas? —dijo, seguro de que excedían, largamente, cualquier precio que el rústico se hubiera atrevido a pedir.

—Por esta cantidad —le ofreció, luego de contarlas—, te puedes llevar también las fuentes.

Estevan propuso cambiarlas por una talega, más fácil de transportar. La esposa trajo una de tela basta, pero limpia, que llenaron con las viandas, y el viajero retornó al claro donde estaban las mujeres.

No estaba muy alto el sol, cuando los evadidos se habían distanciado, de su lugar de descanso, unas cuatro leguas por entre agrestes trochas desde las que a duras penas podía vigilarse el camino principal. En ese mismo instante, Fâtin y sus diez hombres, rodeaban Salé, hacia el sur. Habían recorrido treinta y seis leguas, prácticamente a galope tanto de día como de noche, con los únicos, y brevísimos, descansos a que les obligaba el cambio de caballos por otros de refresco, en los acuartelamientos y contadas casas de postas.

Los centinelas de la fortaleza, de medianas dimensiones, pero sólida y resistente, de Sidi Kadar, alertaron de la llegada de una pequeña tropa. Bajo las almenas, Fâtin se dirigió a uno de los oficiales:

—Soy Fâtin Ben Ammâr, capitán de la guardia del sultán. Vengo por orden suya para hablar con tu señor. Avísale de que no nos moveremos de aquí hasta que me reciba y adviértele que no hacerlo sería entendido como una grave ofensa para nuestro soberano, que castigaría sin miramientos. ¡Abrid las puertas!

Al oficial no le gustó el tratamiento que se les daba.

—Tendrás que aguardar la decisión de Sidi Kadar, seas quien seas. No pienso abrirlas hasta que él lo disponga. Iré a preguntarle.

Al cabo de unos minutos, sin más conversación, pudo escucharse el ruido de fallebas y pasadores al descorrerse. Los soldados entraron al patio de armas, en mitad del cual, a pie firme y con las manos apoyadas en las caderas, les esperaba el propio personaje con el rostro airado. En esa postura exhibía su lujosa espada, colgada del tahalí que le cruzaba el pecho, de empuñadura con labores de ataujía. Era una temeridad recibirles así; no obstante, los arcos y ballestas de la guardia apuntaban a los fesíes.

—¿Qué ocurre con tanta urgencia? ¡Contesta rápido o lamentarás tus insolentes modales, capitán! —aseveró, brillándole la cólera en los ojos.

A Fâtin no le sonó aquella altiva réplica a la característica reacción de un culpable, pero los poderosos solían ser muy listos. Tendría que presionar.

—Me envía el sultán para que me entregues a Yumana, sin más dilación —dijo, desmontando—. De lo contrario, me manda decirte que, a pesar del afecto que sabes que te tiene, acudirá él mismo al frente de su ejército y no dejará piedra sobre piedra.

El desconcierto se hizo patente en la cara de Sidi Kadar, aspecto que tampoco pasó desapercibido al capitán.

—¿Yumana? ¡Mi hija está en el serrallo del palacio de al-Burtugali, o ahí debería estar! ¿Qué clase de emboscada es ésta? —inquirió, para agregar a seguido—: Si nuestro soberano ha perdido su confianza en mí, que lo diga abiertamente. Le soy leal y sabré obedecer; pero que no se invente excusas para atacarme, porque entonces levantaré a mi pueblo contra él.

—¡Tu hija no está en palacio! Se ha fugado de noche en compañía de su aya y de un soldado. Será mejor, créeme, que si se encuentra en tu casa, no la ocultes por más tiempo.

Amina, que lo había oído todo desde un vano, corrió escaleras abajo, al patio, llorando desconsolada.

—¿Dónde está mi hija? —gritaba entre sollozos—. ¡Búscala, esposo mío!

—Cálmate, Amina —dijo éste, sujetándola por un brazo, por que no se derrumbara al empedrado—. Dime, capitán, ante Allah, ¿lo que cuentas es verdad?

—Por Allah que lo que digo es cierto; pero ahora te requiero para que tú lo atestigües de igual manera.

—Te afirmo, sobre el Corán, que no sólo mi hija no está aquí, sino que desconozco su paradero. ¡Que Allah me fulmine si te engaño! —Y, tras una pausa, continuó, entristecido—: Mi hija me ha deshonrado, pero tendrá su castigo, te lo aseguro.

—De eso se encargará el sultán, señor.

—Está en su derecho —aceptó, e hizo un gesto por el que la guardia dejó de amenazar con sus flechas a los recién llegados—. Dadles agua a los caballos y atended a estos hombres en lo que necesiten —conminó a los suyos—. Pasemos al interior, hay que hallar a Yumana.

—¿No la habrá raptado el guardia? —sugirió, después de sentarse en un almohadón, junto a una mesita.

—Lo habíamos pensado; pero, ¿qué pintaría Warda? No tiene lógica que la rapte con su aya.

—No, desde luego que no —admitió—. Además, ya estaría muerto. De haber obrado de esa manera, Warda lo mataría, sin duda. Tiene que ser, entonces, voluntad de mi hija ¡maldita sea!

Sidi Kadar y Fâtin prosiguieron examinando los escasos datos que poseían y evaluando posibilidades, baldías a la postre. Quizás alguien les habría ayudado desde fuera; pero, ¿quién? Los centinelas de la puerta no vieron salir a nadie, excepto los que a diario la cruzaban, luego debían de haber aprovechado la brecha de la muralla. Sin embargo, todavía les quedaría por atravesar las puertas de la ciudad. Pero, sobre todo, las incógnitas se centraban en la dirección que habrían tomado y el destino hacia el que huyeran.

Transcurrió una hora, durante la que no sacaron ninguna conclusión que les facilitara forjar un plan razonable, para desesperación de los dos hombres, pues, ¿cómo se presentaba el oficial ante el monarca con las manos vacías?

De repente, entró un miembro de la guardia, que se dirigió a Sidi Kadar.

—Señor, ha llegado de Fez un correo para el capitán. Dice que es muy importante.

—Que pase —ordenó.

Fâtin estudió el mensaje y, mientras se incorporaba, se lo dio a leer al dueño de la fortaleza.

—Parto ahora mismo para Asilah —concluyó.

—Yo iré contigo. Comprende que es mi hija —justificó el prestigioso cabecilla—. Sólo me llevaré a cinco de mis hombres —quiso aclararle, para que supiera que no se acompañaría de fuerzas suficientes para enfrentársele, una vez encontrada a Yumana, y que acataría lo que hubiese decretado el soberano.

Al soberano, que no dejaba de darle vueltas a la cuestión, le parecía insensato que Yumana escapara, justamente, al reino que atentó contra su vida; pero se convenció aún más cuando el visir declaró su extrañeza sobre el asunto. Si realmente se fuera con los portugueses, éstos se servirían de la oportunidad que se les daba para, como mínimo, secuestrarla y reclamar tierras o prisioneros a cambio. Por supuesto que no les haría ningún caso, pero ellos lo ignoraban. Racionalmente, este pensamiento tendría que haber asomado en la cabeza de ella, en uno u otro momento, de forma ineludible. Así, pues, o permanecía escondida una razón extraordinaria que ellos desconocían, o les encaminaba hacia una dirección falsa. ¿No sería más natural que huyeran a España?

Al-Burtugali tomó apresurado la medida de enviar unos cuantos hombres al Peñón de Vélez de la Gomera. Si desde Asilah pretendían llegar al reino de España en lugar de a Portugal ahí estaría Fâtin; pero si la salida era por el Peñón, había que actuar con celeridad. Asimismo, informado por el mercader de esclavos de que Ashkura de Smyrna fue el corsario que apresó al cristiano, mandó que, después de ir al Peñón, los soldados marcharan a Al-Yebha, caso de que la fuga hubiera tenido éxito. Quería encomendarle una misión al turco.

Los cuatro soldados elegidos, conscientes de la presteza que exigía el sultán y del castigo a que se exponían, cabalgaron como relámpagos. También suponían la importancia del premio, en el caso de que apresaran a los prófugos; pero el camino no disponía de casas de postas, ni campamento militar alguno, para sustituir los animales por otros descansados, por lo que, pese a que continuaron incluso un buen rato después de oscurecer, decidieron hacer un alto, tras casi diez leguas de recorrido sin interrupción. Los caballos estaban empapados por el esfuerzo y, los cuellos, salpicados de los blancos espumarajos, que se desprendían de entre sus belfos.

Estevan y las dos mujeres hicieron lo mismo, pero bien dejado atrás el poblado de los Ketama. Ahora, la alta cima del Tidghin quedaba a sus espaldas, aunque ya no se divisaba, de ella, más que el contorno de una gran mole oscura, contra el cielo estrellado.

Como en la noche pasada, los viajeros se emboscaron tras los árboles, cuya densidad se aligeraba paulatinamente. En la jornada posterior, pocos habrían de encontrar, en su camino hacia la costa.

El cristiano, aun cuando los párpados luchaban por cerrársele y las piernas le pesaban, anquilosadas, por las horas que llevaba subido al caballo, seguía obstinado en hacer él solo la guardia nocturna y que Yumana y Warda repusieran fuerzas. Quizá, debido al desgaste acumulado, no se enteró de que los aullidos que venían escuchando se habían silenciado. Sacaron lo que todavía restaba de la talega y se dispusieron a comer una parte del alimento, por dejar una ración para el otro día.

La manada de chacales dorados, apareció rodeando al grupo. Previamente separados, para sorprender a su posible captura, cada uno salió detrás de un árbol o una roca diferente. Los carroñeros, famélicos, habían olfateado comida y el inconfundible olor de los caballos, a los que no temían, pero nunca se atreverían a hostigar. Tampoco atacaban a seres humanos, sino a presas no más grandes que cabras, por lo que encontrarse con más de una persona los dejó clavados al suelo. Tendrían que huir, mas ahora se sentían amenazados, como si hubieran caído en su propia trampa, y gruñían enseñando los caninos, retadores.

El grito entrecortado de la joven y la visión de los animales, sacó de la somnolencia a Estevan, quien, con agilidad, desenvainó la espada. No eran más de cinco y para ser lobos no tenían corpulencia; pero el muchacho nunca había visto chacales. Le pasó el puñal a Warda, que hizo cuerpo con el mijeño, protegiendo entre ambos a Yumana. Estevan avanzó un único paso, para centrar la atención en él y probar a blandir el arma, por si, asustados, terminaban por retirarse; pero únicamente sirvió para que apenas retrocedieran.

Inesperadamente, las bestezuelas giraron la cabeza hacia un punto determinado, fuera de ellos. Las dos mujeres y él mismo buscaron en ese lugar el objeto de su distracción. Un anciano, con la cabeza cubierta por la voluminosa capucha de su chilaba parda, contemplaba fijamente a los chacales, que parecían haber quedado embrujados. De sus rasgos, sólo podía observarse la respetable barba blanca. El hombre no emitió sonido alguno pero, a un gesto de su mano, huyeron despavoridos.

A continuación sucedía otro hecho inexplicable: Warda cayó de bruces solicitando perdón, en nombre de los tres, por haberse refugiado en el bosque.

—Levántate, mujer. No habéis cometido ninguna falta.

Aquí viene quien lo necesita —manifestó el apacible anciano—. Ya no corréis ningún peligro, excepto el cristiano, pero será al otro lado.

Estevan buscó asombrado los ojos de la joven sultana, mientras Warda se ponía en pie. Cuando fueron a preguntarle el significado de su declaración, el extraño individuo ya no estaba, por inaudito que resultara. El muchacho corrió, decidido a encontrarlo, pero fue inútil, se había desvanecido en medio de las sombras.

—Warda, ¿qué ha sido todo esto? —preguntó Yumana—. Jamás te he visto tan sumisa como para tumbarte a los pies de un desconocido, por muy raro o poderoso que fuera.

—Hay algunas cosas que tú no sabes, niña. Estos bosques son sagrados. Los hombres santos, los morabitos, habitan aquí, vivos o muertos. No se les debe perturbar. Nadie osaría tocar ni una rama. Él es uno de ellos. Lo comprendí cuando los chacales le obedecieron, y quise mostrarle mi respeto.

—No comprendo nada, Warda. No vino a increparnos. Nos libró de las fieras —dijo Estevan—. De ningún modo lo juzgaría temible, sino al contrario. Pero, ¿tú estás diciendo que puede estar muerto? —inquirió, impresionado.

—No lo sé. Pero no dudo de que es un morabito. Si no me crees, ¿cómo supo que eres cristiano? Además, tú mismo lo has visto desaparecer sin un ruido; ni el roce de las piedras bajo sus pies, ni el crujir de una ramita. Tal como llegó.

—Siempre pensé que los musulmanes no teníais santos a los que adorar —reconoció el mijeño.

—No los tenemos, pero ellos son anteriores al Islam. No los adoramos como vosotros, pero tú has estado en presencia de uno que no pisa el suelo. Mañana no hallarás huellas —aseguró, sentándose.

El firme comentario de la vieja aya produjo un estremecimiento a los jóvenes, que se cogieron de las manos.

—Dormid los dos. No tengo sueño. Yo haré la guardia,

aunque no sería necesario, porque el morabito ha dicho que no corremos peligro. Excepto tú, Estevan, pero no ahora.

—Al otro lado —recordó el muchacho.

—Sí, al otro lado... del mar, me figuro. En tu tierra —dijo Yumana.

El ulular del búho sonó tranquilizador. Apoyaron sus espaldas en la lisa roca calcárea, que el musgo verdinegro volvía mullida, y se durmieron. Pero antes, Estevan besó los tiernos labios de su amada. Juntos, sonrientes, sabiéndose protegidos, se deslizaron por el plácido umbral del mundo de los sueños.

Progresaba la noche y también los soldados que galopaban hacia la distante Asilah, a cuyo frente iban Fâtin y Sidi Kadar. En cambio, los perseguidores más directos seguían descansando a bastantes leguas del grupo. El santón sabía lo que decía. No podrían acortar la ventaja que les llevaban.

Antes de alborear, Warda despertaba a los enamorados. Estevan protestó pensando en que debían haberse puesto en marcha mucho antes, pero la vieja procuró calmarlo haciéndole entender que era mejor llegar a su destino amparados por la oscuridad.

Entre tanto, las esposas dormían en sus habitaciones; pero la inquietud y el nerviosismo predominaban en la atmósfera del harén. Pasaban el día sumidas en un mutismo que revelaba su preocupación. La muerte de Jalila, sacrificada como un perro, y la no menos segura de Yumana si la localizaban, las inclinaba a reflexionar sobre la propia suerte, porque cualquier detalle podría salpicarlas. Incluso Bashira había sido interrogada por Haidar, que tampoco las tenía todas consigo, como responsable del gineceo. La adivina adujo que sus conversaciones se habían limitado a contestar las múltiples preguntas que la joven sultana, por curiosidad o por matar el tiempo, le hizo sobre su vida en Guaro, pero que en absoluto tuvo interés por sus artes.

Para el eunuco jefe, aquellas declaraciones no bastaban. Él era un experto en el conocimiento del alma femenina. Sabía que una charla entre mujeres no se circunscribía a un solo contenido, sino que abarcaba numerosas ramificaciones. Que Bashira insistiera en que la sultana únicamente se había atenido a un asunto, le sugería que escondía otros, culpables, que no le beneficiarían que salieran a la luz. Apelaría a la intimidación, en la que también estaba muy ejercitado. Pero Haidar había subestimado la astucia de Bashira, que soportó con estoicismo su larga cadena de amenazas. Cuando llegó a la definitiva: llevarla ante el soberano, como ella ya tenía previsto, aparentó estar atemorizada y confesó que Yumana le consultó sobre perfumes, por lo que se sentía responsable, en cierta medida, del atentado sufrido, pues ella le había recomendado al perfumista, aunque no que saliera de palacio.

La respuesta de la adivina, absurda, pero solamente proporcionada en el momento en que la amedrentó con el que él consideraba el último peldaño del miedo, lo convenció de que la fugitiva no confiaba lo suficiente en Bashira, ni en nadie, como para haberle contado sus planes.

216 Desistió, por tanto, de llevarla al salón real por temor a ser objeto de escarnio o algo peor, con semejante testimonio delante del monarca, que no le toleraría el menor desacierto. Asimismo, Umm Abd Allah había salido en defensa de la hechicera. Sin embargo, le favorecería llevarle al sultán carne que sacrificar, antes de que se acordara de la suya. Debería buscar en otra parte y pronto.

Al-Burtugali se impacientaba sin noticias, mas era consciente de que mandaba la distancia. No obstante, le consumía la incertidumbre. No podría tomar decisiones, que serían atropelladas, sin información. Se sentía humillado y escarnecido por una hembra. En cuanto supiera si había conseguido escapar, atacaría el lugar del que se hubiera servido, fuese portugués o español. No conseguía quitarse de la cabeza a aquella maldita mujer.

Los evadidos, a la inversa, no tenían en la cabeza más idea que alcanzar su destino. Cayó la noche, pero bastante antes, por aquél tortuoso camino sembrado de guijarros, les había llegado el salobre aroma del mar.

En la cuesta abajo, cada vez más pendiente, la inseguridad de los caballos sobre las móviles piedras aconsejó que desmontaran. Pronto se escuchó un rumor, acrecentado conforme ellos se aproximaban. Eran las olas, que anticipaban la inminencia de la orilla, y a su anuncio se iba sumando la gradual dispersión de las piedras, hasta quedar sólo arena. Estevan montó en la silla y las mujeres le imitaron. Respiró hondo. El pecho, por fin, henchido de brisa marina; brisa del otro lado, pero del mismo mar. El joven ni siquiera hizo amago de castigar los ijares pero, a una sacudida de las bridas, el animal galopó sin pasar por el trote, y los demás lo siguieron por la playa.

Por desgracia, el regocijo de la orilla arenosa no superaba el cuarto de milla. La playa terminaba en un frente de rocas e inmediatamente partía, a derecha de ellos, un sendero pedregoso en zigzag, de más de milla y media, con penosas subidas y arriesgados declives.

Finalmente, tras mucho esfuerzo y coraje, cumplieron su objetivo; pero, a la primera ojeada, el Peñón de Vélez desveló la contrariedad de ser un islote, sin acceso desde tierra. Desde allí, las voces para notificar su llegada serían amortiguadas por las olas. Éste era uno de los percances imprevistos que quiso tener en cuenta el mijeño. Después de tantos riesgos, perderían una noche allí fuera, hasta que los vieran por la mañana. No les quedaba comida ni agua para ellos ni para los animales. Yumana estaba consternada.

Estevan había observado a poca distancia un bulto curvado que afloraba en la playa. Se acercó y resultaron ser dos embarcaciones iguales que, juntas, estaban varadas en la arena. Por sus formas, más parecían barcazas o balsas dedicadas al transporte, que a la pesca. Inspeccionó a su alrededor y, adherida a un alto risco o quizás aprovechando un hueco de éste, localizó una choza. No era sencillo hallarla a simple vista en la oscuridad, porque no resaltaba en el terreno, mimetizada con la vegetación de la costa, que se derramaba por la endeble techumbre. Sin pensarlo, corrió hacia ella y aporreó la puerta, sin parar, con demasiada resolución. Enseguida se escuchó la voz iracunda de un hombre arrebatado del sueño.

—¿Quién es?, ¿qué pasa a estas horas?

El cristiano comprendió que, si no encontraba rápido un argumento que interesara al ocupante de la choza, no le haría salir por más que le suplicara. Se aseguró que, desde la única ventanita que poseía la casilla, no vería las embarcaciones y dijo:

—¡Esas dos barcazas de ahí fuera están ardiendo!

El hombre abrió la puerta con rapidez y se precipitó a la playa, maldiciendo a diestro y siniestro. Cuando llegó a las barcazas se volvió a Estevan, tan furioso como asustado:

—¡Es mentira! ¿Qué es lo que quieres de mí? —preguntó, mientras se acercaban las mujeres.

—Sí, has tenido suerte —respondió Estevan—. Doble suerte, porque necesitamos tus barcazas para que nos lleves al islote con nuestros caballos. Te pagaremos bien. Estamos hambrientos, sedientos y cansados.

—¡Tendréis que esperar a mañana! —soltó, con un feroz resoplido.

—No podemos esperar. Corremos peligro aquí. Si no aceptas llevarnos, tendremos que hacer señales y lo único que se me ocurre es prenderle fuego a tu miserable casa, contigo dentro, para que se nos vea bien desde la fortaleza —expuso con aplomo.

El pobre hombre los miró. Warda asentía, en silencio.

—Os llevaré, aunque tendréis que ayudarme para arrastrarlas hasta el agua. Los animales podrían valer. Después, engancharé una a la otra y cruzaremos a la vez. Pero, con carga, no puedo remar yo solo.

—Bien, tú irás con los caballos, delante, y yo en la de atrás, con las mujeres —decidió el muchacho—. Te pagaré la mitad ahora —y le ofreció una generosa suma, igual a la que ganaba en todo un día.

En menos de media hora habían pasado al peñón. Por fortuna, la mar estaba en calma, la distancia era corta y los caballos, quizá por exhaustos, embarcaron con docilidad en cuanto remolcaron las balsas. Ni siquiera les puso nerviosos la campana que, cada cierto tiempo, tocaba el barquero, con el fin de avisar de que era él quien arribaba y no avanzadillas enemigas.

Atracaron junto a la única nave que allí se hallaba, un bajel mercante, un bergantín nuevo de doce brazas de eslora, con dos mástiles y diez piezas de artillería en cubierta. En la proa podía leerse su nombre: «Santo Domingo».

La guardia asomó por encima de la muralla. Eran dos hombres, menudo uno de ellos, y una vieja mora.

—¿Quiénes sois y qué queréis? De noche el alcaide no permite la entrada a nadie —les previno—. ¡Os tendréis que volver hasta mañana!

—Soy Estevan Peres, cristiano de Mixas —dijo, en español—. Acompaño a Yumana bint Kadar al-Fahd, esposa del sultán al-Burtugali, que desea acogerse a la hospitalidad de nuestro señor el rey. Nos persiguen soldados desde Fez. ¿Cómo se llama tu alcaide? —preguntó con autoridad.

—Don Juan de Villalobos —contestó el guardia.

—Pues dile a don Juan de Villalobos que no puede hacer esperar a una sultana. ¡Vamos, hazlo con premura!

El oficial de guardia informó de lo que ocurría al alcaide que, en ese momento, disfrutaba de las libidinosas caricias de una mora traída de Badis.

—¿Han venido con el barquero o en otra nave? ¿Habéis visto si alguien más rondaba el islote? —inquirió, cauto y molesto por la interrupción.

—Nadie, señor. Sólo están ellos y Mustafá, el barquero.

—Ábreles la puerta, entonces, pero redobla la guardia y permaneced atentos. Todo esto me parece muy raro —dijo, despidiendo a la muchacha.

El militar volvió a la muralla y mandó que les dieran paso franco, al tiempo que ordenaba que despertaran a algunos hombres. Después, él mismo bajó a recibirles.

—Dejad los caballos aquí. Tenemos que subir escaleras —explicó—. Seguidme, don Juan estará ya aguardandoos en el patio.

219

El alcaide, en efecto, les esperaba arriba, en el centro de la fortaleza, con aire entre cortés y desconfiado, que a ambas posturas se sentía exhortado ante la insólita circunstancia. No había omitido portar su espada, por si era una trampa o una descabellada burla; porque, si se trataba de uno de estos casos, purgarían la imprudencia de haberle sacado de la cama cuando más a gusto se solazaba.

De estatura algo inferior al mijeño, el caballero era dado al buen comer, cosa que, por la pobreza de los bastimentos enviados para sustento de la pequeña guarnición de treinta hombres, tenía muy desatendida. De manera que la obligada parquedad lo dotaba de una figura, si no demasiado esbelta, al menos garbosa. No obstante, de lo que no se dispensaba, era del regalado goce de unos senos jóvenes, erguidos y rebosantes; aunque, si era menester, se resignaba a otros que fueran menos orgullosos o lozanos, con tal de poseer una complaciente vulva, ardiente o no, pero dispuesta a saciar sus lúbricos apetitos a cambio de una bolsa, tacaña siempre. De estos negocios suyos, por los que hasta en Málaga tenía fama de lascivo, se encargaba el propio barquero, Mustafá, que era, por así decirlo, el proveedor de carne del castillete.

De cierto, la última adquisición, con la que justamente aquella noche se recreaba, superaba en frescura y atractivo la media de las anteriores, si se era capaz de ignorar las dos largas cicatrices con que, algún zurdo incapaz de contener su despecho, le había afeado la mejilla derecha. Por esto su irritación y nerviosismo. Para una vez que le entregaban una buena trotona, le estorbaban a mitad de la faena.

Ceñudo y malhumorado, cuando vio que se le acercaban dos hombres y una vieja, echó mano al arma, aun sin extraerla de su vaina. Aquella anciana con aspecto de servidora, no podía ser la esposa del soberano de Fez. Estevan, por su parte, respondió con el mismo gesto, alarmado, pero Yumana creyó comprender y retiró la capucha, dejando al descubierto sus cabellos y el rostro inequívocamente femenino y delicado de una auténtica sultana.

—Pero, ¿cómo es posible? —acertó a decir—. ¿No se trata, entonces, de un engaño?

—No lo es, mi señor don Juan. Mi señora escapa, y su aya —dijo, señalando a Warda— y yo, Estevan Peres, con ella, del palacio de al-Burtugali, a tierras cristianas para abrazar la verdadera fe. Si Dios lo quiere y el rey lo consiente, también contraeremos nupcias.

En ese instante, la joven se dirigió a Estevan, para que tradujera sus palabras al alcaide.

—Dice la señora —expuso, al cabo—, que le facilitaremos todas las explicaciones que necesite, pero que nos haga la merced de invitarnos a pasar al interior de alguna sala, donde podamos hablar con comodidad, pues estamos fatigados y sedientos. También le quedaremos muy obligados, si nos ofrece algo que nos sirva de sustento, que pagaremos al precio que proponga.

—Perdonad mi descortesía, pero me habéis cogido desprevenido, al no tener noticias de vuestra visita. De esa estancia —especificó, señalando una que daba al propio patio— podemos valernos. En cuanto a viandas, poco puedo ofreceros —declaraba, encabezando la marcha hacia el aposento—, pero algo se hará, sobre todo si os gustan los bizcochos. Sé que no es gran cosa, pero es de lo que disponemos. Eso sí, será por cuenta de su majestad y no habréis de pagar nada. ¿Acaso no habéis comido en todo el día?

—No hemos probado bocado desde ayer. Calculamos que cuantas menos cosas acarreáramos, más ligeros andaríamos y menores serían los riesgos de despertar suspicacias —aclaró—. Por consiguiente, no nos hicimos de provisiones, ni siquiera de mantas. Conseguimos algunos víveres en la casa de un labriego, en el viaje, y con esto nos alimentamos hasta consumirlos.

El alcaide, entretanto el muchacho narraba, pidió que les sirvieran de lo que hubiera en las cocinas, además de agua para las mujeres y vino para ellos dos. Yumana, Estevan y De Villalobos se sentaron a la mesa, mas Warda lo hizo en el suelo, un poco atrás y a la izquierda del alcaide. El hombre pensó que sería la costumbre, y en parte así era, pues un aya nunca compartiría mesa con su señora, pero la posición que ocupó implicaba algo más que, aunque él ignoraba, no dejaba de inquietarle. Su instinto no le engañaba. El joven, que ya la conocía bien, habló con ella en árabe.

—Warda, sé muy cuidadosa... no saldríamos vivos.

—Él tampoco —respondió.

—De acuerdo, pero yo avisaré, llegado el caso.

A juzgar por la sonrisa que Estevan mantuvo durante la breve charla, el anfitrión creyó que hablaban de la comida que, con diligencia, les traían. Gentilmente, él mismo se prestó a servir agua a la sultana y después a escanciar vino en la copa de Estevan, pero éste lo rechazó, amable.

—Hace dos años que no pruebo el vino, don Juan, y no es ésta la mejor coyuntura para hacerlo.

—Me parece muy sensato, pero ya estáis a salvo. Sólo os queda esperar el necesario salvoconducto del rey, para Doña Yumana y su servidora, que tardará, a lo sumo, no más de diez días —pronosticó, retrepándose en el sillón—. Mi petición, que ahora redactaré, saldrá mañana en el bergantín que habréis visto en el muelle, de modo que podéis decir que os acompaña la suerte.

—No podemos aguardar. Pronto llegará la guardia del sultán. Debemos estar incluidos en el tornaviaje de esa nave.

—No os preocupéis, no reunimos una tropa numerosa, pero disponemos de cinco piezas de artillería y abundante munición. Además, sólo es posible atacarnos desde el mar.

—¿Tranquilidad, mi señor, eso me pedís? —dijo, al filo de perder los nervios—. ¿Sois consciente de que huye la esposa del sultán con un cristiano? ¡Diez días! —clamó—. En diez días tendremos aquí un ejército y una flota de corsarios turcos, aliados de Fez.

El alcaide pretendió responder, pero Yumana notó la tensión en las palabras del mijeño y quiso saber el motivo. Los dos conversaron durante un rato, mientras don Juan recorría con obscena mirada la silueta y el semblante de la jo-

222

ven, imaginando las posibilidades de placer que obtendría con una mujer así. La indecorosa erección que le producía fantasear con el cuerpo de la muchacha, no le dificultó observar cómo la sultana dictaba las instrucciones que ahora el cristiano le trasladaba.

—Su Alteza me indica que si esta es vuestra decisión última, nosotros hablaremos con el capitán de la nao, pues con oro todo se arregla, pero que mostrará su desagrado ante el rey Carlos, al que dará cuenta de cómo el alcaide del Peñón de Vélez de la Gomera, arriesga una posesión estratégica española. Por el contrario, si os avenís a ayudarnos, os ensalzará, y procurará que se os dote de mejor destino o incluso que se os proponga para un título nobiliario.

—¡Pero se me exige que me ciña a las ordenanzas! —protestó, visiblemente amedrentado.

—¿Acaso teméis una reprimenda? ¿No es éste un incidente digno de tomar en consideración? ¡Sois el alcaide, del que se espera resolución, no un vulgar soldado, al que sólo se le admite obediencia ciega! ¡Por los clavos de Cristo!

El tratamiento real, empleado aposta, reveló la magnitud del conflicto en que, de rehusar, podría verse envuelto.

—Está bien, os daré un documento que habréis de entregar al corregidor de Málaga. ¡Él sabrá qué hacer!

Juan de Villalobos pidió a la guardia recado de escribir y allí mismo pergeñó, para el corregidor don Antonio de Bobadilla, un largo escrito en el que relataba las especiales circunstancias por las que había tomado la determinación de allanar la entrada, a la península, a las personas que tendría delante; y que, a partir de ahí, dejaba a su mejor juicio la responsabilidad y decisión final sobre dichas personas.

Cuando dio por acabada la cédula, estampó su firma, espolvoreó arenilla sobre la tinta y la depositó en las manos de Estevan. Acto seguido, cogió la jarra de peltre, único objeto de lujo en el islote, se llenó la copa de vino hasta el borde y se la bebió de un sólo trago, aguijado por la ansiedad.

—¿Cómo se llama el patrón del barco? —preguntó Estevan, que aún no daba el asunto por terminado.

223

—Pedro de Montilla —contestó el alcaide—. Pero no está al mando de la nave, sino su capitán, Fernando Martín.

—Hay que comunicarle al capitán, cuanto antes, que nos llevará a bordo mañana.

—Ya estará durmiendo.

—Pues lo despertamos, don Juan. Ahora estamos a tiempo de zanjar trabas, antes de que zarpe el bergantín.

Con calmas repentinas, sucedidas por rachas de cierta intensidad, el bajel mantuvo una media de poco más de siete nudos, por lo que, habiendo partido a las seis de la mañana, sobre las cinco de la tarde estaban a siete millas de la costa de Fuengirola.

Hasta que el sol calentó, el viento les llegó de tierra. Después sopló de mar; pero siempre obligados a navegar de través. La travesía no había sido dura, aunque Yumana se sintió indispuesta, pero se habituó al movimiento continuo de la nave, menos regular a la altura del estrecho. Ella jamás había pisado la cubierta de un navío; sin embargo, fue más extraño para la tripulación embarcar a dos mujeres, una de ellas, para mayor asombro, vestida de hombre.

Pese a ser rudos, los marineros no eran indisciplinados. Gracias a ello y a la autoridad que le reconocían, Fernando Martín acalló pronto los comentarios supersticiosos e hizo que se extinguieran o se disimularan, de una sola orden, las miradas maliciosas dirigidas a la joven.

Una hora más tarde, a las seis, el bergantín fondeó a una milla de la costa. Estevan había concertado con el capitán su desembarco en la playa de Fuengirola prometiéndole una gratificación aparte de la acordada. De esta suerte, evitaban llegar hasta el puerto de Málaga para luego deshacer el camino en dirección a Mixas. El problema era transbordar a los animales, si bien contaban con el mismo esquife que les dejaría a ellos en la orilla.

En principio idearon subirlos a la pequeña embarcación con los ojos vendados y tumbarlos para que se conservaran tranquilos; pero esa era una posibilidad que, con certidumbre, acarrearía serios apuros, pues el caballo es de natural impetuoso y difícilmente controlable en un espacio tan reducido. Lo más probable sería que cayeran al mar con alguna pata rota y, seguramente, hiriendo a quienes gobernaran la barca.

Descartada esa opción por temeraria, a Estevan se le ocurrió la alternativa de sujetarlos a la popa del esquife de uno en uno, mediante una maroma atada a la base del cuello, que remolcaría a los cuadrúpedos conforme avanzara la barquilla; resultando que no necesitarían nadar, salvo para mantenerse a flote. De todas formas se les vendarían los ojos, por tenerlos calmados, y los bajarían hasta el agua, soportados por las poleas que usaban para la estiba de las pesadas cargas.

De cualquier manera, la barca tendría que hacer varios viajes y eso retrasaría la llegada del bergantín a puerto, pero Yumana no sólo satisfizo la gratificación convenida a Fernando Martín, sino que repartió gustosa, por mano del muchacho, lógicamente, monedas entre los marineros, con lo que se granjearon la mejor voluntad de éstos.

Estevan dispuso que en la primera salida el capitán escoltase a las mujeres y se mantuviera junto a ellas en tierra. Mientras, él se dedicaría a vigilar el proceder de los tripulantes con los nobles equinos, y se embarcaría con el último.

Realmente no confiaba en nadie, y así se aseguraba de que el bergantín no partiría con los caballos, dejándolos a ellos tres en la playa con un palmo de narices. Sabía, no obstante, que el comportamiento de Martín sería adecuado y respetuoso con las mujeres, y que, en caso de no serlo, Warda le enseñaría modales.

Cuando se consumaron las maniobras de ida y vuelta, Estevan aparejó a los animales, pues las sillas habían sido cargadas en el último viaje para que el cuero del que estaban hechas no se mojara y acabara por pudrirse. El sol de aquel dieciséis de marzo de 1520 empezaba a ocultarse. Pronto anochecería, mas aún se distinguía con claridad el viejo castillo. También «las Piedras del Cura». Sólo dos leguas le distanciaban de su familia. Los caballos piafaban sobre las arenas en las que se le arrebató la vida a su padre, y a él la libertad; pero ahora regresaba, enamorado de la sultana más bella del mundo. Miró a Yumana, que le sonreía. ¡Por Dios, por Allah, que lo era!

Capítulo VI

Las Españas. El duelo de Venceguerra

$\mathcal{D}$os leguas, aproximadamente, para llegar a su casa, pero en dura pendiente hacia arriba. No podría contar el número de veces que la había subido y bajado; mas ahora tenía prisa por llamar a su propia puerta. Prisa no, impaciencia. Quería ver a su madre y a sus hermanos y darles la buena nueva. Felipe debía de tener ya dieciséis años y Ana, la menor, diez, quizás once. ¿Qué cara pondrían al saber que no sólo no había muerto, sino que volvía definitivamente?

Yumana recordaba las descripciones que el mijeño le hacía de su tierra. Debía aceptar que eran tan exactas que casi podía reconocer el camino. Por allí subían el pescado los hombres con capachos a la espalda, que él le había contado. Los que a trechos dejaban caer algunos, para mitigar el hambre de los lobos y distraerlos de su presa: ellos.

—¿Nos atacarán los lobos? —dijo la joven, inquietada.

—¡Que se atrevan y cortaré la cabeza de esas fieras una a una! —retó Estevan, y añadió—: Más tarde o más temprano serás comida, pero no por un lobo. Además, siempre podemos ofrecerles a Warda, para detenerlos un poco —soltó, mirando a la vieja de reojo.

La aya ni se molestó en contestarle, ignorando a conciencia su comentario. Se estaba acostumbrando al muchacho.

Ya había oscurecido. En el cielo, limpio, empezaban a lucir las estrellas. Y a esa altura parecían estar al alcance de las manos.

—Quizá, por medio de alguna vecina, deberías advertir a tu madre de nuestra llegada —sugirió la sultana—. ¿Has pensado en ello? No estará preparada para suceso tan inesperado. Te creerá muerto o perdido para siempre.

—Nunca me perdonaría que no fuera la primera en saberlo. Ella es una mujer fuerte.

—¿Y también lo será para recibirnos a nosotras? Además del asesinato de tu padre, fuiste apresado por musulmanes y esclavo de gente de mi pueblo. Habrá sufrido mucho. Para ella somos enemigas.

—Todo eso déjalo de mi cuenta. Yo les explicaré y sabrán comprender, estoy seguro. Nada nos separará, si tú no lo deseas —sostuvo Estevan, tras una pausa.

Las primeras casas, un tanto apartadas entre sí, aparecieron, extramuros. El joven, ahora en terreno más llano, galopó bordeando el pueblo, pero buscando el noroeste. Enseguida torcieron por un carril que comunicaba, por senderos que partían del principal, con un grupo de humildes cortijillos. El cristiano dio un leve tirón de las bridas y el caballo volvió al paso, antes de entrar por una vereda que finalizaba en una casa. Inmediatamente acudieron ladrando tres o cuatro perros de distinto pelaje, pero parejos en cuanto a lo sobresaliente de sus costillas.

—Madre —dijo la pequeña Ana, asustada—, ladran los perros y me ha parecido escuchar caballos.

—No abra, madre —intervino Felipe—. Saldré yo.

—No saldrá nadie —se opuso Joaquina—. Pregunta desde el ventanuco. Tú, Andrés, pon la tranca a la puerta.

De súbito se oyeron dos golpes de aldaba.

—¿Quiénes sois y qué se os ofrece? —preguntó el mayor, que ya tenía timbre de adulto.

—Somos gente de paz. Venimos desde muy lejos a comer y descansar en esta casa —respondió Estevan.

A Joaquina, aquella voz familiar, le puso el vello de punta, pero ¡no podía ser!

—Nosotros no damos hospedaje. Andáis errados. Acaso en el pueblo encontréis algo. ¡Id con Dios! —se despidió.

—Yo siempre he comido y dormido en esta casa y no pienso moverme de aquí. ¡Tu buena madre ha debido enseñarte hospitalidad, Felipe, haz honor a ella!

El mencionado quedó embobecido; pero, en lo que se refería a Joaquina, se despejaron todas sus dudas. De una patada retiró la tranca y abrió la puerta.

—¡Hijo! ¡Estevan! —gritó con lágrimas en los ojos.

Los hermanos se arremolinaron en la entrada, pero se tranquilizaron viendo cómo su madre no se equivocaba, que ambos se fundían en un abrazo.

Yumana y Warda no habían desmontado. Aguardaban que el cristiano les brindara alguna señal para hacerlo, por respeto al conmovedor encuentro. El joven estrechaba a cada uno de sus hermanos con la ternura que avivaba la dolorosa separación, presente hasta aquel mismo momento.

—Madre, no he venido solo —dijo, por fin, Estevan.

—Pues entrad en casa los tres. Si son amigos tuyos, compañeros de viaje o lo que fueren, son bienvenidos. Pero pasa, que quiero verte bien y que nos cuentes tu desventura —contestó Joaquina, dichosa, como sólo puede estarlo una madre, cuando recupera a un hijo. Tanto, que no sospechaba lo que quería decir éste.

Estevan pidió a las mujeres que bajaran de los animales. Llevó del brazo a Joaquina y retiró la caperuza de Yumana que, hasta entonces, en la oscuridad, habían tenido todos por un hombre.

—¡Es una mujer! —exclamó la madre—. Y bien bonita que eres, hija mía. Pero... ¿qué significa?, ¿te has casado? ¿Ella es su madre? —preguntó, por Warda, mientras besaba y abrazaba a la joven.

—Espere, madre. Su nombre es Yumana, pero no entiende nuestra lengua; ni ella, Warda, que no es su madre, sino su aya. No nos hemos casado, pero lo haremos.

Joaquina se acercó a la vieja y la besó igualmente, para pasmo de ésta, mientras decía:

—Sí me entienden. Los sentimientos los comprende el mundo entero —afirmó resuelta, antes de ordenarle a Felipe que llevara los caballos al corral.

Los cuatro hermanos contemplaban ahora al imponente corcel negro, de largas crines suavemente onduladas. El caballo diríase consciente de que lo admiraban, por cómo cabeceaba, arqueando el vigoroso cuello. Estevan montó a la pequeña en la silla del animal, mientras retrasaba a la madre aclaraciones tales como por qué Yumana vestía de hombre, para explicar el conjunto de sus andanzas y tribulaciones cuando estuviera reunida toda la familia.

—No tenemos mucha comida que compartir —confesó Joaquina—, mas nadie se quedará sin probar bocado —sostuvo, entrando en la casa.

—Aguarda, Felipe —dijo Estevan, después de traducir a la muchacha las palabras de la madre y escuchar el parecer de aquélla—. Desaparejad los caballos y que Andrés los provea de paja, agua y cebada en abundancia; pero, en tanto él termina, monta en el mío y ve a comprar de lo mejor que haya en la taberna. Asegúrate de que todo no sea cerdo, porque ellas aún no están acostumbradas. Esta noche celebraremos mi vuelta y la llegada de Yumana a nuestra tierra, que será la suya en adelante —aseveró, feliz, accediendo con las dos mujeres a la modesta casa.

Joaquina no cabía en sí de gozo, aunque el recuerdo de Andrés, su pobre marido, le nublara la vista, anegados los ojos de lágrimas. Prendió dos candiles más y mandó a la hembra mayor, Joaquina, como ella, que avivara la lumbre de la chimenea, que también usaba para guisar pucheros, colocados sobre un terroso trébede. La luz invadió la sobria estancia, permitiendo verse las caras con nitidez.

En el corto período que Felipe tardó en traer consigo las vituallas, Joaquina contó a Estevan cómo habían salido adelante con ayuda de la venta de leche de las cabras, de huevos, su trabajo y el de las dos hijas en las matanzas de cerdos, por el que recibían el pago en especie; y por más de un cabrito asado, preparado por ella, para las celebraciones de los hogares más pudientes. A Ana —refirió—, se la quisieron llevar al servicio de la casa de un acaudalado comerciante, a cambio de comida y cama, que era lo corriente, y que, si bien no aportaba nada al peculio común, era una boca menos que alimentar, pero ella concluyó que se iban defendiendo con lo ya expuesto y con el producto del huertecillo; que, mal que bien, para vivir tenían, sin necesidad de que la familia se descompusiera.

El joven descifraba, resumidos, el relato y los incidentes más destacables, para Yumana que, sentada sobre una banqueta y pese a escucharlo con atención, se sentía rebasada por los hechos. Era ella, ahora, la que se hallaba en tierra extraña, en casa de unas gentes sencillas que no sabía si la entenderían o si sería rechazada, a la larga, por sus hábitos diferentes y por pertenecer a un estrato social tan radicalmente distinto. En aquella atmósfera cargada y húmeda, se respiraba olor a cabra y a gallinaza, y el humo que escapaba del hogar le irritaba los ojos. Pero sería injusto reducirlo a lo penoso; el ambiente rebosaba calor humano y la alegría de haber recobrado a un hijo y un hermano. Sin enredos ni envidias, sin intrigas ni retorcimientos, evidente en el sincero alborozo de los rostros. En el meollo, en el núcleo de todo ello, de lo bueno, lo pestilente y de lo molesto, se construía su libertad. El mejor de los perfumes.

Joaquina puso las viandas a lo largo de la veteada mesa de madera y mandó que se dispusieran a comer. Estevan pidió dos escudillas; una para la muchacha y la otra para su aya que, aun sentada en un cuarteado escañuelo y no en el pavimento, él sabía que no se acercaría al gastado tablero, asimismo utilizado como trinchero y soporte para amasar. La madre sumó al guisado de hortalizas, que tenía preparado, el estofado de carne con nabos y la pierna de carnero que Felipe había traído, en sendas orzas, de la taberna. Ésta última tapada con un lienzo atado en la boca de barro y oculto el pernil bajo panes y longanizas, para que no se descubriera, pues las ordenanzas vetaban su despacho en las tabernas, so pena de pago de la sanción correspondiente.

—¿Por qué no se arrima Warda? —preguntó Joaquina, inocente, al observar que se mantenía apartada.

Estevan decidió que había llegado el momento de las explicaciones.

—Madre, Warda es un aya. No puede comer con su ama...

—Entonces, ¿tampoco dormirán juntas? Yo había pensado en acomodarlas en mi camastro, que las dos caben.

—Tampoco, madre. Warda dormirá en el suelo. Yumana debe dormir sola, hasta que la despose. Ella no es simplemente una mujer rica ni noble. Es mucho más, era la esposa favorita del rey de Fez. Una reina.

Joaquina se le quedó mirando y los hermanos igualmente, hasta el punto de que alguno se dejó el bocado a medio camino de la boca.

—¿Te has vuelto loco? ¿Cómo se va a casar contigo una reina? Además, ya lo estaba, ¿no? ¡No me mientas, Estevan! Cuéntame la verdad.

—La verdad le digo, madre. Hemos huido juntos para casarnos y vivir en Mixas, si a ella le place. Juro ante Dios que lo que digo es cierto.

—¡Alabado sea Dios! ¡Una reina! Pero... pero, su rey vendrá con sus soldados a buscarla y os matará a los dos, ¡qué digo a los dos, a todos y cada uno de nosotros! ¿Has venido a traernos la ruina? ¿Qué te han hecho? Eres un lunático.

—Cálmese, madre. Descansaremos aquí un día o dos y después iremos a ponernos bajo la protección de nuestro rey Don Carlos. Yumana se bautizará y contraeremos matrimonio como buenos cristianos. El rey de Fez no se atreverá a invadir tierras del soberano de las Españas.

—Contando con que salga así, que me parece mucho contar, ¿cómo piensas mantener a una reina? Aquí tenemos lo justo para vestir con decencia y para comer con no tanta. ¿Acaso la has engañado?

—Nunca la engañaría. Hágame caso, nos arreglaremos bien. Pero, por ahora, no quiero que en el pueblo estén enterados, y esto os lo digo a todos —recalcó, examinando las caras de sus hermanos.

—Para acompañar esta longaniza —intervino Felipe, levantándose—, y por si te equivocas y nos quedan pocos amaneceres por vivir, voy a dar cuenta del vino que nos dieron en la última matanza —dijo, sacando un odre de vino añejo, tinto en su día, que de tan malo había perdido el color.

—Pues sírvele a madre y a mí también, que aún me queda mucho por relataros y demasiado tiempo llevo sin haberlo probado —proclamó Estevan.

—Bebe si quieres, pero con prudencia —le advirtió Joaquina—. Mientras, me voy a encargar de que Warda no duerma en el puro suelo —sentenció, a la vez que requería la ayuda de sus hijos—: Andrés y Joaquina, traedme paja que, con un buen montón y unas sábanas por encima para recojerla, le compondré un jergón a la puerta misma de su ama. A Yumana le cederé mi cuarto.

Warda, por las afectuosas muestras de la madre del muchacho, que le había rellenado la escudilla, insistiéndole en que comiera más, y su empeño en hacerle más cómoda la noche, dedujo que se trataba de una pacífica familia, honrada y dedicada al trabajo. Sin bajar del todo la guardia, podría descansar, al fin, unas horas seguidas.

—¿Dónde están vuestras ropas? —se interesó Joaquina, de repente.

—No traemos más que lo puesto. Para viajar deprisa tuvimos que prescindir de ellas —argumentó Estevan.

—¿Y tal como vais os presentaréis ante el rey? Con ese aspecto no os van a hacer el menor caso, ni os dejarán hablar siquiera —le adelantó.

—No, claro, madre. En Málaga buscaremos un alfayate que nos confeccione algunos más apropiados. Luego, bien ataviados y, especialmente ella, adornada con la dignidad que le corresponde, iremos a entregarle al corregidor el documento que escribió para él, el alcaide del Peñón de Vélez.

Joaquina comparó a Yumana con su hija mayor; pero, por muy espigada que fuera a sus trece años, nada de lo que poseía, no más de una muda, podría servirle.

—No debe continuar vestida como un hombre, ni para

llegar a Málaga —dijo, refiriéndose a la joven—. Más vale que yo le deje una saya corta y también el manto, que es el único que tengo. Le vendrán algo grandes y, desde luego, no son de calidad, son ropajes de pobre; pero al menos son prendas de mujer. A ti te servirá algo de tu padre, aunque creo que eres más ancho de espaldas y más fuerte que él. No he tirado nada suyo. ¡Cómo le gustaría verte! —imaginó melancólica.

La sultana y su aya se retiraron a descansar, agotadas. La pequeña Ana no le había quitado ojo a la primera, admirada de su belleza y por descubrir que, siendo una reina, era de carne, como ellas, si bien de tez más delicada. No se atrevió a tocarla, pero le habría gustado notar el tacto de su piel y de su pelo. Ahora le tocaba el turno a su hermano. Ni corta ni perezosa, se acomodó sobre sus rodillas y se apretó contra el fibroso y viril pecho fraterno. Por primera vez, en dos años, se sentía protegida. Sobre todo cuando Estevan la rodeó con su brazo. Enseguida se durmió, sosegada, como un gato en el regazo de su dueño.

La madre, los tres hermanos y el primogénito, no obstante la adormecedora luz de los candiles, se resistieron al sueño todavía unas horas, contando el último cómo y en qué condiciones llegó a Fez, lo importante y hermosa que era esta ciudad, la abundancia de sus mercados, fábricas y talleres; la diversidad y riqueza de las mercancías allí elaboradas o venidas de poblaciones lejanas, de países con nombres impronunciables, a lomos de camellos y dromedarios, en inacabables filas de hombres y animales; tan extensas, que se fundían en el horizonte del desierto que atravesaban. Si el sol y la luna constituían los agentes del tiempo vertical, el lánguido pero constante avanzar de las caravanas imprimía el ritmo del tiempo horizontal en aquel desguarnecido y tórrido vacío.

Con infinita paciencia, respondió a la batería de innumerables preguntas a que le sometieron. Les refirió, con todos sus pormenores, las circunstancias que se dieron para que él llegara a conocer a Yumana e incluso les describió personajes, como el despótico jefe de los eunucos, los principales rasgos del comerciante que fue su amo o la singularidad de la gran Bashira, cómplice de su fuga; sin embargo, apenas perfiló unos pocos datos sobre su principal enemigo, responsable de la muerte del progenitor. Ese era un episodio en el que prefería no profundizar, salvo que llegara el día de su venganza. Entonces expulsaría su rabia a borbotones, reparada con la satisfacción de haber efectuado el desagravio.

Por ahora, rendirse al descanso era lo prioritario. Después, con lucidez, acometerían las estrategias oportunas.

Desde los Percheles, los tres jinetes se internaron por el viejo arrabal de los Mercaderes de la Paja, para cruzar el puente fortificado bajo el que corría el río Guadalmedina. Ya dentro del recinto murado de Málaga, recorrieron hacia el norte el espacio comprendido entre casas y muralla, que llamaban Pasillo de Santa Isabel. Iban buscando la hospedería que se hallaba junto a la puerta de Granada, para lo que había que atravesar la médula de la ciudad, torciendo por la calle de las Especerías, en dirección oeste-este, llegar a la plaza de las Cuatro Calles, continuar por Mercaderes hasta encontrar la esquina con la de Caballeros, que giraba a su izquierda, al noreste, en cuyo final aparecía la acodada puerta, y traspasarla. Enseguida, adosada a un segundo lienzo de muralla, menos robusto y perpendicular a la principal, que desde allí partía hasta finalizar en el Torreón de la Goleta, localizaron la hospedería.

El posadero habilitó dos piezas recién abandonadas por los anteriores huéspedes, una para las mujeres y la otra para Estevan, mientras ordenaba a un imberbe zagal, de áspera y enmarañada pelambre, que se ocupara de los caballos para conducirlos y alojarlos en la cuadra.

De inmediato pidieron de comer, y en tanto les servían piezas de caza y huevos, el muchacho mandó al propietario de la posada que enviara recado al mejor alfayate de los que hubiera en la ciudad, para que se presentara en la hospedería esa misma tarde.

235

—Conozco al más habilidoso de ellos, Francisco Molina, pero no acostumbra a salir de su taller, señor, a menos que sea por una persona muy principal.

—No puedo decirte de quien se trata, hospedero, pero éste es el caso. Haz como te digo —dijo ofreciéndole una bolsa— y no te arrepentirás. Sin embargo, si no cumples con lo que te indico, me encargaré de que no te olvides de mí.

Escasamente empezaba la tarde cuando se presentó Francisco Molina con su hija Sebastiana, que, en la labor de tomar medidas a las damas, llevaba como ayudante. La muchacha, que frisaría los quince años, era despierta de natural y, en principio refugiada en el silencio, sabía amoldarse a la respetuosidad que se requiriera. De bonito rostro, como se manifestó en la mirada golosa del despeluznado rapaz de las caballerizas, tenía los ojos oscuros vivos y reidores, anuncio de su alegre temperamento, y los largos dedos, sueltos y mañosos, que se dirían los ideales en el uso de alfileres. El padre, un hombre de comedido continente, pronto se reveló a Estevan como individuo expansivo, amistoso y más hablador que un barbero viejo.

Que el solicitado Molina fuera un parlanchín impenitente no comportaba que desatendiera las cifras que Sebastiana le iba proporcionando y que él anotaba en un cuadernillo. Después invirtieron los papeles y era el padre quien cantaba las medidas de Estevan a la hija. Con los datos de ambos, el artesano se hizo su composición, pero necesitaba saber qué precisaban exactamente, para poder darles una respuesta con respecto al precio y al tiempo que le obligaría tener las prendas listas para su uso.

—¿Qué idea, señor, os habéis hecho y de qué categoría de tejidos hablamos?

—Las formas las dejo a tu prudencia, siempre que no desentonen —respondió Estevan—. En cuanto al tejido, quiero la máxima calidad de que dispongas, especialmente para ella. Debe causar impresión verla. En lo que a mí se refiere, bastará con que me aproxime, sin igualarla.

—Si no entiendo mal, la señora debe ir ataviada como de

la alta nobleza. En cambio, en vuestro caso, será suficiente con que vistáis como un caballero. ¿Os harán falta tocados para ella y calzados para ambos? —agregó.

—En efecto, llevas razón, no había pensado en ello. Ahora tendremos que buscar un zapatero —expuso, con fastidio.

—Dejádmelo a mí. Os proveeré de todo —se ofreció.

—¿Os esperamos mañana, entonces?

—¿Mañana? Necesitaré cuatro días, y eso yendo muy deprisa, señor. Mañana es imposible —protestó el hombre, abriendo los brazos en gesto de escándalo.

El muchacho entendió que hablaba con sinceridad. Era mucho trabajo para tan poco tiempo.

—Contaba con ello, pues pasado mañana queremos visitar al corregidor de la ciudad y no podemos hacerlo vestidos de esta guisa —calló y dijo al cabo—: ¡Habrá que resignarse! En fin, ¿cuánto nos cobrarás por lo dicho?

—Tampoco puedo deciros cuánto, con exactitud. Pero calculo que su precio andará en torno a los seis ducados.

—Bueno, la cifra es alta, pero si la calidad va en consonancia...

—Esperad, es posible que tenga una solución, pero no os prometo nada. Veréis, olvidaba que tengo en el taller unos ropajes que, según vuestras medidas, podrían serviros —y quiso aclararle—. Se trata de un encargo semejante, pero quien me lo hizo murió en un duelo el mismo día de la entrega, que no llegué ni a probárselo a ninguno de los dos. La viuda, una noble dama, marchó rápidamente con el cuerpo del esposo a tierras de Jaén, donde le daría sepultura. Ella, con el dolor, descuidó el compromiso y a mí no me pareció momento de exigírselo —hizo un silencio, reflexivo, con una mano en la cadera y otra en los labios—. Yo creo que, si acaso, será al vestido de la señora al que le hagan falta unos ligeros retoques, pues la otra dama sería unos dedos más alta. Si os parece bien, mañana mismo podríamos hacer las pruebas y, de paso, os sugeriría que, de todas formas confeccionáramos los otros, pues no vais a andar siempre con

237

las mismas vestiduras. Aunque tardemos igual con las nuevas, habréis resuelto el apuro con las otras y sólo os quedará esperaros dos días más. Así, os haría un precio especial por los dos pares y ambos nos beneficiaríamos. No negaré que me evitáis un pleito. ¿Estaríais de acuerdo en diez ducados?

—Si me incluís un manto para ella —propuso, señalando a Warda—, está el trato hecho.

El competente alfayate midió a la vieja de una ojeada. Pequeña y menuda, con unos metros la apañaría.

—Pues hecho. Si no queréis de mí nada más... —dijo complacido y a punto de despedirse.

—Sí, hacerte una pregunta, ya que veo que eres un hombre razonable y de confianza. ¿Conoces algún cambista del que pueda fiarme?

—De ninguno os recomiendo que os fiéis, pero preguntad por Mosén Rapez. Si no lo encontráis o no estuviera, visitad a Tomás de Velluga, aunque éste es más un reconocido prestamista —miró a Estevan y antepuso la pregunta, antes de aventurarse sin consentimiento—: ¿Me aceptáis un consejo, señor?

—Adelante.

—Comprad armas nuevas. Las que lleváis no son propias de un caballero. Haceros con una buena espada de punta y corte y una daga de ganchos.

Dos días después, en la plaza de las Cuatro Calles, donde se ubicaban las casas del cabildo civil de Málaga, entregaban el salvoconducto de Juan de Villalobos al comendador don Antonio de Bobadilla, corregidor de la ciudad, por mano de uno de sus escribientes más cercanos, que les hizo aguardar en una sala en donde esperaban otros dos personajes.

En cuanto don Antonio leyó el documento, se apresuró a recibirlos.

De pie, delante de su mesa, en el momento en que entró Yumana, vestida con saya de brocado y gorguera en el escote, bajo el manto, y un simple tranzado enrollado a la cabeza, el corregidor le dispensó una reverencia; pues pese a su atuendo, propio tan solo de mujer adinerada, se notaba en su porte el majestuoso aire de una reina. A continuación les rogó que se acomodaran en los sillones.

—Aparte del documento que me hacéis llegar, esta misma mañana he recibido noticias desde el ejército —expuso, sin mencionar ningún nombre—, de la fuga de Su Alteza Real, pero no esperaba que se dignara visitarnos. Es un honor para la ciudad y para mi humilde persona.

—Excelencia, Su Alteza no habla español todavía; pero, en su nombre, os agradezco vuestra gentileza.

El corregidor miró a Estevan, a quien tomó por un alto servidor de Yumana, aunque de repente, recordó que la sultana había escapado en compañía de un cautivo cristiano, según le comunicaron.

En tanto hablaban, la muchacha observaba el despacho, con sus útiles y legajos: la mesa, maciza, amplia, de patas talladas, pero insulsa para su gusto, la alfombra de arabescos y los dos enormes ventanales, a espaldas del magnífico caballero. Quizá —pensó—, si no estuvieran cerrados, por evitar el ruido provocado por el bullicio de la vocinglera gente de la plaza, se atemperaría el olor a humedad con que debían haberse impregnado ya los cortinajes de terciopelo.

—Bien, preguntadle a la señora en qué puedo servirla, que, gustosamente, haré todo lo que esté en mi poder.

—Su Alteza desea presentarse ante nuestro rey como súbdita, y obtener su licencia para bautizarse, contraer matrimonio y avecinarse en Mixas.

—Primeramente, precisaréis credenciales a su nombre y una autorización para llegar a tierras de Castilla o donde se encuentre el rey, que yo ahora ignoro —puso de manifiesto el corregidor.

—¿Y puede vuestra merced concedérselas? —le consultó Estevan.

—A medias, me temo. Fuera de Málaga y de la ciudad de Vélez Málaga, no tengo jurisdicción alguna. No obstante, como justicia mayor que soy, tengo facultad para otorgarle un documento que acredite oficialmente su identidad.

239

Para el joven, la acreditación era importante, pero insuficiente para el riesgo que corrían.

—¿Qué tendríamos que hacer, entonces, si se le impide viajar hasta donde se halle el rey? —preguntó Estevan, permitiendo que se notara su angustia.

—Pues no queda más remedio que enviar una misiva a la Corte y esperar respuesta. Estoy seguro de que no habrá más inconvenientes —aseguró, en tono conciliador.

—Pero mientras tanto, estaríamos aquí mano sobre mano, y Su Alteza necesita cuanto antes ampararse en la protección directa de nuestro soberano, y que esto llegue a conocimiento del rey de Fez. Hasta que eso suceda estará en grave peligro. No hay tiempo de misivas —dijo, y pareció reflexionar un instante—. ¿Os imagináis la opinión del rey si algo le sucediera en la jurisdicción de vuestra responsabilidad? —añadió, recordando la respuesta que Yumana dio al alcaide del Peñón de Vélez.

No le faltaba razón al cautivo, alto servidor o lo que quiera que fuese, pensó don Antonio de Bobadilla. Era muy improbable que el sultán se aventurase a tanto, pero bien podría comprar a alguien que, desapercibido de todos, se las ingeniase para acabar con la vida de quien le había sido infiel. Mejor sería que esos posibles lances los corriera otro.

—Quizá, y lo digo por apaciguaros, lo más aconsejable sea que os entrevistéis con el marqués de Mondéjar, don Luis Hurtado de Mendoza, que es el capitán general de Granada y alcaide de la Alhambra. Tengo información de que va a Córdoba para atender cuestiones relativas a las fincas de su esposa, doña Catalina de Mendoza. Para trasladaros hasta allí, sí que puedo extenderos un salvoconducto. Él es persona más cercana a Don Carlos —justificó—. Tened la confianza de que ganáis más tiempo del que perdéis en el viaje —acabó por argumentar.

—Si ésa es vuestra recomendación, os ruego que redactéis los documentos con urgencia, pues mañana o a lo sumo pasado, partiremos para Córdoba.

—Ahora mismo los tendréis —dijo, llamando al secretario, a quien dio las instrucciones oportunas—. Mientras, decidme, ¿estáis residiendo en alguna casa de vuestra propiedad? Puedo enviaros algunos alguaciles que velen por la seguridad de Su Alteza.

—Estamos hospedados en la posada que hay en la puerta de Granada. Así pasamos inadvertidos, pues nadie sabe de nosotros.

—¡De haberme enterado, os habría puesto alguna casa a vuestra disposición, más acorde con su alta dignidad que una posada! Pero aún estamos a tiempo, si os parece bien.

Estevan consultó con Yumana.

—Os lo agradezco en su nombre, pero no consideramos que merezca la pena. Como le he dicho, saldremos pronto para Córdoba.

El secretario volvió con las cartas para su firma y sello. En la dirigida al marqués de Mondéjar constaba la dirección del cortijo de Córdoba, al que habrían de dirigirse.

—¿Y puede saberse quién es el otro contrayente en esas nupcias? —preguntó don Antonio, por saciar su curiosidad. 241

—Yo mismo, señor —dijo, al tiempo que se despedían.

Jornadas antes, Ashkura de Smyrna, llevado ante el sultán wattassí, tuvo que escuchar las amenazas que éste le gritaba. Le culpaba de haber sido él quien había introducido al cristiano en su territorio, el mismo con quien Yumana se atrevió a escapar de su palacio y de sus tierras. Así, pues, si él estaba al principio de la causa de su deshonor, él sería el responsable de ejecutarlos a ambos. Le daba igual el método que escogiera, pero tendría que infiltrarse como fuera entre la población enemiga y volver con las cabezas de ambos antes de un mes. Al cabo de ese tiempo, el perseguido sería el propio corsario y no le valdría escabullirse ni siquiera en Turquía, pues debía de conocer los lazos de amistad que le unían al soberano turco. Le ofrecía, por tanto, elegir entre las dos cabezas infieles o la suya. Alguna, al final de ese plazo, adornaría una pica a las puertas de palacio.

Naturalmente, y para que las órdenes se cumplieran según sus deseos, no iría solo. Le acompañarían Fâtin, el capitán y Hamza, su compañero de guardia, que reconocerían de inmediato a Estevan.

Sin pérdida de tiempo galoparon, a punto de matar de fatiga a los caballos, hacia el fondeadero de Al-Yebha, a buscar su galera, y sin el menor descanso zarparon para la playa de Fuengirola.

Ashkura, de padre turco, era hijo de una esclava franca, por lo que su español con acento francés, podía pasar por el de cualquier comerciante de ese reino. Los otros dos no hablarían y, en caso necesario, harían el papel de siervos moros. Lo único que necesitaba era cambiar sus ropas por otras que no destacasen entre los cristianos.

Encontrar a la familia de Estevan en Mixas fue realmente fácil, y más en aquellos momentos en que todo el pueblo sabía de su regreso. Se fingió amigo de Estevan cuando habló con Joaquina, y ésta, cándidamente, le indicó que estaba en Málaga. Pero tuvo mala suerte, pues cuando llegaron a la ciudad, hacía horas que habían partido; sin embargo, el posadero, que no estaba avisado de que no debía dar razones y, muy al contrario, agradecido por las monedas de más con que el joven le recompensó sus servicios, pensó que favorecería a Estevan informando a aquél que se presentaba como amigo de su viaje a Córdoba.

El lunes, tras saldar las cuentas del posadero y el alfayate, pues el viernes, Estevan, canjeó varias monedas de oro del cinturón de Yumana en casa del cambista, guardaron sus nuevos ropajes en un baulito que compraron al efecto y salieron para la vieja ciudad omeya.

Esa misma noche la pasaron en Antequera. Al día siguiente pernoctarían en Lucena, donde encontraron una posada a la espalda de la iglesia principal, que fue mezquita y en la que se conservaba sobre la torre más alta, la que sería minarete, las tres esferas de distinto grosor, con la más voluminosa en su base —yamur, lo llamó la joven sultana, sorprendida de verlo en un templo cristiano—. Curioso, en verdad, al haber sido una población más hebrea que musulmana, como Juan, el hospedero, relató a Estevan en tanto éste le convidaba a compartir una jarra de vino, que apenas probó el mijeño.

—Ésta era una población judía muy importante y aún corre sangre por nuestras venas, pese a haber sido expulsados. Había muchos sabios que llegaron a crear una Academia, y entre ellos, grandes médicos. Es fama que aquí mandaban a los esclavos de los musulmanes, cuando todavía eran niños, para convertirlos en eunucos, porque eran tan hábiles en el arte de emascular que les sobrevivían la mayoría.

—¿Emascular?, ¿qué es eso? —quiso saber Estevan, aunque algo se suponía.

—¡Castrarlos! Así podían estar al cuidado de las mujeres en los harenes, sin que el deseo les perturbara —dijo, acercándose al joven, por que no se le oyera, con aquella cara de aspecto cansino, como de estar recién levantado de la siesta.

La mujer, una tal Araceli, en cambio, poseía en el rostro el sello de la rústica villana dispuesta y cicatera, si bien tenía más de lo segundo que de lo primero, y que, con creerse más vistosa y graciosa de lo que era, pretendió sin conseguirlo cobrarles más de lo estipulado.

La marcha hasta Córdoba después de su paso por Fernán Núñez, una población de unos doscientos cincuenta habitantes en la que no había hospedería, sino la casa de una viuda que fuera de cualquier normativa acogía huéspedes ayudada por sus hijos, transcurrió con normalidad, aunque se notaba la trascendencia de la ciudad a la que se dirigían, en el tráfico de arrieros, carretas y otros viajeros a los que alcanzaban o bien se cruzaban.

Por fortuna para ellos, sólo empezó a lloviznar cuando ya atravesaban la puerta de Sevilla. Vestían los gruesos mantos, que algo les protegerían del agua, pero debían adquirir capotes para la lluvia. Por intuición, continuaron prácticamente en línea recta, paralelos al río Guadalquivir, hasta llegar a la que fue gran mezquita, por su muro sur, donde el muchacho preguntó por una buena hospedería. El hombre, un cordobés de nacimiento, le confirmó que andaban por el lugar apropiado. Un poco más adelante y siempre que no se desviaran, encontrarían dos posadas en la calle del Potro: la de la Espada y la de la Herradura, y que si ninguna de las dos eran de su gusto podrían encaminarse a la hospedería del Potro, la más célebre y en la plaza de su mismo nombre, o la de Venceguerra, ésta última más al este, en la calle de Lineros. Asimismo le previno de pícaros, mendigos, prostitutas, valentones y zascandiles, que según decía solían rondar a los viajeros para dar pronta cuenta de sus bolsas al menor descuido.

Como la del Potro estaba enteramente ocupada, se fueron a la de Venceguerra, en la que el posadero les atendió como marqueses en cuanto oyó el musical tintineo de los maravedíes en la escarcela de Estevan. No obstante, dejaron los caballos en la cuadra y sus pertenencias a buen recaudo y decidieron concederse una buena comilona en uno de los mesones cercanos, en la calle Armas, que llamaban mesón del Rincón. Nada más embocar la calle observaron los múltiples reflejos que despedían una ingente cantidad de cueros, dorados y plateados, instalados sobre grandes tablas que acababan de volver a colocar, advertidos de que había dejado de llover y de que las nubes se replegaban. El mesonero les explicó que los ponían al sol para que se enjugaran y que se les conocía como «guadamecíes»; que se vendían en toda Europa e incluso en «las Indias», pero que sus precios, elevadísimos, no estaban al alcance de cualquiera, dijo, sin embargo la intachable apariencia de Estevan a quien, con sus ropajes y las nuevas armas que se había mercado en Málaga, se le calificaría de hombre pudiente.

El dueño del establecimiento, calvo y entrado en años, les aseguró que no encontrarían mejores ni más sabrosas carnes, en toda Córdoba, que las que él servía, con ese hablar sobrio, sentencioso y senequista de los varones cordobeses, mientras pasaba una mano por el mandil y la descansaba sobre la oronda panza, y limpiaba con la otra la mesa de mármol deslucido, como incitado por regulares impulsos de pulcritud.

Ciertamente no comieron mal, aunque el vocerío de los demás comensales les incomodara, pero quizá les compensaba el buen olor que exhalaban los toneles y tinajas de vinos blancos, transportados en macizas carretas por los caminos de Luque o Rute.

Para favorecer la digestión de las perdices y del trozo de cabrito que habían disfrutado, así como por conocer la ciudad, Yumana insistió en explorar sus callejones. Además, cogida del brazo del muchacho, paladeaba la libertad de andar a su voluntad sin un cuerpo de guardia que la controlara ni la protegiera, ni nadie que la mirara con especial curiosidad. No tenía que adoptar las posturas ceremoniosas que se esperaban de una sultana y su rostro podía expresar sus emociones. Gozaba, libre al fin, del placer del anonimato.

Con la juguetona candidez de una chiquilla, la muchacha, por la más ínfima cosa, hacía preguntas a su enamorado, o le instaba para que se las hiciera a los artesanos del cuero, por saber cómo estaban hechos los guadamecíes, para que luego la informara con pelos y señales. Ella acariciaba los terminados pasando las yemas por las superficies lisas y, enseguida, por las rugosas; admiraba los dibujos en relieve de las flores o de cualquiera de sus motivos, en tanto el joven le hablaba de sutilísimas láminas de plata o de oro, que era como vestir a las pieles, ya curtidas, con membranas áureas o, más aún, con vapores de estos metales preciosos, a los que luego se les aplicaban tintes con colores regalados por los rayos solares. Porque aquellos artesanos, fantaseaba el muchacho, habían pactado con el sol para que dejara sus rayos impresos en los guadamecíes, hasta el fin de los tiempos; de modo que, al acercarles la luz de un triste candil, en plena noche, refulgieran con luminosidad propia. Ellos, por su parte, estaban comprometidos a la más escrupulosa excelencia. Los fallidos o mediocres, nunca brillarían. No, no era verdad que los sacaran a la calle para secarlos, sino para exponerlos al astro y éste pudiera cumplir su alquímica alianza.

Aunque era imposible andar sin tener que apartarse, para dejar paso a un rebaño o a una reata de mulas cargadas de mercancías, continuaron por las proximidades, en donde contemplaron los talleres de orífices y plateros, repartidos por las calles de Calceteros, Cabezas y de la Pescadería. Entre ellos se intercalaban caldereros, odreros, esparteros y otros oficios, que tenían por costumbre exhibir, más arriba de las puertas o a la altura de éstas, una muestra de su trabajo: un caldero, un cesto de esparto o un puchero de barro, como reclamo y aviso de lo que allí se trabajaba.

Iban de un lado a otro, inmersos en el bullicio de animales, gentes y chicuelos andrajosos gritando, en medio de los que encontraban ciegos ayudados por sus lazarillos, mancos, pordioseros o algunos de los pícaros de los que habían sido advertidos. De éstos, reunidos en grupitos, unos comadreaban en voz baja, como conspiradores de los que nada bueno resultaría; pero, los más, vociferaban y soltaban grandes risotadas, que serían los que ya habrían perpetrado su maldad. Junto a la posada del Potro, tres hombres parloteaban a voces. Uno de ellos, con un manto en el que mal se disimulaban los remiendos, alto, cargado de espaldas y delgado como un junco, blasonaba de su respuesta a un ausente desconocido y, remedándose a sí mismo, se la repetía a los compinches: «¡Por Dios, hermano!, ¡con ésas, vaya voacé a otro, que yo nací en el Potro!».

El mijeño reparaba en cómo hombres y mujeres los miraban con discreción y se sentía orgulloso de llevar a su lado a la mujer que él consideraba más bella del mundo.

Ya empezaba a oscurecer cuando salían de la plaza del Potro y torcían a la izquierda entre las calles Toquería y Sillería. A la altura de una vieja taberna escuchó detrás de él, el trote de tres caballos que giraban para entrar a la plaza buscando la hospedería. Se volvió y se le vino el corazón a la boca. Estaba seguro de haber visto al corsario vestido a la española, acompañado de Fâtin, el capitán de su guardia, y de otro al que no tuvo lugar de reconocer. ¡No era una casualidad, ni podía deberse a ningún otro asunto! Les habían seguido la pista hasta Córdoba. La deducción, sencilla, se declaraba por sí sola: el sultán estaba dispuesto a vengarse.

Lo siguiente que pensó fue en callarse, para no preocupar a Yumana por el momento, y en que él no había sido descubierto, pues en ese caso no habrían perdido la oportunidad de asaltarle.

—Se hace de noche —dijo—, será mejor que volvamos a la tranquilidad que nos ofrece la posada.

Como era indiscutible que andar con mujeres honestas, a esas horas, no se hacía aconsejable, la joven no protestó y se encaminaron a la hospedería. Allí mandó que les subieran cena; aunque, alegando que estaba cansado, dijo que comería solo y se dormiría pronto, dado que al día siguiente tendrían que alquilar un carruaje e ir hasta la casa de Hurtado de Mendoza, a las afueras de la ciudad. En realidad, quería que ninguna de las dos saliera de sus aposentos, porque si de la posada del Potro no había partido ningún viajero, seguiría ocupada, y todo pudiera ser que sus perseguidores buscaran alojamiento en la de ellos.

¿Qué hacer ahora?, pensó en la soledad de su alcoba, cuando de repente cayó en que, si les siguieron la pista, el primer sitio al que acudirían tenía que ser Mixas, donde encontrarían a su familia. ¡Si les había ocurrido algo, él sería el culpable! Pero... no sería tan estúpido el turco como para organizar una carnicería, de la que se enterarían los vecinos y saldrían en defensa de su madre. De salir vivos del pueblo, les acosarían los justicias y ya los habrían apresado.

Fuera como fuese, se hacía necesaria una determinación. No podía quedarse allí sentado, aguardando como una oveja a que dieran con ellos y les mataran. Hamza, cuando le enseñaba a combatir, le dijo muchas veces que la mejor defensa es un buen ataque. Aprovecharse de la sorpresa del enemigo como estrategia. Los hombres del sultán esperaban encontrarle a él, nunca que fuera él quien les hallara primero.

Después de echar una ojeada rápida al patio, bajó las es-

caleras y buscó al hospedero para averiguar si tres hombres acababan de alojarse allí. Como el dueño le contestó negativamente, salió al exterior y se dirigió a la plaza del Potro, teniendo la cautela de pasar inadvertido. Todavía jugaban algunos rapaces, descuidados de sus madres, si es que las tenían. Llamó a uno de ellos, enseñándole unas monedas.

—Quiero que le des un mensaje a un huésped de la posada. Su nombre es... —a saber cuál habría dado, rumió—, su nombre no importa. Mejor busca a un hombre grande y fuerte, de larga barba y pregúntale si es capitán de una galera. Si te responde que sí, cítale en la puerta para darle el recado a solas —así, en caso de que tuviera éxito, no se encararía con tres contrincantes a la vez y volvería a intentar dividir a los dos restantes—. Cuando salga, dile que uno de su tripulación le espera en la calle Lineros para darle graves nuevas de su barco. Toma estos maravedíes para ti. Te estaré vigilando aunque no me veas. Si me fallas, no volverás a jugar en esta plaza —le amenazó muy serio.

Sin dudar que el arrapiezo transmitiría sus palabras, el mijeño corrió hacia la calle de la cita. Descubrió un portal abierto, se apostó en su interior de forma que no se le viera en la oscuridad y sacó la espada. La sujetó con la mano izquierda como si aún estuviera dentro de la vaina y esperó.

En pocos minutos escuchó, tan claros como sus palpitaciones, los pesados pasos del corsario que, no viendo a nadie, superaba el portal y se dirigía a Venceguerra. En ese momento, emergió el joven de las sombras y anduvo tras el gigante. El sonido de sus botas sobre el suelo empedrado alertó al pirata, que se volvió instantáneamente, si bien no se esperaba que fuera él, sino uno de sus esbirros.

—Mala y corta noche tengas, turco del demonio.

—¿Tú?, ¿cómo te atreves, tierna gacelilla? —exclamó, todavía sorprendido, pero desnudando su espada.

Estevan no le concedió tiempo. Describió un arco con la suya, imposible de hacer de haberla llevado envainada, y le abrió una brecha por encima de la ceja, de la que inmediatamente brotó la sangre, cegándole el ojo derecho.

El turco levantó el brazo de la espada por instinto, para limpiarse la sangre, gesto que el muchacho aprovechó para hundir la punta de su acero entre el hombro y la clavícula, inutilizándole uno de los tendones del bíceps. Ashkura aulló por la punzada, casi a la par que se ponía en guardia.

—Creí que no sentías dolor, por cómo te burlabas de tus cautivos. Esta noche vas a sufrir —le garantizó, mientras sacaba con la izquierda la daga de ganchos, y formaba un triángulo con ella y con la espada.

Súbitamente aparecieron el capitán y Hamza, que, amoscados, habían optado por seguir al corsario. Estevan acababa de perder la ventaja obtenida.

Ambos hombres desenvainaron, pero el soldado cruzó su arma con la de Fâtin.

—Solos, capitán, es más justo —expuso, con el rostro tan sombrío, que el otro supo a qué se exponía.

—¿Y después? —preguntó.

—Después, si gana el turco, lo matamos. Si pierde, ya veremos lo que hacemos con el muchacho. Pero tiene derecho a vengar la muerte de su padre.

—Sí —aceptó el capitán, enfundando la espada.

El cristiano empleó aquellos segundos de desconcierto en colocar los dos dedos, índice y medio, extendidos, rebasada la empuñadura, hacia el recazo, para dirigir mejor la espada, al tiempo que apoyaba el pulgar de la otra mano en el dedil de la daga, y ponía en práctica la frase del bravucón: «se mata con los pies», situando éstos en la posición idónea.

El coloso, más indignado que dolorido porque un alfeñique hubiera conseguido herirle dos veces, descargó un golpe que habría sido demoledor, de no haber estado prevenido el joven; pero logró pararlo y engavilanar el acero contrario con los ganchos de su daga.

Ashkura reaccionó con una patada, antes de que Estevan pudiera usar su arma libre, destrabando la suya y lanzando una estocada baja que desgarró la pantorrilla del muchacho, sin atravesarla, pero que le hizo hincar una rodilla en tierra.

Por fortuna, el mijeño no había dejado caer sus armas,

porque a velocidad de vértigo, tiró de nuevo el turco, mas chocó su filo contra el de la daga avanzada del joven, que simultáneamente se incorporó con el brazo de la espada extendido, y orientada ésta al hombro izquierdo. Esta vez la punta ensartó el trapecio y sobresalió más de un palmo, que buen esfuerzo le costó a Estevan recuperar su acero, a pesar del justo equilibrado de la hoja en el tercio fuerte.

El corsario se quejó de nuevo, pero el cristiano se lamentó de haber errado el tiro una cuarta más arriba. Hamza estuvo por recriminárselo allí mismo. ¿Dónde estaba su destreza?

Aquel bárbaro, acuchillado en tres lugares distintos y enturbiada la vista del ojo por el fluido sanguíneo, era la imagen de un oso herido al que parecía no hacer merma el dolor. En un esfuerzo supremo, rugió de rabia como una bestia y agitó la cabeza por sacudirse el sudor y la sangre, pero con tal violencia, que salpicó al joven, y luego asestó tan terrible tajo en diagonal, que arrancó a éste la espada de la mano.

A Estevan, en lugar de huir, se le ocurrió pegarse de espaldas al cuerpo del corsario, mientras volaba su arma, para propinarle un codazo en la boca del estómago, por ganar tiempo y recogerla del suelo en tanto el contrincante quedara doblado, pero el turco no sólo no se resintió, sino que apretó el fornido antebrazo en torno al cuello del muchacho para estrangularlo. Una presa imposible de salvar.

Hamza se temió que todo había terminado, y con más razón cuando vio cómo el mijeño pataleaba y escuchaba las siniestras carcajadas del pirata, seguro ya de que el final era cuestión de segundos. Sin embargo, lo que nadie suponía es que Estevan tenía a su rival en el sitio exacto que deseaba.

En efecto, aquel miembro de hierro lo asfixiaba por momentos. Debía darse prisa o verdaderamente entregaría su ánima. La imagen de su madre y hermanos, la de Yumana sola en un reino ajeno y, sobre todo, la de su padre, que parecía enviarle bríos desde donde estuviera, le hizo sentir una extraña fuerza, que hervía venas arriba, que trepaba por sus piernas hasta la cabeza con el ímpetu arrollador de un felino endemoniado, de un dragón embravecido. Se revolvió levemente, menos de tres dedos, y consiguió elevar el brazo izquierdo lo suficiente, lo preciso, para formar el hueco que necesitaba.

La daga de ganchos penetró con una limpieza que se diría sublime, y atravesó la aurícula y el ventrículo derechos. Ahora sólo asomó el extremo una pulgada. Al duro adversario empezaba a faltarle más aire que a él, aunque tardó en aflojar la potencia de la brutal tenaza; pero, cuando lo hizo, cayó al empedrado despacio, como comienza a desmoronarse una montaña.

El capitán Fâtin dio un paso, al contemplar el puño de la daga sobre el corazón del caído; mas fue un único y fatídico paso, porque Hamza, que pensó que atacaría, lo traspasó de medio a medio, por la espalda. No dijo nada, cayó de bruces y Allah se apiadó de su alma.

Estevan montó a horcajadas sobre el corsario, que todavía intentó desclavarse el arma, pero aquél no lo consentiría. 251

—No, Ashkura de Smyrna, no quiero que te desangres y mueras con rapidez —proclamó, con su cara casi pegada a la del turco. Su mano sujetaba la de éste, que luchaba por arrancarse el arma—. Quiero, como te prometí en la galera, ver cómo la muerte apaga tus ojos, y quiero sentir tu agonía, tus gorgoteos de sangre, tus estertores. Entonces habré vengado del todo a mi padre, ¡hijo de perra! ¡Que Satanás te acoja en los infiernos para siempre!

Con los ojos desorbitados por la cólera y la estupefacción de encontrarse vencido por un jovenzuelo, y el rostro untuoso por la mezcla viscosa de fluidos, intentó responderle, pero sólo logró que un borbotón de sangre se le derramara por las comisuras, antes de toser con la brusca convulsión con que se le retiró la vida. Estevan no le cerró los párpados, por observar cómo se le azogaban las pupilas.

—¡Vamos, cristiano, ya has cumplido tu venganza! —le dijo el veterano, en tanto tiraba de él—. Dejemos los cuerpos y vayámonos de aquí, ¡deprisa!

Al muchacho le costó reaccionar, pero al fin se levantó con la ayuda de quien le había demostrado amistad. Ahora tenía una enorme sensación de vacío y le dolía la pierna herida.

—El río está cerca, allí podremos lavar las armas. Después nos iremos cada uno a su posada —opinó el bravucón, mientras les quitaba las bolsas a los cadáveres—. A ellos no les hará falta —consideró, ofreciéndole una al joven, que éste rechazó con generosidad.

—¿Por qué te has puesto de mi parte, Hamza? —le preguntó, mientras limpiaban los aceros en el agua—. No puedes volver, imagino, sin nuestras cabezas o perderás la tuya. ¿Qué vas a hacer ahora? Aquí también corres peligro.

—No voy a volver, claro. Aunque, pensándolo bien, podría acabar contigo y disfrutar de una segura recompensa. Luchas bien, pero estás herido.

—Pues aprovéchate ahora. Cuando me sane la pantorrilla ya no podrás conmigo —respondió el joven.

—Por otro lado, si te destripo, me quedo sin discípulo. Eso es lo que me hizo estar a tu lado, no está bien que nadie mate al único aprendiz que he tenido, por muy testarudo que sea.

—Escúchame bien, Hamza —dijo el mijeño, descansando un brazo sobre el hombro del soldado—: vayas a donde vayas, si alguna vez me necesitas, pregunta por mí en Mixas.

—Supongo que los soldados de fortuna son bienvenidos en el ejército cristiano —comentó, encogiéndose de hombros—. En caso contrario, me enrolaré en cualquier galeón de los que vayan a las Indias. Es tierra nueva.

—¡Que Allah acompañe tu vida! —le deseó el muchacho, abrazándolo.

—¡Que Él te guíe!

Estevan regresó a la hospedería dando un largo rodeo. El posadero andaba ocupado y ni siquiera se enteró de su entrada. Subió al piso alto y llamó a la puerta de Yumana.

—Somos completamente libres —exclamó, tras cerrar la puerta.

—¿Qué dices?, ¿qué te ha pasado? —quiso saber la muchacha, alarmada por el estado de sus ropas y su pierna renqueante—. ¡Estás herido!

Estevan explicó punto por punto lo ocurrido, incluso cómo las engañó para su seguridad. No quería ocultarle nada, para que supiera que podrían vivir tranquilos en el futuro. Warda lo miró e hizo un gesto de aprobación, como de sentirse orgullosa de que su niña hubiera encontrado a un hombre de verdad, capaz de matar o morir por los suyos.

—Vamos a tu aposento, te voy a curar yo misma las heridas —dijo la sultana de repente, y añadió, al ver que también se levantaba su aya—: ¡sola!

Warda comprendió que, como orden que era, la joven no se retractaría. No insistió, pues, y se tumbó en la alfombra, cubierta con una manta. Sabía que esa noche le acompañaría la soledad.

—Mañana buscaremos un médico —dijo, resuelta cuando, en la alcoba de él, se percató de la profundidad del tajo—. Por ahora bastará con limpiar la herida con agua y vendarte la pantorrilla con un trozo de sábana —sostuvo, mientras rasgaba una—. La otra sanará conmigo.

—¿Qué otra?, sólo tengo ésa —afirmó, medio desnudo y avergonzado, por la presteza con que ella le había retirado las calzas.

—La que te aflige, la que te duele más que la de la pierna. Ésa negra, que traes pegada a tu interior —manifestó, posando el candil encendido, sobre la humilde mesilla, para, a seguido, subirse a la alta cama.

—Es la primera vez que mato a un hombre. Debería sentirme orgulloso por haber vengado a mi padre, y durante un momento lo estuve; pero después desapareció esa sensación y sólo me quedó una impresión de vacío, de indiferencia por la venganza. ¿De qué, entonces, me ha servido tanta lucha, tanto esfuerzo por superarme en el combate?

—Has hecho lo que debías —le aseguraba ella, al tiempo que lo desposeía del jubón—. Él vino a matarnos. Tú únicamente nos has defendido con valentía y además has desagra-

JOSÉ MANUEL GARCÍA MARÍN

viado a tu padre. Yo estoy orgullosa de quien será mi esposo —dijo, aproximando su barbilla a la del cristiano.

Estevan, al contacto de sus labios, quiso responder con un profundo beso, pero ella apartó los suyos para aplicarle el misterioso bálsamo de su mirada. Como un hálito del viento sobre el humo, se desvanecían dolores de tormenta. La sonrisa le despertó a un dulce clarear de auroras que, en suave luz, trocaron las tinieblas.

Él la sentía rebullir, pero ignoraba lo que hacía, incapaz de retirar la vista, hasta que desembarazada de toda vestimenta le mostró su piel desnuda, dorada por la tenue y temblorosa luminosidad del candil, que semejaba bañarla o resbalar por ella con cálidos resplandores, sin cometer la irreverencia de tocarla.

Ahora sí se dejó besar. Estevan creyó calmar sus sensuales ansias, mas cuanto más la besaba más la codiciaba. Él acariciaba sus senos, su nuca, su rostro, su pronunciada curva hacia las caderas; pasaba de un lugar a otro sin saber qué atender en aquel cuerpo, en aquella aparición de seda. Ella apoyó los dedos, ¡tan livianos!, en el pecho de él y el muchacho notó cómo la mano se deslizaba despacio, muy despacio, hacia el abdomen, el vientre, y cómo se detenía, hasta que se le cortó la respiración y se erizaba el vello, sólo entonces ella emprendió su movimiento y tomaba el miembro erecto.

De repente, Yumana se sentó en su estómago y acercó su boca a la de él, pero de nuevo rechazó su pasión. Besaba sus labios, sí, con una inmensa ternura, mas se entretenía ora en un labio o en su centro, ora en el otro, que era un suplicio, sobre todo al retirarlos, pues lo hacía con tal lentitud por regalarse en ello, que los labios de ambos, de quedarse unidos, se mantenían hasta el límite de su elasticidad, en que se quebraba la adherencia.

La joven se enderezó para situarse más arriba y rozó sus gustosos pezones por el rostro del amante, en un juego por el que se los ofrecía, para negárselos, y por fin se los cedía. Entonces él tomaba la iniciativa: los lamía con suavidad infinita y los rodeaba con su lengua, para acabar por morderlos con dulzura, entre sus dientes. Y aquella suerte de mimos y delicadezas, tornada en el brutal amago del mordisco, avivaba el placer de ella, que alzaba al cielo la cabeza, tensa como las cuerdas de un laúd.

Para Estevan ya era demasiado insufrible la tortura. La levantó de las caderas y primero besó, después lamió y por último casi bebió de los deliciosos labios de su vulva, los ardientes jugos de la amada, mientras ésta se arqueaba hacia atrás, con la flexibilidad del mimbre. Cuando ninguno de los dos pudo esperar más, ella misma se introdujo el miembro de él y comenzó una danza circular, que alternaba con movimientos verticales. Fue en ese momento cuando el mijeño supo lo que eran llamas en el alma. En plena locura, en total éxtasis, se elevaba y regresaba luego al centro de sí o quizás al núcleo de los pálpitos del mundo, en tanto ella gemía de gozo, de amor y de ventura. Ambos durmieron, abrazados, el blando sueño de la despreocupación y la complacencia.

255

Capítulo VII

La boda y la vida

—*H*azles pasar cuanto antes —ordenó a su criado don Luis Hurtado de Mendoza y Pacheco, tras examinar el salvoconducto expedido por el corregidor de Málaga y comprender que, por la condición de ella, no debía hacérsele esperar.

Era, el capitán general de Granada, hombre de ojos bovinos en cara de oveja; sin embargo, creer que ello fuera signo de estulticia alguna, de mansedumbre o de pasividad, sería llamarse a engaño. Acaso él fuera consciente de estos rasgos, así como de saber que, enmarcada su faz por la media melena que gastaba, aún los acentuaba más. Muy al contrario, poseía una fina inteligencia y una capacidad de determinación poco comunes. A sus treinta y un años, gobernaba el reino de Granada con la combinación adecuada de tolerancia y mano dura.

El marqués abandonó su asiento, los cumplimentó con la mayor cortesía y los invitó a sentarse, solicitando la venia de ella para imitarles. A continuación, visto que por la lengua no podía entenderse con la sultana se dirigió a Estevan, de cuya pierna renqueante se había percatado.

—¿Habéis tenido algún desagradable contratiempo? —le preguntó, señalando la extremidad herida.

—Sí, Excelencia, yo mismo me he dado un tajo con mi espada, ejercitándome con ella, porque es nueva para mí —respondió el joven.

—Es curioso, ha llegado a mis oídos la muerte, esta misma noche, de dos extranjeros, moro el uno y turco el otro, corsario por más señas éste último, y a quien teníamos muchos deseos de apresar. ¿Estáis seguro de que no habéis tenido nada que ver? Seguramente, se recompensaría a su ejecutor —dijo, con astucia.

—Algo me ha dicho el posadero esta mañana —contestó, desconfiado—, pues parece que ha sucedido en la misma calle de la hospedería. Habrá sido una pendencia entre ellos.

—Cambiemos, pues, al asunto que os conduce hasta aquí. Don Antonio de Bobadilla me hace un somero informe, pero preferiría que fuera vuestra merced quien me pusiera al cabo de esta historia.

El mijeño zapateaba nervioso con sus nuevos y altos borceguíes, y jugaba con el acuchillado del jubón que portaba bajo el sayo, mientras relataba a don Luis, de igual forma que hizo con el corregidor, la aventura vivida en su fuga y el deseo de Yumana de ser admitida como fiel vasalla, por Su Alteza Real Don Carlos, bautizarse en la fe cristiana y celebrar esponsales con él: Estevan Peres.

—Debéis usar el nuevo tratamiento que Don Carlos ha elegido y que es, desde ahora, «Su Majestad» —le corrigió, con amabilidad. No obstante y como era sabido de todos, su rostro, serio, no estaba reñido con la gentileza que lo adornaba, por lo que no sonrió a lo largo de toda la entrevista—. Pronto utilizará el que lleva aparejado el título de emperador[8] de romanos. En cuanto lo que decís, os hago dos propuestas: la primera, que os trasladéis a esta casa, si lo tenéis a bien, por seguridad y bienestar de Doña Yumana, aunque no disfruta de todas las comodidades que quisiera para ella, pero sólo serán tres días; y la segunda, que nos acompañéis

8. Sacra Cesárea Católica Real Majestad.

a Granada, igualmente si os parece, y desde allí hagamos las diligencias necesarias —exponía, a la vez que gesticulaba con mesura—. En Granada, podréis alojaros en las estancias de la Alhambra, de la que soy su alcaide. ¿Qué me contestáis?

Estevan tradujo las palabras del capitán general y consultó a ella su decisión.

—Su Alteza me comunica —dijo finalmente—, que siente serviros de molestia, pero que acepta agradecida y con placer las invitaciones que nos hacéis.

—Es un honor para mi esposa y para mí, que hayáis accedido a compartir nuestra casa, de la que podéis disponer cuanto queráis. Os espero mañana mismo, entonces.

La pareja se levantó para marcharse, pero don Luis les acompañó hasta la puerta y estrechó la mano a Estevan, aprovechando para hacerle una advertencia, en apariencia inocente:

—Cuidaos esa herida y contened vuestro acero, que puede daros más de un disgusto.

El viaje a Granada resultó tedioso, por los naturales obstáculos para entenderse, pero doña Catalina de Mendoza, la esposa del marqués, desplegó todo tipo de cortesías para con Yumana y Warda en la carroza familiar.

Estevan, junto a ellos, cabalgó con la guardia del capitán general. Así vigilaba que los animales de las mujeres, enganchados a la trasera del carruaje, no llevaran las bridas demasiado tensas ni sobradas, por que no sufrieran lesiones.

Si para la sultana, con ser más pequeña que Fez, la urbe le pareció admirable, los palacios nazaríes, en donde les fueron habilitados aposentos y criados a su servicio, la sobrecogieron por su belleza; aunque contrastaran los uniformes cristianos, de la importante guarnición militar que los rodeaba.

Al muchacho, los alfarjes de carpintería de algunas cúpulas le recordaron los que había visto en Abu Inania; pero el número de estancias, patios, las cúpulas mayores y el refinamiento del arte nazarí, lo impactó lo suficiente como para concebir que tal hermosura fuera un prodigio sobrenatural y no humano.

Yumana decidió que debía empezar a familiarizarse con la lengua de quien sería su esposo, y cuando paseaban por los jardines del Generalife, pedía a éste que le enseñara algunas palabras, que enseguida ella memorizaba.

El día de su llegada, uno de abril, Hurtado de Mendoza envió un mensajero a Valladolid, dándole cuenta al soberano de la aventura de la sultana y de sus leales pretensiones. El rey ya había marchado hacia Galicia, pero lo alcanzó en Tordesillas, reunido con los nobles españoles, que estaban en desacuerdo con su viaje y con las condiciones y regencia, a manos extranjeras, en que quedaban los reinos.

El correo creyó que, ante tales circunstancias, Don Carlos no se molestaría en leer el documento del marqués, y se preparó para seguirle por la península; mas grande fue su asombro cuando, tras mucho esperar, le hicieron entrega de la respuesta para el capitán general.

Mientras volvía el mensajero, la pareja, siempre escoltada por Warda, visitaba las salas, los jardines e incluso la fortaleza, pues don Luis les había autorizado para acceder a donde se les antojara. En cambio, les tenía vedado salir del recinto amurallado, por razones de seguridad, adujo el poderoso capitán a sus tímidas protestas, cuando lo descubrieron, quien, en realidad, aguardaba instrucciones del monarca para saber qué hacer con ellos. De manera que su libertad era relativa. Gozaban de la consideración y el respeto que se le debía a la joven, pero sería justo decir que vivían en una enorme y magnífica prisión. A veces, Yumana gustaba de subir a la torre más alta, desde la que se dominaba la ciudad y el barrio del Albayzín, y allí se estaban, señalando ella una u otra casa, con las puntillas que derramaban sobre su mano.

Solo, en las ocasiones en que la muchacha se sentía indispuesta o no le apetecía caminar, Estevan se acercaba a los soldados para charlar sobre cualquier cosa que consumiera el tiempo, ya que ninguno conocía bien la historia de aque-

259

llos suntuosos edificios. Pero un día, uno de la guardia lo llamó cuando pasaba.

—Este hombre podrá hablaros mejor que nadie —le dijo—. Ha vivido toda su vida abajo, por Cuchilleros, a este lado del puente de Leñadores.

Al individuo lo apodaban el Serrano. Alto y fuerte, tenía el rostro risueño y ojos de los que parecieran mirar siempre a lo lejos, acaso a la ilusión que pudiera depararle el futuro; pero no por soñador, ingenuo o cándido, pues en él se presagiaba inclinación al pensamiento; culto, letrado, en cuanto hablaba. Se aproximó a grandes zancadas, observando el pavimento, quizá sus propios pies. Debido a las imposiciones de Cisneros, no le había quedado más remedio que convertirse al cristianismo, pero no era morisco por convicción.

—¿Qué desea saber vuestra merced? —preguntó receloso, con la cautela propia de los tiempos. Nunca se era demasiado precavido con los castellanos.

—Conmigo puedes evitar el tratamiento. Llámame Estevan, al menos cuando estemos a solas —sugirió el muchacho—. Quiero saber quiénes y cómo construyeron estos edificios, porque sólo he visto algo semejante, pero mucho más pequeño, en el Magreb —confesó, echando a andar.

El hombre, dirigiéndose hacia la puerta del Vino, le contó la saga de sultanes y de sabios que habían intervenido en la construcción de la Alhambra. De vez en cuando, le explicaba la razón mística de alguno de sus detalles, el porqué de aquella armadura estrellada de la sala de Comares o el de la cúpula de mocárabes de las Dos Hermanas, que se decía la más bella del mundo islámico, la rareza divina de sus medidas o la curiosa asimetría de las columnas del patio de los Leones, y se volvía a contemplarlo, por si le disgustaban estas cuestiones allegadas a lo religioso, pero no halló turbación en el semblante del mijeño. Más bien se le percibía entusiasmado, absorto por su exposición.

—Cuentan otras historias —agregó el Serrano, en tanto andaba con los brazos pegados al cuerpo, como si se replegara sobre sí mismo, queriendo disminuir su complexión por no ofender al otro—, en las que se mezclan leyendas de tesoros y sultanas que, aun después de muertas, aparecen por entre los surtidores del Generalife; pero yo no sé si es cierto, porque no me he tropezado con ninguna —dijo, haciendo un breve alto en la conversación para después continuar—: Conocí a dos hombres que especulaban cada uno con su propio postulado. El primero aseguraba que tal belleza no podía ser fabricada sino de arriba abajo, y el otro defendía que ya había sido construida en el éter, por efecto de magos alarifes, y que luego descendieron los palacios sobre la colina.

—¿Los supones locos? —se interesó Estevan, a la vez que ojeaba las nieves de la sierra, por las que se maravillaba a diario.

—O estaban locos o eran partícipes de algún secreto que no ha sido dado al común de los mortales.

—¿Cómo te ganas la vida? —inquirió el joven de repente.

—Mercadeo con vino, pero antes vendía libros. Ahora, después de la quema general que impuso la Inquisición, sería muy arriesgado comerciar con ellos —respondió, y se aventuró a preguntar, a su vez—: ¿De dónde eres?, no pareces un castellano.

—No lo soy, nací en Mixas, aunque mi abuelo y mi padre sí lo eran. Llegaron, tras los repartimientos a los ricos, con la repoblación, porque todos los lugareños fueron vendidos como esclavos, sin faltar uno.

—Su Excelencia ruega, a vuestra merced, que acuda a la Capitanía —truncó la conversación un oficial—. Ha vuelto el mensajero.

En las dependencias, don Luis Hurtado de Mendoza finalizaba el dictado de sus órdenes a varios oficiales, que despidió en cuanto se hubo presentado Estevan, acompañado de Yumana.

—El correo ha regresado con buenas noticias —les espetó sin protocolos, con el documento abierto en la mano—.

Inmejorables, en realidad. Don Carlos, no sólo acoge a Doña Yumana como súbdita y consiente su boda, sino que tiene a bien apadrinar bautizo y esponsales. También propone, como madrina, a doña Germana de Foix, y será el oficiante, para vuestro privilegio, el Muy Ilustre y Reverendísimo Señor Adriano de Utrecht —hizo una pausa, para que el muchacho tradujera a Yumana, y por mejor percibir el impacto que les producía—. Su Majestad —dijo, cuando Estevan se volvió a mirarle— continuará viaje a La Coruña, por lo que no podrá estar presente, pero lo hará en su nombre el condestable don Íñigo de Velasco. Además, concede a Su Alteza Real Doña Yumana unas rentas de cuarenta mil maravedíes anuales, a perpetuidad.

Después de que la sultana fuera informada de esto último, quiso saber dónde se celebrarían las nupcias.

—En Granada, en la Iglesia Mayor —contestó el marqués al mijeño—. No tendrán que padecer un nuevo traslado a ninguna otra ciudad. El condestable y el cardenal ya están en camino, así como doña Germana de Foix, que calculo llegará un par de días después. También manifiesta Su Majestad, en el escrito, que sería de su gusto que Su Alteza eligiera, como nombre, el de su madre, seguido del suyo propio. Es decir: doña Juana de Carlos. Creo que os hace un alto honor y espero que así lo consideréis.

Consultada la opinión de Yumana, ésta declaró estar por completo de acuerdo en todo lo propuesto por el rey y que, en efecto, sería un honor para ella ser llamada con tales nombres que, desde luego, tomaría. Además, suplicó a don Luis que redactara una carta para Su Majestad en la que se pusiera de manifiesto su agradecimiento por cada una de las prerrogativas que se le otorgaban. Por otro lado, rogó al marqués la asistencia y auxilio de su esposa, doña Catalina, tanto para lo relativo al ceremonial del casamiento y elección del ropaje apropiado, como para que le iniciara en las nociones más elementales de su nueva fe.

El capitán general le confirmó que escribiría dicho documento en los términos que ella deseaba con el mayor placer y que estaba seguro de que su esposa se prestaría, muy complacida a cooperar con ella en lo que fuese menester. Fue a decir algo más, pero guardó silencio, como arrepentido, hasta que acabó por decidirse:

—¿Puedo haceros una pregunta? —dijo, de improviso.

—Preguntad, Excelencia, lo que se os ocurra —replicó el muchacho, dispuesto a saciar la curiosidad de su anfitrión.

—¿Cómo habéis conseguido arrastrar a tamaña aventura a señora tan prudente? Doy por hecho que os habrá perseguido la guardia del sultán y que ella no ignoraría las más que probables consecuencias de su fuga. No sé si es que vuestro plan era perfecto, la suerte os ha acompañado o ambas cosas.

Estevan rio francamente y trasladó la pregunta a Yumana, que sonreía al marqués mientras el cristiano, finalmente, le respondía.

—Yo no la arrastré, Excelencia, por eso me reía. Fue ella la que me arrastró a mí. Es una mujer con más bravura de lo que suponéis. Me encarga que os diga que considera que no por haber nacido hembra merece ser menos respetada; pero que para conseguir ese privilegio, exclusivo del hombre, debe empezar por respetarse a sí misma. O libre o muerta, es lo último que ha dicho. En todo momento —continuó el joven—, ha conocido el peligro a que se exponía. Nuestro plan no era del todo malo, pero Dios se apiadó de nosotros.

El marqués aprobaba con la cabeza, al tiempo que reflexionaba. Entonces, pensaba, si ha sido cosa de ella, ¿qué ha encontrado una mujer de su belleza, su alcurnia y de tal voluntad en un hombre que ni siquiera es hidalgo, sólo un escalón más alto que un gañán?

—A lo largo de la historia —reconoció el aristócrata—, han existido mujeres geniales, que siempre han sobresalido, de carácter indómito, imposibles de someter. Sin duda Doña Yumana es una de ellas. Quizás esto os presente algún problema en el futuro. Permita vuestra merced que os hable como un hermano mayor: tenéis un duro camino por delante, porque ella os exigirá que estéis a su altura. Os aconsejo —se atrevió— que, como primera medida, os cultivéis. ¿Sabéis leer?

—Sólo los corazones, Excelencia.

—¡Ya leéis más que yo! —Se vio obligado a decir, tal vez azorado por su osadía y por la dignidad de la respuesta del mijeño.

¡Menuda pareja de audaces!, concluyó don Luis, cuando salieron de Capitanía. No podía negarles el atractivo de su valentía, pero cuanto antes se acabara este negocio y se marcharan a su lugar de residencia, mejor.

Estevan no se molestó en interpretar a Yumana este comentario, y fueron a los palacios, a sentarse en la ventana del extraordinario mirador de Lindaraja, al fondo de la sala de las Dos Hermanas, asidos a la columnita que hacía de parteluz. Allí celebraron las buenas nuevas con besos y arrumacos. Los enamorados asistían a la materialización de sus afanes. Tocaban la felicidad, acaso corporeizada en la sucesión de arcos o en los sugestivos azulejos. Claro que, entre muros como alhajas, bajo los mocárabes de aquel mirador y arrullados por el influjo del amor, ¿qué sentimiento cabía sino el de la felicidad? Además, la imaginación de Estevan, estimulada por la alegría, se desbordaba relatando a su amada las historias que Serrano le había contado, más otras en las que duendes, princesas —nunca tan bellas como Yumana—, genios, magos y tesoros, festoneaban las narraciones.

Como dijo don Luis, su esposa colaboró entusiasmada en los preparativos de bautizo y boda. Doña Catalina también le enseñaba castellano y algunas palabras de latín, imprescindibles para el seguimiento de la liturgia; explicaba los dogmas esenciales mediante la ayuda del mijeño y se aplicaba a elegir los tejidos más apropiados para el vestido, que la nueva cristiana luciría en ambos actos.

El dieciocho de abril, el cardenal a cargo de la regencia, Adriano de Utrecht, y su corregente, don Íñigo de Velasco, hicieron su entrada en Granada dirigiéndose de inmediato a la Alhambra, donde el primero esperaba recibir al arzobispo, don Antonio de Rojas Manrique.

Dos días después, como vaticinó el capitán general, se presentaba el carruaje de la marquesa de Brandeburgo. Doña Germana, pese al presumible cansancio del largo viaje, rebosaba lozanía y vitalidad como quedó demostrado en el apetito que exhibió durante la cena y el placer con que recibía el vino cada vez que le escanciaban en su copa.

Las jornadas siguientes fueron un incesante ir y venir de pajes y criados a caballo o en carroza; un rebullir de nobles, autoridades y gentes principales de la ciudad, que enteradas del importante evento querían, más que ver, ser vistas, incluidas en el acontecimiento, y hacían acto de presencia para ser invitadas, pues no estar equivalía al menosprecio social.

Fue un abril de pocas lluvias en Granada y, en su mayoría, casualmente de noche. De día despejaba y el sonido del agua se ceñía al de las fuentes. La mañana del doble suceso, veintisiete de aquel mes, no había en el cielo una sola nube. Corría un aire fresco de nieve, que purificaba el ambiente, que lo aligeraba de toda turbiedad y aportaba nitidez a los contornos de hombres y de cosas. Las campanas repicaban en torres y espadañas de parroquias, que antaño fueran mezquitas, de conventos y de cualquier rincón de la ciudad en que las hubiera. Tocaban a aleluya de esponsales y cristianos nuevos.

El cardenal y el arzobispo aguardaban en sendos sitiales, en la capilla mayor de Nuestra Señora de Santa María, y los fieles habían ocupado los asientos según su preeminencia, cuando el carruaje de la marquesa de Brandeburgo, con el escudo de armas tallado en las portezuelas, hacía su aparición por la calle Ballesteros.

De la amplia carroza se bajaron los que actuarían de padrinos y los propios contrayentes y entraron por la puerta principal, que daba al compás.

Los clérigos y algunos frailes franciscanos se abalanzaron a la entrada para facilitarles el camino por el pasillo de la nave central, mientras los dos representantes de la jerarquía eclesiástica abandonaban sus respectivos asientos de ceremonia y avanzaban hasta ubicarse delante del altar mayor, para, desde allí, acercarse al atrio, intercambiar las formalidades de cortesía e iniciar la primera parte del bautizo.

El representante de Don Carlos, don Íñigo de Velasco, llevaba del brazo a doña Germana de Foix, que impresionaba por el esplendor de la saya entera de brocado que vestía, con mangas de punta y gorguera alta con lechuguilla. Para ocasión tan especial, se había adornado con su collar, de ciento treinta y tres perlas, sobre la gorguera. No obstante, Yumana era el centro de atención, por su belleza, que aventajaba a la anterior, y por los ropajes, equiparables en suntuosidad y ornato con los de la marquesa.

La sultana, de repente, se vio parada en el pórtico, rodeada de eclesiásticos. Sólo reparó en el solideo rojo de Adriano de Utrecht y en el violeta del arzobispo, que distinguían sus dignidades. Más atenta al templo que al ritual, no escuchó las respuestas del padrino, ni casi percibió los tres soplos del cardenal en su cara, para expulsar al demonio. Ella admiraba las capillas de las naves laterales, hasta que notó la estola del oficiante sobre sí y fue conducida a la pila bautismal. Pareció despertar cuando escuchó la voz del prelado:

—Juana de Carlos, *ego te baptizo in nómine Patris et Filii et Spiritus Sancti.*

Ya pertenecía a la Iglesia de Roma. En ese momento hubo de separarse de Estevan, que estaba tras ella, para ceder el brazo a don Íñigo y aquél tomar el de doña Germana, y ser escoltados a sus reclinatorios en el altar mayor. El condestable y la marquesa también serían los padrinos de la boda.

La autoridad religiosa, personificada en el Ilustrísimo y Reverendísimo Señor cardenal, no encontró inconvenientes en celebrar dos sacramentos seguidos, ni en desestimar la boda musulmana de la joven, considerada un ritual pagano, sin validez alguna.

Igualmente, como en un sueño, aunque menos distraída que en el bautizo, contestó a las preguntas del desposorio, en tanto se le escapaban ojeadas al cielo estrellado, que semejaba la bóveda gótica, iluminada de oro y azules vivos.

Se oyó decir que se otorgaba como esposa y mujer y que lo recibía a él como esposo y marido, y escuchó la respuesta de Estevan, otorgándose, a su vez, como marido y esposo y recibiéndola a ella como esposa y mujer. Las figuras del cardenal y de Estevan se nublaron, de súbito, cuando el celebrante puso la diestra del esposo sobre la esposa; pero supo que al joven le había pasado lo mismo, cuando descubrió que a él también le asomaban lágrimas a los ojos. No sospechaba que el momento en que se colocaran los anillos, sería aún más emocionante, pues en ese trance vería con total claridad que había logrado cumplir sus deseos. Compartiría su vida, que por fin parecía sonreírle, con el hombre elegido. Al fondo, en el pórtico, confundida con el resto de la servidumbre, se le humedecían las escuálidas mejillas a una vieja de menuda y negra figura.

Los actos acabaron con una bendición especial de aquel hombre de barba oscura aun bien rasurada, que en menos de dos años accedería a la silla apostólica con el nombre de Adriano VI.

La recién nombrada doña Juana de Carlos, subió a la carroza de doña Germana, quien desenganchó una de las mangas de punta de la muchacha, enredada accidentalmente al escalón, por la longitud de aquéllas. Ahora retornaban a la Alhambra, para ser obsequiados con el festín con que el propio rey exigió que les agasajaran y que duraría desde mediodía hasta altas horas de la noche, para contento de los nobles. La pareja, como cabría esperar, fue la primera en retirarse. El blando tálamo nupcial les aguardaba.

Hurtado de Mendoza les había ofrecido carruaje y cochero, para su viaje de vuelta a Mixas, pero prefirieron la celeridad y desenvoltura que les procuraban los caballos.

Sin embargo, tuvieron que aceptar del capitán general de la Alhambra, la escolta de seis hombres que éste, muy por encima de proponer, decretó. Además, el oficial al mando portaba una carta, para el alcaide de la fortaleza de la villa, informándole de la relevancia de doña Juana, de su conversión al cristianismo y de que se hallaba bajo la protección del rey Don Carlos.

A menos de media legua de la población natal de Estevan, Juana encontró al muchacho ensimismado, mientras cabalgaba.

—¿Hay algo que te preocupe? Te noto serio y distraído, como si no estuvieras aquí. Dime qué te pasa.

—Pues que no sé cómo exponerle a mi familia que nos hemos casado, sin contar con ellos. Si hubiera ocurrido en Fez, mi madre lo habría comprendido, pero... ¡en mi propia tierra! Temo que se sientan ofendidos —declaró el joven abiertamente.

—Cuéntales la verdad. Ni tú ni yo teníamos previsto casarnos en Granada, ni siquiera viajar a esa ciudad. Las circunstancias nos han precipitado. Sabrán entenderlo —aseguró, convencida—. Si no al instante, en cuanto consigamos una casa, un hogar en el que quepamos todos, porque yo desearía que vivieran con nosotros, a menos que tú te opongas. Esto les revelará que en modo alguno hemos querido apartarlos de nuestro lado.

Estevan la contempló cautivado. Esa mañana ella había cambiado sus ropas por la humilde saya y el manto que le prestó su madre. Ahora advertía el porqué.

—Un sueño puede ser mujer —musitó, entre dientes.

—¿Qué?

—Nada —dijo, tirando de las bridas, para detener al caballo. Ya estaban a la entrada del sendero que llevaba a la casa de su madre. La escolta, cumplido su deber, se despidió para acudir a la fortaleza.

—¡Ya han vuelto, madre, ya han vuelto!, ¡seguro que son ellos! —alborotó Ana, la pequeña, entre el escándalo de de los perros, que avisaban de la llegada de los caballos.

La madre y Joaquina, también salieron a recibirles. Estevan saltó del animal y se abrazó a la madre, preocupado.

—¿Estáis todos bien? —preguntó el joven, en tanto apretaba, contra su cuerpo, también a sus hermanas.

—Ahora sí estamos bien. Habéis tardado mucho en volver. Ya creía que os había pasado algo —replicó, en tono de reproche—. La desgracia acecha en casa de los pobres.

—Entonces, ¿no ha venido nadie por aquí? —dijo, ayudando a Juana a desmontar.

—¡Ah, sí!, vino un comerciante francés, que quería verte. Se marchó en cuanto le dije que estabas en Málaga. ¿Te encontró?

—Lo encontré yo a él, en Córdoba. No era amigo mío. Ese hombre —explicó— fue el corsario que mató a padre y nos buscaba para acabar con nosotros, pero no contó con que, por mi espada, el muerto fuera él.

—¡Dios mío —exclamó Joaquina—, mi hijo se ha manchado las manos de sangre! La justicia te perseguirá para encarcelarte —dijo, compungida.

—Me defendí y vengué a mi padre. Tengo la conciencia tranquila, no sufra —quiso tranquilizarla—. Por otra parte, a la justicia ni siquiera le inquieta. Tenían muchas ganas de apresarle y ejecutarlo, como conocido pirata que era. Les hice el trabajo incómodo a ellos. Sé que el capitán general de Granada no tiene dudas de que fui yo, desde que me vio, y aun así nos invitó a alojarnos en su casa. Es un asunto olvidado —le garantizó.

—¿Estás seguro? —cuestionó.

—Sí, ya ha pasado todo. Ahora venimos a comenzar una vida nueva, que Yumana quiere que compartáis con nosotros. Por cierto, que tiene un nuevo nombre: doña Juana de Carlos. Pero será mejor que lleve los animales al corral y luego lo cuento despacio, cuando estén Felipe y Andrés.

—¿Doña Juana de Carlos? Pero, ¿es que ya se ha bautizado? —quiso averiguar, mas el hijo ya se retiraba con los caballos y la mula del ejército, cargada con los regalos de los nobles, que más tarde entregarían a la fortaleza—. En fin,

269

entrad en la casa —dijo, haciéndoles una seña a las mujeres para hacerse comprender.

Estevan descargó los bultos y los llevó al interior, pero esperó a que estuvieran presentes todos los hermanos para dar explicaciones sobre la boda y los planes de la pareja para el futuro.

—A pesar de que un mes os parezca demasiado tiempo, quiero que sepáis que las cosas nos han salido tan bien, pero tan deprisa, que ha sido imposible avisaros, como habríamos deseado. Os lo contaré con más detalle —dijo, mirando a su esposa que, de inmediato, tomó la mano de Joaquina entre las suyas, en expresión de cariño—, pero el resumen es que Yumana ha sido bautizada con el nombre de Juana de Carlos, ya es cristiana —subrayó—, y que los padrinos, por voluntad del rey, han sido él mismo y su abuelastra, doña Germana de Foix. De habernos negado a ese alto honor, hubiéramos afrentado al monarca, ¿comprendéis? —preguntó; aunque, sin dar lugar a respuesta, prosiguió—: Pero eso no es todo. A continuación, una cosa seguida de la otra, nos casamos —soltó, observando la reacción de Joaquina, que se quedó con la boca abierta—. Por la importancia del oficiante, un cardenal venido desde la corte, acompañado por el arzobispo de Granada, no podíamos retrasar el casamiento. Nos habéis faltado y lo hemos sentido mucho —terminó por decir.

—¿No pudisteis mandarnos un correo?, ¿tan difícil era? —preguntó Joaquina, dolida—. Dime la verdad, hijo, y si no, que te castigue Dios, ¿no será que, entre gente de tanta importancia, te habrías avergonzado de nosotros?

—¡Madre! —exclamó Ana—. ¿De qué se avergonzaría?

—¡De nada, Ana! —atajó Estevan, irritado—. Nada, repito, me avergüenza de mi familia. Reflexione, madre, ¿si así fuera, vendríamos al pueblo a quedarnos? Todavía tengo que deciros —expuso, más calmado— que el rey le ha donado a Juana unas rentas, con las que pensamos comprar una casa, con un poco de tierra, en la que, ella, y desde luego, yo, queremos que vivamos todos juntos. Si, por un instante, ¡que Dios me maldijera!, os despreciara, ¿habríamos contado con vosotros, madre?

Joaquina agachó la cabeza, negando; pero que lo comprendiese y lo aceptara, no significaba que no le mortificara su ausencia en la boda de su primogénito. Yumana le acariciaba el rostro, por confortarla.

—Decidme —insistió el muchacho—, ¿me creéis? ¡Vosotros sois y seréis siempre mi familia!, pero si dudáis de mí, prefiero irme lejos de aquí.

—Te creemos, Estevan —intervino Felipe, mirando las caras de los demás hermanos—. También me alegro de que vengaras a nuestro padre. Si hubiera podido, lo habría matado yo cien veces.

Andrés y Joaquina, la hermana, asentían, pero Ana corrió a sentarse en las piernas de Estevan.

—Yo también te creo y no quiero que te vayas —dijo, enganchada a su cuello.

Cuando menos se lo esperaban, Yumana tomó la palabra y estuvo hablando un rato, para que el joven les tradujera.

—Dice —les interpretó—, que de este asunto no hay más que decir, ya que es penoso para todos; pero las circunstancias, a veces, mandan en la vida. Quiere que os diga que, de cara a la gente, es doña Juana de Carlos y eso conviene a la familia, pues por ese tratamiento de ella seremos temidos y respetados, mas para vosotros no es más que Juana, una nueva hija y una nueva hermana. También dice que hay que ser expeditivos y, cuanto antes, buscar la casa que reúna las mejores condiciones, las que permitan albergarnos a los ocho. De modo que, como la familia digna que somos, dejémonos de lamentos, que a ninguna parte van, y pongámonos a lo nuestro.

Joaquina se incorporó del asiento, manteniendo una mano sobre el hombro de Yumana.

—Juana ha hablado como una mujer sabia —manifestó—. Las cosas han salido así, porque no podrían ser de otra manera. Asunto terminado. Felipe —dijo, volviéndose al muchacho—, vete ahora mismo a ver a la viuda de Andrés Lopes. Si sigue vendiendo tierras y casas, dile que venga a hablar con nosotros.

María, la tratante de tierras, era tan vieja como efectiva, y se tomó el caso como propio, quizá por simpatía con Joaquina, con quien siempre se había llevado bien. Ya le dolían todos los huesos y en las cuestas le faltaba aire al respirar, pero durante una semana anduvieron visitando fincas, en las que la mujer señalaba con sus dedos resecos y deformados las ventajas o inconvenientes que hallaba; pero no terminaban de ajustarse, bien por precio, por situación o por espacio de la casa, a las características que ellos requerían.

Estevan determinó, y Juana secundó la idea, que era mejor un arriendo, que les evitaría el fuerte desembolso que constituía una compra, ni tampoco a ligarse a un contrato de aparcería, que les obligara a acordar con el dueño una forma de cultivo y a darle cuentas sobre gastos y beneficios.

La solución la encontraron más cerca de lo que imaginaban. María llegó, con su burra blanca, contenta con las noticias que les traía. Francisco Núñez de Guzmán disponía de diez fanegas de tierra, en la que se alzaba una espaciosa casa de dos plantas, un poco más abajo de la de Joaquina, al este del pueblo y próxima al puente viejo.

El tal Núñez quería vender la tierra, pero la vieja le convenció de que arrendándola nunca perdería la propiedad y obtendría buenos beneficios anuales. El hombre, entonces, pidió diez mil maravedíes; pero el buen hacer de María y la habilidad de Estevan en el regateo, que le ofreció ocho mil al año entregándole el primero por adelantado, consiguieron ablandarle. Sobre todo cuando doña Juana depositó sobre la mesa las monedas de tal cantidad.

Francisco Núñez cedió las llaves en ese mismo momento, tras estrechar la mano de Estevan, sirviendo la vieja viuda de Andrés Lopes de testigo del trato.

Al cabo de una semana, después de que pasara por la casa una partida de mujeres que la limpiaron y adecentaron bajo el férreo mandato de Joaquina, y de los demás oficios, se instaló la familia felizmente. Además fueron contratadas dos sirvientas y un peón, para que éste arreglara cuadra y corral, con ayuda de Felipe, y se hiciera cargo de las labores de la huerta.

A diario, Juana y Estevan salían a caballo por los alrededores o por la villa, entonces más pequeña de lo que fue en época musulmana, para que la joven esposa conociera y fuera reconocida, a su vez, por las cuarenta y cinco familias que la habitaban.

Algunos domingos, después de asistir a misa en la iglesia de la Inmaculada, construida sobre la antigua mezquita, acompañaban al alcaide de la fortaleza al interior de la muralla; una excusa, en realidad, para que Juana disfrutara de la vista del mar desde la magnífica altura. El alcaide los dejaba pasear solos, a su antojo. Ella se apoyaba en el muro delantero, en el lugar en que el paisaje era un espectáculo. Cuando estaban seguros de que nadie les observaba, él la abrazaba por detrás, se apropiaba tiernamente de sus pechos bajo el manto y le hablaba quedo al oído, con dulces y encendidas palabras de amor, tras lo que se besaban tan apasionadamente, que tenían que volver ambos a la casa, a terminar lo que en la muralla iniciaran.

A menudo, en los meses siguientes, el marido quería asegurarse de que su esposa, habituada a un palacio y a una gran ciudad en la que podía obtener cualquier objeto que se le pasara por la cabeza, no se sintiera apesadumbrada por las lógicas limitaciones de una pequeña villa, y le preguntaba con regular insistencia.

—¿Quieres que viajemos a Málaga o a cualquier otra ciudad? —le interrogaba—. ¿De verdad no te aburres aquí?

—Aquí tengo todo lo que necesito —respondía ella—. En Fez estaba recluida entre paredes. Contigo me siento querida y libre. ¿Qué más puedo pedir, si el Clemente me ha concedido todas mis aspiraciones? Pero, ahora que lo dices, me gustaría ver cómo entran las barcas de los pescadores con su pesca. Eso está relacionado contigo y con tu padre, y sin embargo me es ajeno. Quiero ver esas jábegas de las que me hablabas en palacio.

—Esta misma madrugada las tendrás delante de ti y podrás tocarlas, pero tenemos que levantarnos de noche. Diré a Alonso que nos tenga preparados los caballos. Mañana comeremos pescado —anunció, saliendo.

Para otra persona que no conociera el camino hacia la costa, la atención sería primordial, por la empinada cuesta abajo, sobre todo en una noche oscura; pero, ni se daba la condición, pues la luna, desde un cielo estrellado, iluminaba cómodamente la vía, y el mijeño sabía de cada piedra que los animales pisaban.

Las estilizadas barcas, que hendían el agua como cuchillos, se aproximaban con los remos alzados en vertical, al tiempo que ellos alcanzaban la playa, para ser fijadas a la maroma del torno de arrastre, que las sacaría a la arena.

Estevan se acercó a los jabegotes saludando uno por uno, ya que conocía a la mayoría de ellos desde la infancia. Después les presentó a su mujer y se acercó con ella a la jábega mejor pintada, en tanto los hombres tiraban del copo. Allí le hizo notar la aguda curvatura de cuchara de la proa y le explicó los nombres de algunas de sus partes, como el saliente pico, las maniquetas o el caperol, opuesto a la roda de popa; pero, enseguida, la muchacha le interrumpió:

—¿Por qué una barca tiene ojos? —dijo, reparando en los que tenía en las amuras.

Estevan la miró con aire de sentirse obligado a desvelar un enigma oculto durante siglos.

—Te lo contaré por ser mi esposa y porque los tuyos son tan bellos que me impulsan a romper mi silencio, pero has de prometer no revelarlo a nadie.

—Lo prometo —respondió ella de inmediato, impaciente, como una niña, a sabiendas de que empezaba a rodar la fantasía, el juego que la enamoraba.

—No, no. Tienes que sellar la promesa con un beso. No cualquier beso, claro, sino uno que esté a la altura de la confidencia que me pides.

Yumana unió sus labios a los de su marido, ambos refugiados en las sombras, a resguardo de las miradas de los ma-

274

rineros, en un beso largo, detenido, que pareció eclipsar la noche y desdeñar el fragor del oleaje.

—Verás —dijo el joven, apenas repuesto—, los marengos creen que pintárselos les ayudará a encontrar los mejores bancos de pescado; que quedan dotadas de vista y la barca les guiará hacia el lugar donde la pesca es más abundante. De ahora en adelante —le advirtió—, fíjate que, por muy sucia que esté la barca, no descuidan mantenerles los ojos limpios y bien pintados, para que puedan ver incluso a través de la niebla. —Estevan calló unos segundos, para contemplar cómo se enarcaban sus delgadas cejas, expectante, y sonrió, dueño del secreto—. No se equivocan los jabegotes, sino en una cosa que muy pocos saben: no es vista, sino vida, lo que le proporcionan. Las jábegas pasan a ser criaturas vivas, primas del mar, pero hijas de la costa, y ésta las atrae en medio de la tempestad para que regresen salvas a su seno. Por eso, porque tienen vida, si bien hermanas, unas son más ligeras que otras, como hay diferencias entre los cachorros de una misma camada.

—¿Y dónde son más dichosas? —le provocaba la esposa.

—En el mar, sin ninguna duda —replicaba él, como dando por sentado que todo el mundo lo supiera—. Es en el agua donde se mueven, donde acompañan al viento y cabecean sobre sus olas. Alegra verlas navegar. En cambio, ¿no es verdad que entristece encontrarlas varadas en la arena? A tierra —añadió— vienen a dormir, solamente, después de su trabajo con los hombres.

—Pero son hijas de la costa —objetaba ella, por discutirle—. ¿Cómo van a ser felices, fuera de su medio?

—De tierra son también las arenas de la playa y sólo hablan cuando son lamidas por las aguas.

—¿Hablan las arenas? —preguntó, nuevamente sorprendida con el inicio de otra historia.

—Claro que hablan. Pero eso te lo contaré otra noche de luna. Ahora vamos a comprar el pescado, o nos dejarán sin él los capacheros.

La pareja adquirió ocho libras de boquerones y jureles,

275

que le despacharon en demasía, y trabó conversación con los pescadores. Juana, como en público la llamaba Estevan, quería tocar las redes, asombrada por la longitud de éstas, y conocer las particularidades de su arte de pesca. Hacía toda suerte de preguntas en un español aún defectuoso; pero las palabras que le faltaban, se las apuntaba el esposo.

Cuando ya amaneció, Estevan señaló las rocas conocidas como «las Piedras del Cura» y le anduvo explicando, a la muchacha, cómo se convirtió en cautivo a manos de la cuadrilla de Ashkura, y la muerte, por tiro de ballesta, de su progenitor, según le contó Francisco Arroyo, el viejo compañero de su padre.

—Mejor —dijo, cabizbajo de repente—, vamos a ejercitar los caballos por la playa.

El fastuoso caballo negro de Juana, tomó la delantera. Los cascos se hundían en la orilla, levantando arena y agua, que saltaba en gotas que estallaban por la fuerza de las pisadas al galope. El formidable animal no se dejaba alcanzar por el de Estevan, en una carrera imprevista que al muchacho le sería imposible ganar. Pero, de manera inesperada, el joven exclamó:

—¡Volvamos!, ¡rápido!

Los caballos, al girarse, cambiaron los papeles. Ahora iba en cabeza el de Estevan, que rompió a reír por la travesura. La joven comprendió la estratagema y también reía a carcajadas, aunque no estaba dispuesta a conformarse. Acarició el cuello del corcel y golpeó con los talones en los ijares.

La distancia de ventaja que había logrado el esposo, con su pillería, se acortaba cada vez más; pero cuando la diferencia no era mucho más de un cuerpo, algo le resultó familiar. Estevan iba delante, contento, a galope tendido y ella detrás. Un escalofrío conmocionó todo su cuerpo.

—¡Estevan, detente! —gritó, al tiempo que también ella tiraba de las bridas, hasta ponerse al paso.

En un primer momento, él pensó que trataba de devolverle la diablura, mas cuando se volvió y la vio parada, comprendió que algún suceso la detenía.

276

—¿Qué te ocurre, Yumana? —preguntó, inquietado.

—¡La visión, la visión de Bashira, Estevan! —balbució, buscando las gaviotas—. ¿Recuerdas?, dijo que tú ibas delante, feliz, y yo en este caballo, detrás, en esta playa. Yo había querido creerla; sin embargo, tenía mis dudas, pero era cierta su visión. ¿Cómo es posible?

—Desde luego que me acuerdo. Hasta aquí, lo que vaticinó se ha cumplido. Mencionó que recibía sus visiones desde la altura de las gaviotas, o quizá fuera a través de las aves. ¿Ves?, las maravillas también existen. Tú misma eres una de ellas.

No es que fuera del agrado de Khaldún ben Hussein hacer recados para nadie, pero el judío de Málaga, Mosén Rapez, con quien hacía buenos negocios con fardos de cera, goma, pieles cabrunas y de dátiles, le había pagado, mediante el capitán de la embarcación, una fuerte cantidad con la que quedaba sufragado su propio viaje hasta Fez y aún sobraban suculentos beneficios para él. Pero, sobre todo, le había insistido en que se cuidara de hacer la entrega personalmente a su destinatario.

Verdaderamente, aquello era muy extraño y Khaldún recelaba que no fuera algún tipo de trampa, aunque no le encontraba la razón de ser, porque nunca le dio motivos al judío para que tuviese que vengarse; pero, desde que tres años antes, en el año 1526, muriera el sultán al-Burtugali, los xerifes se apropiaran del reino de Fez y los wattasíes se replegaran a la costa norte, estaban las cosas tan fuera de su lugar que nunca se sabía qué intereses movían a los poderosos. ¿Qué significaba aquella entrega, una espada y una sola babucha? Más parecía un mensaje velado, una señal, que un obsequio o lo que quiera que fuese. Actuaría con prudencia.

El hombre, de estatura intermedia, fornido y ataviado como el mercader que era, se paró bajo el dintel de la puerta del fondûk de Omar y observó, de una ojeada, a su alrededor, sin que nada provocara su alarma. Enseguida echó a andar por entre callejas y adarves, en busca del mercado de al-Attarine.

Había tenido la tentación de quedarse un rato por el mercado de los perfumistas, por ofrecer la apariencia de un comerciante indeciso ante las mercaderías; pero consideró que merodear suponía darle posibilidades a la mala suerte, y continuó por la Tala'a Kabira hasta hallar la tienda que el capitán le describió con todo detalle.

Dos mujeres examinaban tranquilamente unas figuras talladas en cedro, mientras un joven, de unos quince años, trabajaba unas piezas con la gubia. La que debía de ser servidora de la otra, lo miró con curiosidad. En cambio, la que se vestía con espléndidos tejidos no giró el rostro; sin embargo, le dijo al artesano:

—Atiende al mercader, nosotras no tenemos prisa.

Khaldún quiso agradecerle la cortesía con una inclinación, pero la mujer no había dejado de darle la espalda.

—No vengo a comprar nada. Pregunto por un anciano que se llama Tayyeb.

—Era mi abuelo —contestó Nasîm—, pero ya hace más de un año que murió. ¿Qué querías de él?

—Me encargan que traiga esto para su nieto —expuso, enseñando el alargado bulto—, que seguramente serás tú mismo, ¿no es así?

—Sí, soy yo, Nasîm —dijo, recogiendo el objeto envuelto que el viajero le tendía.

El muchacho desenvolvió el bulto con cuidado, hasta que aparecieron una espada y un babucha.

—¿Qué es esto?, ¿para qué quiero una espada y, sobre todo, una única babucha? —cuestionó al desconocido.

—Lo ignoro —respondió—, yo sólo vengo a entregarlo.

—Pero, ¿quién lo manda? —quiso saber el joven.

—Viene desde España y te lo envía un cristiano, pero no me han informado de más. Yo ya he cumplido, la paz sea contigo —dijo, marchándose a toda prisa.

Nasîm, ensimismado, no respondió al saludo del mercader. Le daba vueltas al misterio. ¡Una babucha! y... bueno, una espada —pensaba—, cuando de repente recordó una frase: «...Cuando yo esté seguro de que puedes manejar una espada, Nasîm, te regalaré una, para que seas invencible».

—¡El «rumí»!, por Allah, no se ha olvidado de mí —proclamó en voz alta, entusiasmado—. Todavía se acuerda de que siempre perdía una babucha.

—También significa que Estevan está bien y que, por su humor para hacerte ese regalo, la sultana también lo está —le aclaró la mujer.

—¡Claro, eso es! Pero, un momento, ¿cómo sabes tú que es de Estevan?

La interrogación quedó en el aire. Las mujeres habían desaparecido entre el tumulto de la Tala'a Kabira.

—¿De qué sultana hablabas y quién es ese Estevan? —interrogó la servidora a su señora y amiga.

—Nayiya, no tienes arreglo. Nunca te acuerdas de nada. Pero ya no puedo hacer nada contigo, formas parte de mi destino y de mi vida —decía, moviendo la cabeza, resignada pero sonriente, la gran Bashira, la de ojos color de miel.

Pasaron meses, años, las estaciones se sucedieron y la vida continuó su proceso inalterable. Warda, que se había convertido en una pacífica criadora de gallinas, murió poco después de que Joaquina, la madre de Estevan, fuera a reunirse con su esposo.

A Joaquina la mató el corazón. Fue una parada fulminante, en tanto, ayudada por Catalina Palençiano, la moza que trabajaba para la casa desde hacía quince años, recogía hortalizas en el huerto. Era una mañana fresca de marzo, tan luminosa como sólo en el sur pueden darse las mañanas. Un segundo antes, rememoraba dichosa los bautizos de sus nietos; uno por cada uno de sus hijos, menos de Estevan, que no tenía descendencia.

Yumana había perdido una persona muy querida, que la comprendió desde el principio y que la trató como una hija.

Como una hija la lloró. El esposo, ya con algunas canas, sufrió el dolor de quien no volverá a ver a una madre que supo repartir su cariño y enseñarles orgullo, valentía y honestidad.

Por eso, cuando a Warda le acometieron unas extrañas fiebres un mes después, hicieron traer un médico de Málaga. El físico inspeccionó los sedimentos de la orina, sin encontrar nada en ellos que la causase, y estudió los esputos de la anciana con unos artefactos ópticos, que él llamaba lupas y que se colocaba sujetos a las orejas, como unos lentes, que le daban aspecto de batracio; pero tampoco halló cosa que justificase aquellas calenturas, que ni con sus tisanas declinaban. Procuró fortalecerla con una dieta a base de huevos recién puestos, aunque sólo consiguió que vomitara, y por último recurrió a las sangrías, que no lograron más que debilitarla. Finalmente, después de una semana, se despidió alegando que él ya no podía hacer nada y que había que estar, por tanto, a lo que dispusiera Dios.

La vieja aya se sentía morir y quiso hablar con la pareja.

—Hija mía, la vida te ha concedido la sabiduría o has sido tocada con el dedo de Allah. Creí que te engañabas, incluso que moriríamos cruelmente en el intento, pero has obtenido tu felicidad y la mía encontrando al mejor hombre que se podría hallar. Tú has sido fiel a tu promesa —dijo, cogiendo una de las manos de Estevan—. Desconfié de ti y no habría dudado un instante en atravesar con mi estilete ese corazón que luego descubrí generoso y noble. Sólo puedo decirte que se me acaban las horas; pero, por ti, también mataría.

Estevan apretó su mano y fue a responderle, pero había partido ya.

Yumana estalló en sollozos, inconsolable. Warda era su segunda madre.

En la casa ya sólo quedaban los sirvientes; Alonso, el peón; María Mesa, la cocinera, y Catalina Palençiano; pero se bastaban ellos dos para ser plenamente dichosos. Estevan siguió admirado por la inteligencia, la lúcida perspicacia, de su fiel compañera, durante los cuarenta y un años que vi-

vieron juntos, así como por la dulzura de su mirada, la voluptuosa pasión que mostraba en las noches o el tacto inconcebible de una piel más suave que el armiño.

Ni un sólo día acabó sin que la halagara, empeñado en enamorarla cada mañana; sin que demandara sus caricias de ternura. De la sonrisa que lo extasiaba, de la mirada que lo fascinaba, se encargaba él, desvelándole los arcanos que, según decía, le habían revelado los seres cristalinos de fuentes y alfaguaras. Así, le describía qué hacía la hierba cuando no había nadie en las montañas; por qué se adhería la yedra a la muralla, de qué historias hablaban, como una vez quiso saber ella, las arenas de la playa, o con qué confeccionaban el musgo criaturas diminutas, siervas de las translúcidas que a él contaban los secretos, y por qué siempre lo colocaban señalando el norte.

Yumana se complacía en incitarle, por ver si en algún momento la imaginación se le agotara y porque, si bien sabía que las cosas no eran tal como él las relatara, así debieran ser; o quizá lo fueran, que a veces hasta ella lo dudaba. Entonces le asediaba con preguntas a las que nunca faltó una respuesta, como cuando Estevan estuvo a punto de jurarle, a una pregunta suya, que la niebla de la noche eran jirones de nubes que descendían del cielo a verla, confundido el brillo de sus ojos con luceros. Que el mar sólo se calma... que los trinos dicen... que las tormentas callan...

La lluvia, el viento, los árboles, los animales o el fuego siempre contenían una historia. Otra historia. Acaso por ser coherente con sus propias delicadezas, él, más que morirse, se deslizó entre los ojos de ella, acunado en sus brazos.

La vida se le desmembró. Se agostaron las plantas, verdes y azules se empañaron, la brisa no regresó y se desecaron las vaguadas.

Hermanos y hermanas acudieron a darle el merecido calor familiar. De entre todos, Ana, la más cariñosa, siempre estaba dispuesta a visitarla, pero el hogar ya no calentaba.

No obstante, un día se levantó dispuesta a hacerse cargo de sus obligaciones como a Estevan habría gustado. La vida

281

debía seguir funcionando. Si se dejaba llevar pronto le acuciarían las deudas, porque el rey Felipe se retrasaba de nuevo en los pagos de la donación real que le hizo su padre, con la que, además, cada año podían comprarse menos cosas.

Doña Juana pidió a Alonso que aparejara un caballo y preparara la mula, para hacerse acompañar de Catalina.

Podía haber citado al escribano público, Diego de Morales, en su casa, para otorgarle poder a Juan de Góngora Sagrameño para que la representara en su causa de reclamación, pero prefirió ir ella misma a casa del notario.

El hombre, amable y sabiendo perfectamente quién tenía delante, redactó el documento en el que constaba el día y mes del año de 1565 y que comenzaba diciendo: «Doña Juana de Carlos, viuda de Estevan Peres, reina que fue de Fez y vecina de Mijas...». Después de escrito se lo leyó para que conociera los términos y condiciones que afectaban a Juan de Góngora Sagrameño y a ella misma, y doña Juana, en prueba de su conformidad, dejó su firma aljamiada por no saber escribir en castellano.

Luego de esa diligencia se encaminó a la fortaleza, al lugar desde donde solía mirar el mar con su esposo.

—¿Te gusta el mar, Catalina?

—Sí, pero le temo más de lo que me gusta —respondió la buena mujer—. ¿Puedo haceros una pregunta? —añadió.

—Llevamos muchos años juntas. Pregunta lo que quieras —le autorizó, con la vista fija en el horizonte.

—Alguien como vuestra merced, que gozaba en su país de oro, joyas y riquezas, decide abandonarlo todo y venirse aquí. ¿Qué piensa ahora, mereció la pena arriesgar su vida?

—El oro es muy caro, Catalina, pero sus destellos son más valiosos, por inaprensibles. Las joyas son materia inerte; en cambio, yo he tenido aquí la mayor de las riquezas: el lujo de vivir en un universo de amor y de fantasía. Ahora, sin el hombre que lo hizo posible, desapareció la magia.

Tal vez la fantasía se adueñó de sus cuerpos creyéndolos de su reino, porque, si bien fueron enterrados en tierra de Mixas, jamás nadie ha sabido dar cuenta del lugar de las sepulturas. Quizá fuera el feudo del amor el que se apoderara de ellos, en lid con el de la fantasía; pero, ¿quién puede saber sino el Más Grande? Acaso podría averiguarse con la ayuda del *Libro de dichos maravillosos*, mas sería necesaria la sabia interpretación de la gran Bashira, y ésta terminó sus días en Fez. Sin embargo, no todo ha sido borrado, pues aquí se ha contado su historia.

Agradecimientos

Muy especialmente al profesor Carlos Gozalbes, a quien le debo esta historia, así como su amabilidad y paciencia, accediendo a reunirse conmigo todas las veces que se lo he solicitado, tanto en Málaga como en Mijas.

Y, por unas razones u otras, mi agradecimiento a:
José María Arias Jurado
Antonio Enrique
Pablo González Collado
Rafael López
Alicia Fernández
Silvia Fernández
Charo García Arraiza
Eva Mariscal
Ángeles Martín
Isabel Peña Aragón
Carmen Ramos
Blanca Rosa Roca
José A. Ruiz de Almodóvar Sel
Mariano Sánchez
José Luis Serrano
Andrés Sopeña Monsalve ˎ
Juan Torroba Molina

... y a Ángel, a Gerónimo... y, cómo no, a Alborada.

Este libro utiliza el tipo Aldus, que toma su nombre
del vanguardista impresor del Renacimiento
italiano Aldus Manutius. Hermann Zapf
diseñó el tipo Aldus para la imprenta
Stempel en 1954, como una réplica
más ligera y elegante del
popular tipo
Palatino

* * *

* *

*

La reina de las dos lunas
se acabó de imprimir
en un día de invierno de 2012,
en los talleres gráficos de Egedsa,
Roís de Corella 12-16, nave 1
Sabadell (Barcelona)

* * *

* *

*